LES GALERIES

DU

PALAIS DE JUSTICE DE PARIS.

PARIS, IMPRIMERIE DE E. BRIÈRE, RUE SAINTE-ANNE, 55.

LES GALERIES

DU

PALAIS DE JUSTICE

DE PARIS.

MŒURS, USAGES, COUTUMES ET TRADITIONS
JUDICIAIRES.

1280—1780

PAR AMÉDÉE DE BAST.

Il y a grand doubte s'il se peult trouver si évident
proufit au changement d'une loi receue, telle
qu'elle soit, qu'il y a de mal à la remuer : d'autant
qu'une police, c'est comme un bâstiment de diverses
pièces jointes ensemble d'une telle liaison qu'il
est impossible d'en esbranler une, que tout le
corps ne s'en sente.   MONTAIGNE.

I.

PARIS

MICHEL LEVY FRÈRES, LIBRAIRES-ÉDITEURS,
RUE VIVIENNE, 2 BIS.

1851.

peut-être pas sans intérêt de jeter un coup d'œil rétrospectif sur ce monument vénérable qui tour à tour fut le tabernacle de la royauté et le sanctuaire de la justice, sur ce Palais en un mot qui fut le théâtre, à toutes les époques de notre histoire, de tant de scènes dramatiques, joyeuses, attendrissantes et patriotiques.

Le savant président de Thou appelait le Palais-de-Justice le *Capitole de la France*. Et certes ce surnom magnifique lui était logiquement décerné, si l'on compare le Parlement de Paris au Sénat romain. Toutes les grandes affaires, depuis Philippe-le-Bel jusqu'à Louis XVI, ont été traitées au Palais; avant la sédentarité du Parlement (en 1302), il était la demeure officielle des monarques de la seconde et de la troisième race, et, par cela même, il fut le lieu où se débattirent les plus importans intérêts de la nation. C'est au Palais que les communes furent affranchies sous Louis-le-Gros; c'est au Palais que les croisades du douzième et du treizième siècle furent résolues.

Ainsi ces deux grands actes politiques, qui produisirent de si merveilleux résultats pour la liberté et la civilisation de la France et peut-être aussi du monde, sortirent du Palais, comme autrefois Minerve tout armée jaillit du cerveau de Jupiter.

Si l'on en croit quelques vieilles chroniques écrites par des moines, Pepin et Charlemagne avaient, sur l'emplacement même du Palais, une somptueuse demeure où le vainqueur des Saxons reçut en 778 les ambassadeurs de l'impératrice Irène. Mais, sans nous arrêter à ces indications dont Eginhart, secré- taire et historiographe de Charlemagne, ne dit pas un mot (1), nous prendrons pour point de départ l'a- vénement au trône de Hugues-Capet en 987. Ce fut en effet ce monarque, aussi courageux usurpateur qu'habile politique, qui décida, dès le onzième jour de son règne, que Paris, où les rois de France avaient cessé de résider constamment depuis plus de deux siècles, serait désormais le séjour du monarque et de sa cour.

Le manoir où venaient quelquefois dormir et s'é- battre les derniers rois de la seconde race, fut donc adopté comme résidence royale par Hugues-Capet. Robert, son fils et son successeur, s'appliqua, dès les premières années de son règne, à le réparer, à l'a- grandir et à le décorer magnifiquement. Halgalduc,

(1) D'après les expressions tant soit peu ambiguës d'Eginhart dans son *Histoire de Charlemagne*, il paraîtrait à peu près cer- tain que ce monarque habitait le palais des Thermes, dont il ne reste aujourd'hui que des vestiges, rue de La Harpe. Ce palais, qui avait été la résidence de l'empereur Julien quand il com- mandait dans les Gaules, était hors des murs de Lutèce.

moine contemporain de Robert, appelle cette résidence *Palatium insigne*, et en fait une description fabuleuse.

Les successeurs de Robert obéirent au vœu du chef de leur race ; ils habitèrent tous Paris, et résidèrent au Palais. Henri Ier, Philippe Ier, Louis VI, Louis VII, Philippe–Auguste, Louis VIII et Louis IX, passaient régulièrement au Palais de Paris l'espace de temps qui séparait alors les fêtes de Noël des fêtes de Pâques, c'est–à–dire environ quatre mois. Pendant ces quatre mois, le Palais devenait le théâtre des *jubilations nationales*. Ce fut ainsi, qu'en 1066, sous Philippe Ier, il vit célébrer la conquête de l'Angleterre par Guillaume, duc de Normandie, vassal de la couronne de France ; en 1099 l'établissement du royaume de Jérusalem, par Godefroy de Bouillon. Ce fut également au Palais que Louis-le-Gros signa la fameuse charte qui affranchissait les communes, et pour diminuer la trop grande autorité des justices seigneuriales, promulgua l'ordonnance portant création des justices royales.

Suger, premier ministre de Louis VII, et régent de France pendant l'expédition d'outre mer, habita le Palais, que saint Bernard hantait aussi quelquefois pour faire entendre aux grands et aux puissans de la Cour des paroles de liberté et d'égalité chrétienne.

Sous Philippe-Auguste, le Palais retentit des cris d'allégresse qui saluèrent la nouvelle de la bataille de Bouvines; sous Louis VIII, il fut témoin des fêtes splendides que la reine Blanche donna en réjouis-sance de l'expulsion des Anglais du Limousin, du Périgord, du pays d'Aunis, et de tout ce que ces insulaires possédaient en deçà de la Garonne. Enfin, le Palais reçut sous Louis IX de nouveaux embellissemens. Une partie des bâtimens édifiés par Hugues-Capet furent reconstruits, et la Sainte-Chapelle, ce chef-d'œuvre d'architecture sarrazine, fut élevée sur les dessins du savant Pierre de Montereau.

Le Palais avait déjà une réputation européenne de magnificence et de splendeur lorsque Philippe-le-Bel succéda à son père, Philippe-le-Hardi, en 1285. Malgré les guerres et les embarras politiques qui surgirent autour du trône pendant un règne long et laborieux, Philippe-le-Bel appliqua une partie des trésors de son épargne à restaurer sa royale demeure et à transformer les jardins et vergers qui en dépendaient, en bâtimens somptueux pour le temps. La Conciergerie (1) fut rehaussée de deux tours : elle en

(1) La Conciergerie était la partie du Palais habitée par le comte du cierge (d'où concierge) ou du luminaire, charge importante sous les rois de la troisième race, et qui allait de pair avec celle de connétable (comte de l'étable et des chevauchées). Le

comptait déjà une. Les cours situées à l'occident du Palais furent converties en mail et en promenade. La rivière fut resserrée dans son lit par de fortes murailles, défendues de distance en distance par des engins de guerre. Toutes ces améliorations s'opérèrent sous les yeux et d'après les ordres d'Enguerrand de Marigny, comte de Longueville, chambellan de France, capitaine du Louvre et surintendant des finances et bâtimens du roi, dont la fin tragique devrait être un éminent enseignement pour les ministres présens et à venir (1).

concierge remplaçait, pour les fonctions aulaires, le Dapifer du règne de Charlemagne, comme le connétable remplaçait le glaviaire (porte-glaive) des rois de la première race. Au surplus, on ne saurait se faire qu'une idée bien imparfaite de ce qu'était la Conciergerie en 1310. Cet édifice est enterré jusqu'aux genoux par suite de l'exhaussement successif du sol. Tel qu'il est, il conserve encore, avec ses trois tourelles, sa physionomie du treizième siècle.

On gardait avec soin, dans la bibliothèque de l'abbaye de Saint-Germain-des-Prés, avant la révolution, trois dessins qui représentaient le Palais sous Louis VIII, sous Louis IX et sous Philippe-le-Bel. Les moines attribuaient les deux premiers dessins à Pierre de Montereau, et le dernier à Marigny lui-même. Quelle qu'en put être l'origine, ils étaient précieux à plus d'un titre. Pendant la révolution, ils ont été volés ou perdus.

(1) Enguerrand de Marigny fut condamné à être pendu, et cette sentence fut exécutée en 1314. Charles de Valois, oncle du jeune roi successeur de Philippe-le-Bel, eut tant de regret d'avoir participé à la condamnation inique d'Enguerrand de Marigny, qu'il mourut en invoquant le nom de sa victime. Quelques

Le palais, ainsi complétement restauré, Philippe décida par un édit que le Parlement serait désormais sédentaire (23 mars 1302), et qu'il tiendrait ses séances dans la demeure même des rois, voulant sans doute montrer à ses peuples que le plus ferme appui du trône était la justice, et que là où brillait la couronne, là aussi devaient siéger les dépositaires et les organes des lois.

Le Palais, qui avait eu pour hôtes, dans sa vaste enceinte, des papes (1), des rois (2) et des empe-

---

années après, la mémoire du malheureux surintendant fut réhabilitée et ses biens furent rendus à ses héritiers. Sa statue fut placée ensuite dans la grande salle du Palais, avec ces deux vers :

> Chacun soit content de son bien ;
> Qui n'a suffisance n'a rien.

(1) Sous le règne de Louis-le-Gros, cinq pontifes vinrent tour à tour chercher un asile en France ; ce furent les papes Urbain II, Pascal II, Gélase II, Calixte II et Innocent II. Pascal II et Innocent II vinrent jusqu'à Paris et furent logés au Palais même, dans les bâtimens des grands officiers de la couronne, qu'on avait fait préparer pour les recevoir.

(2) Un grand nombre de rois étrangers visitèrent les monarques français au Palais et y logèrent. Henri III, roi d'Angleterre, y fut reçu en 1254 par Saint-Louis, et y rendit hommage au saint roi en lui disant : « Vous serez toujours mon seigneur et mon maître. » Mathieu Paris ne peut laisser aucun doute sur l'emplacement de ce Palais royal, puisqu'il dit en cet endroit : *Et postridie in majore domini regis Francorum palatio, quod est in medio civitatis parisiacæ.* Sous Louis XI (en 1476), un roi de Portugal vint aussi au Palais, et assista à plusieurs séances du

reurs (1), ne dérogea point en abritant la fleur des sages et des jurisconsultes de la France.

Louis XII enchérit encore sur l'affection que les rois, ses prédécesseurs, manifestèrent en toute occasion pour le Palais.

Louis XI avait, avec sa parcimonie ordinaire, décoré la Grande-Chambre; Louis XII la fit entièrement remettre à neuf et y jeta avec profusion les dorures, les sculptures et tout ce qui constituait alors le luxe et la somptuosité royale.

Depuis Philippe de Valois, les rois de France avaient exclusivement abandonné le Palais au Parlement et à quelques juridictions souveraines et subalternes, telles que la Cour des comptes, celles des aides, la table de marbre, la connétablie, et avaient

Parlement, où deux avocats célèbres de l'époque, Hallé et Breban, plaidèrent devant lui une cause de *Regale*, et s'appliquèrent à développer la doctrine des libertés de l'église gallicane, au grand applaudissement de l'auditoire et du roi de Portugal lui-même, qui n'avait aucune idée de la majesté de nos séances judiciaires et de l'éloquence de nos avocats. D'autres rois, au nombre de plus de trente, vinrent à diverses époques et sous divers règnes, visiter le Palais, et la moitié au moins y reçut une hospitalité splendide.

(1) Les empereurs d'Allemagne, Othon II et Frédéric, y vinrent sous les règnes de Louis-le-Gros et de Philippe-Auguste. Presque de nos jours, le frère de l'infortunée Marie-Antoinette assista, lors de son voyage en France, à plusieurs audiences du Parlement.

fixé leur demeure soit au Louvre, soit à l'hôtel de Saint Paul. Louis XII, dont le plus grand plaisir et le plus vif délassement étaient de voir rendre la justice, se réserva, dans l'enceinte même du Palais, un appartement où il venait deux ou trois fois par mois se délasser des soins et des soucis du gouvernement (1).

Sous François Ier, sous Henri II et ses fils, la Palais continua à être le centre de la justice, de la civi-

(1) Voici comment s'exprime un historien sur cette dévotion de Louis XII à la justice : « Quelque économe que fût ce prince, il sacrifia des sommes assez considérables à l'embellissement de la Grand'Chambre ; il fit rétablir les culs-de-lampe qui périssaient de vétusté ; ils furent revêtus de dorures brillantes, qui lui conservèrent le nom de Chambre dorée ; et, pour imprimer à cette restauration la mémoire de son auteur, il y fit distribuer sa devise du porc-épic... Pour être plus à portée du Palais, Louis s'était ménagé un petit logement dans la partie du bâtiment qui fut depuis affectée au bailliage du Palais. Comme il était affligé de la goutte, il se servait d'une petite mule qui le conduisait jusqu'aux portes de l'audience. Là, il était reçu entre les bras de ses chambellans, qui le portaient sous le dais royal, où Louis jouissait de son spectacle favori et se mêlait aux opinions. Ce monarque connaissait tous les avocats par leurs noms ; il savait apprécier leur mérite et les appelait ensuite aux grandes places dont il les jugeait dignes. »

Nous aurions omis ces détails qui, pour quelques-uns, paraîtront puérils, s'il eût été question d'un autre roi que Louis XII ; mais nous n'avons pas oublié que ce monarque a mérité par sa sagesse et par son amour pour la justice et la patrie le beau surnom de *Père du peuple*.

lisation et du commerce. Car, par un usage qui remontait au-delà du règne de Philippe-le-Bel, les galeries du Palais, qui régnaient sur toute la longueur
du bâtiment principal, étaient de droite et de gauche
ornées de boutiques élégantes, où les produits des
arts, des sciences et de l'industrie étaient étalés le
jour et la nuit (1). Des marchands d'étoffes superbes,
des libraires, des armuriers, des marchands de par-
fums et de fleurs artificielles, des cordonniers, des
opticiens, des luthiers, des marchands de porcelaine
de Saxe et de Chine, des sculpteurs et imagiers, des
marchandes de modes, etc., occupaient ces bouti-

(1) Le savant et spirituel cardinal Bentivoglio, qui fut longtemps nonce du Saint-Siége, en France, s'exprime ainsi à propos du Palais et de sa galerie marchande, dans une lettre datée
du 14 mars 1616 : « Je n'ai rien vu de plus attrayant et de plus
véritablement aimable que la galerie du Palais de Paris, et notre
Italie ne présente, dans aucune de ses villes, une promenade
couverte aussi charmante et aussi animée. Figurez-vous deux
rangées latérales de boutiques, qui sont autant de bonbonnières
et de petits temples dédiés à toutes les divinités de la mode et
du goût. Des marchandes, aussi jolies que des Romaines, aussi
pétulantes que des Vénitiennes, aussi polies et aussi éveillées
que des Florentines, se tiennent dans ces boutiques et attirent
les chalands par la magie d'un sourire ou par l'éloquence d'un
regard... Aussi le Palais est-il fréquenté par les jeunes seigneurs
de la Cour avec une espèce de frénésie, et il n'est pas rare d'y
rencontrer pêle mêle les plus grands seigneurs, les plus riches
bourgeois, et même trop souvent, hélas! quelques dignitaires
de l'église... déguisés. »

ques, qui attiraient dans la longue et belle galerie du Palais une affluence considérable d'étrangers et de nationaux. La galerie du Palais était un bazar, une foire perpétuelle, ou plutôt par la richesse et l'utilité des objets qu'elle présentait aux regards de la foule, on pouvait la comparer au temple du commerce et de l'industrie. La galerie du Palais est la mère du Palais–Royal actuel, tel qu'il a été conçu par Philippe d'Orléans-Égalité.

Le mercredi, septième jour de mars 1618, le feu prit dans la grande salle du Palais. Les uns disent par l'imprudence d'une servante, les autres prétendent par l'ordre de Marie de Médicis, qui voulait à tout prix anéantir la procédure de Ravaillac (1). Quoi qu'il en soit, le feu fit des progrès si rapides et l'embrasement fut si grand, qu'en très–peu de temps la première Chambre des enquêtes, celle des requêtes de l'hôtel, la chambre du trésor, le greffe, le parquet

(1) Le vœu des incendiaires ne fut point tout à fait rempli. Plus de cent cinquante registres du Parlement furent brûlés, un grand nombre de sacs de procédures criminelles devinrent aussi la proie des flammes ; mais les sacs qui contenaient les interrogatoires de Ravaillac furent tous sauvés. Il est assez singulier que depuis deux cent cinquante ans aucun écrivain n'ait songé à publier les débats de ce procès historique. Aujourd'hui que l'on veut tout dire et tout écrire, il serait bon d'attacher au poteau de l'histoire les noms des véritables assassins du meilleur des rois et du plus vaillant des capitaines couronnés.

des huissiers et la voûte de la Grand'salle, furent entièrement brûlés. Les statues des rois depuis Phara-
mond jusqu'à François Ier tombèrent calcinées par
l'élément destructeur ; le grand cerf de bronze fut
liquéfié ; la table de marbre fut mise en pièces, la
chapelle s'écroula et les boutiques furent entièrement
consumées. Pour donner une idée des richesses que
ces boutiques contenaient, il suffira de dire que, malgré les nombreux objets qu'on parvint à soustraire
aux flammes, la perte des marchands s'éleva encore
à la somme de trois cent mille livres, ce qui équivaut
à plus d'un million de notre monnaie d'aujour-
d'hui (1).

On s'occupa bientôt de réparer ce malheur. Le savant architecte Jacques Desbrosses fut chargé de re-
construire la Grand'salle et de raffermir les parties
de l'édifice qui avaient été ébranlées par l'action des
flammes (2). En 1622, les travaux étaient terminés,

(1) Un seul orfèvre, dont l'histoire a conservé le nom, Pierre
Dumaudois, perdit dans cette fatale nuit quarante mille livres en
lingots d'or et d'argent.

(2) Il restait, au commencement du dix-septième siècle, un
fort petit nombre des localités anciennes. Dans ce nombre étaient
la Chambre de la chancellerie où saint Louis consomma son mariage ; deux chapelles l'une sur l'autre, celle de la conciergerie et
celle de la chancellerie ; la Chambre de la Tournelle, la Sainte-
Chapelle, la Grand'salle faite pour Enguerrand de Marigny, la
Grand'Chambre et la Chambre des comptes, bâtie par Charles

et le Palais-de-Justice apparaissait plus brillant et plus magnifique que jamais aux yeux des Parisiens (1). Mais en 1776 un nouvel incendie non moins terrible que le premier étendit ses nappes de flammes sur le sanctuaire des lois, et une seconde restauration modifia ou plutôt mutila l'œuvre grandiose de Desbrosses. Aujourd'hui ce monument, en dépit de la sagacité de nos modernes Vitruves, a perdu la majesté de ses lignes, l'austérité de son aspect, le caractère auguste de sa destination.

Nous ne prétendons pas faire ici la monographie de ce doyen vénérable des édifices profanes de notre capitale. Nous ne voulons pas représenter sa grande salle aux époques révolutionnaires de notre histoire : Camp sous François Ier ; corps-de-garde sous la Ligue ; caserne sous la Fronde ; bivouac sous la Terreur. Nous ne voulons pas davantage retracer les rudes assauts que les élémens, aussi bien que nos discordes civiles, ont livrés aux murailles de Hugues Capet et de Louis XII. Des plumes plus élégantes que

VIII et Louis XII. Il est à remarquer que les piliers ont résisté à l'embrasement de 1618. On sait que le gros pilier servait de rendez-vous à un petit nombre de personnes célèbres.

(1) Plusieurs cardinaux, un grand nombre d'évêques et d'archevêques, le Parlement tout entier en robes rouges, et trois cents avocats assistèrent à la messe de rentrée, qui fut célébrée le 12 novembre 1622.

la nôtre ont évoqué d'ailleurs les souvenirs lamentables de la Grand'chambre et de la Conciergerie, ont
célébré dignement l'héroïsme des grands magistrats
et des grands martyrs. Le Palais-de-Justice et ses
Galeries ne sont dans cet ouvrage qu'un Cadre et non
un tableau.

Les monumens d'un grand peuple tiennent essentiellement, on le sait, à ses mœurs, à ses usages, à
ses croyances et à ses lois. A Rome, le Capitole était
l'Empire du monde; à Athènes, l'Acropolis était la
République; à Paris le Palais-de-Justice était la Monarchie. L'architecture dans ces trois grandes métro-
poles du génie des arts et du génie des batailles donnait la clef de la foi politique et de la foi religieuse de
la nation. A voir le Palais-de-Justice tel qu'on nous
le fait aujourd'hui on comprend les destinées de la
France depuis 1789 : oubli, abandon ou mépris des
traditions politiques et des traditions religieuses, ver-
satilité publique..... le chaos.

Et pourtant le sort des peuples qui brisent leurs
institutions, qui répudient leurs mœurs et leurs usages, qui foulent aux pieds le diadème de leurs rois et
l'encensoir de leurs Dieux est connu d'avance, l'histoire est là pour le prédire, et les ruines de Sparte et
de Rome, de Memphis et d'Athènes parlent plus haut
encore que l'histoire. Mais la décadence des nations

est inévitable : le doigt de Dieu a tracé leurs jours de prospérité et de splendeur comme le cours des fleuves ; et, si grandes que soient les nations, si magnifiques que soient les fleuves, il faut que les uns et les autres roulent fatalement vers cet abîme immense qu'on nomme la mer ou le néant, abîme où nations et fleuves perdent leurs rivages, leur gloire et leur nom.

Mais irrésistiblement entraîné sur la pente rapide des révolutions, est-il défendu au citoyen de jeter un suprême et dernier regard sur les institutions qui ont fait, pendant huit siècles, la force, l'honneur et la gloire de la patrie ; est-il défendu au soldat, au chrétien, de saluer encore de loin le drapeau, le trône et le Dieu de la France. Le destin de la femme de Loth est-il promis à l'audacieux qui osera regarder en arrière la dernière lueur d'une couronne et la dernière espérance de la croix ? Nous ne le croyons pas. Nous pensons au contraire que rappeler à la mémoire d'une nation les pages immortelles de son histoire, les doctes enseignemens de ses sages, les oracles de ses magistrats, c'est retarder son agonie, c'est rallumer l'amour sacré de la patrie au flambeau sacré de la vérité, c'est mériter son estime.

La justice est la pierre angulaire des sociétés ; elle est la base de toute civilisation, de tout gouvernement.

Nous avons essayé, dans cet ouvrage, de retracer les mœurs, les usages, les coutumes, les traditions surtout de ce grand corps judiciaire que nos aïeux, depuis Charlemagne, appelaient le Parlement, et dont les membres avaient reçu, longtemps avant le règne de François Ier, le glorieux surnom de *Pères du peuple*. La vie privée des grands capitaines de la France est dans toutes les mains, la vie privée du Parlement —de ces grands capitaines de la justice qui, eux aussi, ont remporté d'éclatantes victoires sur les oppresseurs du dehors et du dedans— est encore inconnue. Nous nous sommes efforcé de remplir cette lacune et de combler le fossé de l'ingratitude et de l'oubli.

Nos excursions à travers le passé ne sauraient être, nous l'espérons du moins, tout à fait inutiles, car il nous semble que les exemples illustrés de sagesse, d'honneur, de dévouement et de vertu sont bons suivre sous tous les régimes, sous tous les drapeaux et sous tous les gouvernemens.

LA BAILLÉE AUX ROSES.

1227

Le 6 mai de l'an 1227, la reine Blanche de Cas-
tille, veuve de Louis VIII et régente du royaume,
faisait son entrée dans la ville de Poitiers, accom-
pagnée du jeune roi son fils, des principaux seigneurs de la cour et des présidens et conseillers au
Parlement. A cette époque le Parlement n'était pas
sédentaire à Paris, et c'était pour rendre ses décisions plus pompeuses et plus sacrées que la sage
reine aimait à suivre les magistrats dans leurs pé-
régrinations laborieuses; la régente inspirait ainsi
à son fils, par ces pèlerinages judiciaires, un plus
grand amour pour la justice et un attachement inviolable pour ceux qui s'en montraient les dignes.

organes. On sait comment le jeune et glorieux roi profita plus tard des leçons de sa pieuse mère.

Les habitans de la capitale du Poitou faisaient éclater les témoignages de leur joie : les rues étaient jonchées de rameaux et de branchages ; les maisons étaient tapissées, et de chaque fenêtre s'élançait un pennon ou un drapeau chargé de fleurs de lys et de couronnes de verdure. Les cris de Noël! Noël! Vive monsieur notre Roi! Vive notre dame la Régente! retentissaient dans les airs et se mêlaient au bruit des cloches et au carillon de l'Hôtel-de-Ville. Les bourgeois et les syndics des corporations de marchands, en habits de cérémonie, marchaient avec les échevins à la tête du peuple, et tous se pressaient autour du cortége royal, qui cheminait ainsi sans autres gardes que l'amour et l'affection des citoyens.

La régente, montée sur un superbe palefroi grenadin, avait à sa droite le jeune roi, âgé de douze ans, et à sa gauche Thibault, comte de Champagne. Les seigneurs de Crécy, de Xaintrailles, de Bourgaville et de Fécamp, les comtes de Ponthieu, de Toulouse, de Narbonne, les vidames de Chartres et d'Abbeville, et une foule de gentilshommes, d'abbés et de capitaines de renom, venaient ensuite sur des chevaux de bataille et armés de toutes pièces : car, dans ces temps d'honneur et de loyauté chevale-

resque, l'habit de fête des Français était le casque et
l'armure, et la pompe royale elle-même acquérait
de nouveaux droits au respect en se montrant sous
un corselet d'acier. Après cette vaillante élite de
guerriers venaient, montés sur des mules pacifiques,
les présidens et les conseillers au Parlement.

Parmi ces graves magistrats, on remarquait Pierre
Dubuisson, premier président, que ses quatre-vingts
années n'empêchaient pas de remplir les austères
fonctions de sa charge ; Philippe de Moirol, Ange de
Saint-Prévat, Clément Toutemain, Jacques Sain-
burge, conseillers aux enquêtes, et vieillards plus que
septuagénaires. Des conseillers plus jeunes, mais
non moins illustres par leur science et leur nom,
s'avançaient après ces Nestors de la magistrature
française.

Le cortége se rendit à la cathédrale, et une messe
solennelle d'actions de grâces fut chantée avec une
pompe et un appareil splendides : on appela sur la
tête des juges les lumières de l'Esprit-Saint, et chaque membre du Parlement reçut, après la reine et
son fils, le sacrement de communion des mains de
Claude de Blaismont, évêque de Poitiers.

La cérémonie religieuse terminée, la reine et le
jeune roi se rendirent à la maison du grand argentier de la couronne, messire Mathurin de Surlanve.

Cette maison touchait aux remparts de la ville, et était entourée de tous côtés par des champs couverts de rosiers en fleurs. La reine s'installa dans ce manoir, qu'on avait pris grand soin d'embellir de toutes les somptuosités du luxe de l'époque, et voulut qu'à l'exclusion des capitaines, des seigneurs et des abbés mîtrés suivant la Cour, les parlementaires et leurs familles trouvassent un gîte commode et sûr auprès d'elle. Le champ de roses qui s'étendait devant la maison devait servir de cour de justice, et c'était là, en plein air, à la face du soleil, que le Parlement, suivant l'usage des vieux Gaulois, devait rendre et distribuer la justice au peuple, sous les yeux de la reine régente et du jeune héritier de la couronne.

La première audience fut proclamée pour le lendemain.

Les parlementaires, nous l'avons dit, emmenaient dans ces lointains voyages leurs familles, c'est-à-dire leurs femmes, leurs enfans et leurs serviteurs. Pierre Dubuisson, premier président du Parlement, veuf depuis longues années, avait une fille unique d'une rare beauté, d'une exemplaire sagesse, et qu'il aimait avec toute la tendresse d'un père et d'un vieillard. Marie, c'était le nom de la jeune fille, faisait l'admiration de la cour, non-seulement par l'é-

clatante merveille de sa beauté, mais encore par les
qualités de son cœur et de son esprit. Attentive aux
moindres désirs de son vieux père, on la voyait fuir
les délassemens les plus innocens, les plaisirs les
plus purs, pour passer aux genoux du vénérable
vieillard les courts instans qu'il ne consacrait pas
aux travaux de sa haute magistrature.

Le jeune comte de la Marche, l'un des premiers
seigneurs de la cour, était devenu éperdûment amoureux de Marie, et le voyage de Poitiers n'avait fait
qu'encourager sa passion, en lui donnant l'espoir
que d'heureuses circonstances pourraient lui faciliter
le moyen de faire connaître à cette chaste jeune fille
la force et la pureté de sentimens qu'il n'avait pu
réussir à vaincre ni à apaiser. Le comte de la Marche
était pair de France, et comme la cour de Parlement
se composait de jurisconsultes et de seigneurs hauts
justiciers, les prérogatives de la pairie le mettaient en
relations continuelles avec le premier président Dubuisson, dont la profonde sagesse était le phare et le
guide de la noble jeunesse qui voulait suivre avec
loyauté l'épineux et ardu sentier de la justice.
C'est ainsi qu'il avait pu voir Marie; et, tout d'a-
bord, il avait mis à ses pieds sa couronne de comte
et sa dignité de pair : « Monseigneur, avait répondu
la jeune fille, vous êtes d'une race antique, et vos

aïeux vous ont laissé douze châteaux crénelés qui ornent et défendent le sol de France. Il vous faut une épouse digne de votre grandeur, et je ne suis que la fille d'un homme de science et de vertu ; permettez donc que je refuse votre hommage. »

C'était alors qu'était arrivée l'époque de la tournée annuelle du Parlement, et le séjour de la Cour dans la capitale du Poitou avait fait naître dans le cœur de Philibert de la Marche l'espérance de voir accueillir plus favorablement ses vœux.

Nous avons dit que la reine Blanche, logée au milieu du Champ-aux-Rosiers, dans la maison de l'argentier de France, avait voulu que son Parlement occupât une aile des bâtimens qui lui étaient réservés. Cette résolution de la régente avait comblé de joie le jeune comte, dont le rang à la Cour rendait sa présence nécessaire auprès de la régente et du jeune roi ; dès lors ses assiduités près de Marie devaient échapper à la malignité des courtisans.

Mais l'amour du comte grandissait à mesure que s'aplanissaient les obstacles ; plus il voyait Marie, plus il voulait la voir, et, après avoir passé le jour près d'elle, à l'*ouvrouer* de la reine, il eût voulu la revoir encore le soir venu. Enfin, après bien des hésitations et des combats, il se décida, la nuit venue, à aller errer au Champ-aux-Rosiers, devant la demeure du premier président, et, pour appeler l'attention de Marie, il commença à chanter sous sa fenêtre en ogive une des tendres chansons du comte Thibaut.

Une dolors enossée,
Est dedans mon cors,
Ke j'ai ne puis oster hors,
Car nule riens, qui soit née,
C'est la dolors d'amors
Dont n'ai confort, ne secors,
Rins cuit ce ke j'aim me tiee.

Dolente despérée,
Doit on gieter puer,
Ne je ne voil à nul fuer,
Kéle soit en moi entrée,
Miex aim' mei dolors
S'offrir et les grang pavors
Que soffrer vaint consirée,

À peine il achevait le second couplet que la fenêtre de Marie s'ouvrit, et que la jeune fille, penchée au balcon, s'adressant à lui : « N'avez-vous pas de honte, monseigneur, dit-elle, d'employer des heures de travail et de méditation à de vaines pratiques de galanterie. Demain, comte de la Marche, vous allez être appelé, dans l'assemblée du Parlement, à prononcer sur l'honneur, sur les biens, sur la vie peut-être des citoyens, et ces heures précieuses qui vous séparent de l'aube, vous les perdez aux plus vains loisirs. Monseigneur, regardez autour de vous, et apprenez de quelle manière on se prépare aux austères fonctions que vous remplirez. »

Et la jeune fille, étendant la main, montrait au jeune comte Philibert les fenêtres des membres du Parlement toutes éclairées par une vacillante lumière, qui indiquait assez que ces graves personnages se livraient à l'étude des causes qu'ils devaient juger le lendemain.

— Marie, vous me tracez sévèrement mon devoir, s'écria le comte, arrière donc les délassemens puérils ; je me dois, vous me l'indiquez, au service de l'État, sur le champ de bataille pendant la guerre, sur le pré de justice durant la paix ; je serai digne de vous, fille du premier président ; heureux si je puis vous mériter !

Et regagnant son hôtel, Philibert de la Marche passa la nuit à étudier les causes qui devaient être portées au Parlement.

Le lendemain précisément, il arriva qu'on dut plaider devant la reine régente une cause dont le comte de la Marche avait été nommé rapporteur. Pierre Dubuisson voulait passer outre, car on savait que Phi-

libert était peu enclin au travail ; mais la reine ayant
demandé au comte s'il n'était pas prêt à parler, sur
sa réponse affirmative, un profonde silence s'établit.

L'affaire était de grave importance. Il s'agissait de
la succession du vidame de Bergerac, qui s'était marié trois fois, et avait laissé de chaque lit sept enfans.
Le point en litige était de savoir si les enfans du premier lit devaient concourir au partage dans la même
proportion que ceux des deux derniers. La coutume
et le droit écrit des provinces de Guyenne et de Poitou
étaient en désaccord dans l'espèce, et il était nécessaire de faire concorder les diverses dispositions de
ces lois.

Le comte de la Marche prit la parole, et, dans un
rapport d'une remarquable lucidité, il déroula les diverses phases de l'affaire, et concilia les droits de
chacun. Les vieux magistrats se regardaient avec
étonnement, et lorsqu'il donna ses conclusions, la
régente elle-même ne put s'empêcher d'applaudir à
la haute sagacité du jeune pair. Le parlement alla aux
voix sans discussion, et le procès fut jugé selon les
conclusions du rapporteur.

— Ça, comte de la Marche, fit Blanche en levant
la séance, vous venez de nous donner un brillant témoignage de votre faconde et de votre sagesse, per-

sisterez-vous, mon féal, dans la voie que vous venez d'entamer avec tant de distinction?

— Madame la reine, répondit le comte en mettant un genou en terre, je ferai désormais tous mes efforts pour mériter la faveur de votre majesté et du roi notre sire.

— Très-bien, comte; mais soyez sincère, à qui devons-nous ce changement, et ce subit amour des ardens labeurs?

— A un ange descendu d'en haut pour me rappeler au devoir, répondit le comte en élevant un regard reconnaissant vers Marie, assise non loin de la reine.

— Je le savais, répondit la reine en se penchant affectueusement vers le jeune pair, je me promenais avec le comte Thibaut au Champ-aux-Rosiers, lorsque la parole céleste vous est venue. Je me charge, comte, de donner le prix à votre loyale obéissance. Messire Pierre Dubuisson, dit Blanche en se tournant vers le premier président, vous êtes dès ce moment chancelier de France; et vous, ma belle amie, ajouta-t-elle en tendant sa main à Marie, demain la cour vous saluera du nom de comtesse de la Marche.

Le premier président, Marie et le comte s'inclinèrent avec respect.

— Jeunes pairs de France, dit en se levant la reine, imitez l'exemple du comte de la Marche, et appre-

nez de lui à faire tourner au profit du peuple les
tendres sentimens de votre cœur. Pour moi, afin de
perpétuer à jamais le souvenir de Marie, je veux
qu'en mémoire de la nuit d'hier les jeunes pairs présentent à mon Parlement un tribut annuel le 1er de
mai.

— Et de quoi se composera ce tribut, noble reine ?
fit le comte de Champagne.

— De roses, répondit Blanche en promenant autour d'elle un gracieux regard, et ce tribut sera certes
payé exactement, car notre fertile terre de France
produira toujours des fleurs pour orner la beauté,
comme du fer pour armer les braves. Comte de la
Marche, rendez le premier cet hommage à mon Parlement.

Philibert obéit ; des roses furent aussitôt cueillies
par les pages, et à la tête des jeunes pairs de France
le comte de la Marche offrit, dans des corbeilles de
jonc rehaussées de crépines d'or, une moisson de
fleurs embaumées au vénérable aréopage.

Depuis cette époque, chaque année le plus jeune
des pairs de France accomplissait cette naïve et tou-
chante cérémonie. Cet usage était encore dans toute
sa vigueur au XVIe siècle, et paraissait d'une certaine
importance en ce qu'il servait à fixer la *préséance*
par un acte de possession publique et notoire.

En 1541, il y eut une contestation sur la préséance entre le jeune duc de Bourbon-Montpensier et le duc de Nevers, tous deux pairs de France, mais avec cette différence que le moins ancien des deux pairs se trouvait prince du sang.

Les parties ayant déféré la question au Parlement, leurs prétentions furent exposées par deux des plus célèbres avocats de l'époque, François Marillac et Pierre Seguier, dont la postérité a figuré depuis avec tant d'éclat dans l'histoire et au palais.

L'arrêt qui intervint sur cette contestation rapporte ainsi le sujet du procès :

Me Marillac, pour le duc de Montpensier, a dit « qu'il était question de *bailler les roses* à la cour, ainsi que les anciens pairs ont accoutumé de faire, et que le duc de Montpensier se proposait de les bailler, attendu que, par le roi, Montpensier avait été érigé en duché-pairie.

» Mais que le duc de Nevers, tenant en pairie ledit duché, voulait *au bail desdites roses* précéder le duc de Montpensier, et se référait à la Cour pour décider qui premier les donnerait.

» Seguier, pour le duc de Nevers, demandait la préséance sur le motif que la pairie de Nevers avait la priorité sur celle de Montpensier, et encore sur ce

que M. de Nevers avait sur M. de Montpensier la
priorité de réception à la Cour.

» Marillac, avocat du duc de Montpensier, était
d'accord sur l'ancienneté de la pairie ; mais il fallait, disait-il, considérer que le duc de Montpensier
était du sang royal, et, à cette cause, avait droit de
précéder au *bail des roses.* »

Seguier répliquait « qu'au bail des roses ne fallait
regarder à la qualité du sang, mais qui, premier,
était érigé et reçu en pairie, et se devait-on gouverner selon l'ordre de l'érection et de la réception en la
Cour.

» Sur quoi, le vendredy 17 juin 1544, le Parlement rendit son arrêt, portant que, ayant égard à la
qualité de prince du sang, jointe avec la qualité de
pairie, la Cour a ordonné que le duc de Montpensier
pourra le premier bailler les roses. » (*Journal du
Parlement.*)

Telle fut l'issue de ce débat, qui éveilla à cette
époque une si vive curiosité, que l'une des chambres
les plus spacieuses du Parlement après la grande
chambre pouvait à peine contenir l'affluence des auditeurs qui se pressaient dès avant l'aube dans l'immense salle des Pas-Perdus.

C'est vers 1589 qu'il faut placer l'abolition de la
présentation ou baillée des roses au Parlement par

les ducs et pairs. Le Parlement de Paris de la façon
de la ligue n'étant plus considéré comme la véritable Cour des pairs, ceux-ci n'eurent garde de se sou-
mettre à cette cérémonie, qui tomba dès lors en
désuétude.

Sous le règne de Louis XIV, le premier président
de Lamoignon eut quelque velléité de rétablir cette
antique coutume ; il en parla au duc de Vivonne,
qui lui répondit, s'il faut en croire Bussy Ra-
butin : « M. le premier président, les pairs de
France, qui tiennent avant tout aux prérogatives de
la couronne, ne s'entendent pas toujours bien avec
le parlement ; croyez-moi, restons les uns et les
autres dans nos limites : n'exhumons pas d'antiques
coutumes qui deviendraient peut-être de véritables
sujets de discorde, et surtout gardons-nous, en
gens sensés, de découvrir le pot aux roses. »

Bien que d'assez mauvais goût, la plaisanterie de
Vivonne suffit pour faire renoncer le premier président à son projet, et pour toujours la baillée des roses disparut du nombre des coutumes parlementaires.

LE DANTE AU PALAIS-DE-JUSTICE

DE PARIS.

1302

Toute la Cité était en rumeur le vingt-troisième jour de mars de l'an 1302; les rues étaient encombrées par la foule; les carrefours regorgeaient de badauds et de curieux : par ici arrivaient des troupes d'écoliers, de pages et d'estafiers; par là s'avançaient des groupes de conseillers de la grand'chambre, montés sur leurs mules caparaçonnées comme aux fêtes de Pâques. Des dames de la Cour, juchées sur des haquenées, descendaient à l'amble le Pont-au-Change; de riches bourgeoises vêtues avec un luxe tant soit peu en désaccord avec les lois somptuaires promulguées par le roi Philippe-le-Bel, se tenaient sur les degrés de la Sainte-Chapelle, immobiles comme les douze saints de pierre, sentinelles échelonnées de son portail.

On voyait caracoler çà et là les archers du guet au
milieu de la foule, et on remarquait les capitaines de
la milice bourgeoise, armés de leur pertuisane à trèfle
d'or, décorés de leur écharpe aux trois couleurs de
la ville, et se donnant un grand mouvement pour
aligner leur compagnies rangées en bataille sur la
grève du port Saint-Landry.

Des milliers de truands et de malingrins gar-
nissaient les toits des échoppes des ponts fer-
mées à cause de la fête, et des bandes de mauvais
garçons, le bonnet à plume de corbeau sur l'oreille
gauche, se faufilaient au milieu de la foule, agaçant
les chiens, mignardant les filles, et cherchant à tirer
un fructueux parti de la presse, en escamotant une
chaîne à quelque chevalier, un chaperon de menu-
vair à certains bourgeois, ou la croix d'argent des
curieuses et attentives villageoises.

Or, voici la cause de cet émoi populaire : le roi
Philippe-le-Bel, par un édit reçu avec grande accla-
mation, venait de rendre le Parlement sedentaire en
sa bonne ville de Paris, et le monarque, pour jouir de
la satisfaction de son peuple, venait, accompagné de
ses trois fils, Louis, Philippe et Charles, présider à
l'installation et assister à la première audience de
son bien-aimé Parlement de Paris.

La salle de la Table-de-Marbre, qui précédait la

grand' chambre du Parlement, était remplie d'une infinité de curieux, étrangers et nationaux, tous faisant des efforts inouïs pour se glisser dans la partie de la grand' chambre réservée au public ; mais les hallebardiers qui formaient la haie étaient inflexibles, et si quelques-uns se laissaient attendrir par le don d'un agnelet d'or ou d'un ducaton d'argent, les autres n'opposaient qu'une consigne âpre et sévère aux instances des curieux qui grouillaient autour d'eux comme les pauvres âmes du purgatoire autour des chérubins gardiens avancés des portes et avenues du paradis.

Dans le nombre de ceux que les gardes avaient rabroués, on remarquait un homme d'une haute stature, vêtu à la mode italienne. La figure de cet étranger était belle et régulière, et ses yeux noirs et perçans exerçaient sur tous ceux qu'ils regardaient une espèce de fascination dont il était impossible de se rendre compte. Cependant, ce regard si puissant était venu échouer contre l'impassibilité des gardes, et l'étranger se disposait à redescendre les degrés du Palais, étonné et mécontent du peu de succès de sa démarche, quand il fut accosté par un chevalier richement vêtu, et dont la noble prestance et la physionomie ouverte inspiraient la confiance et l'abandon.

— A ce que je vois, messire, fit le chevalier, vous voudriez fort entrer en la grand' chambre du Parlement pour y contempler monseigneur le roi de France au milieu de toute sa cour, de ses chevaliers, de ses ministres et de ses chers amés et féaux les gens tenant sa cour de parlement?

— Hélas, oui, Monseigneur, lui répliqua l'étranger en soupirant, et en fixant ses yeux ardens sur la face luxuriante de son interlocuteur : mais je m'aperçois un peu tard que les fruits du jardin des Hespérides ne sont pas seuls gardés jalousement.

— A votre costume, je le devine, vous êtes étranger et de l'Italie, messire ; votre nom?

— On me nommait autrefois dans ma patrie Dante Alighieri (1), je suis de Florence. Mais depuis que

(1) Dante, pendant son séjour à Paris, prit plaisir à suivre les leçons de Sigier ou Siguier (les biographes ne sont point d'accord sur la manière d'écrire ce nom). Sigier, qui demeurait dans cette même rue du Fouarre, où était située l'hôtellerie qu'habita, dit-on, le Dante, professait avec succès et *moult concours d'écoliers*, la théologie, science qui avait beaucoup d'attrait pour le grand poète. Aussi a-t-il consacré son admiration pour le savoir et l'éloquence de Sigier, dans ses trois vers de son *Paradis*, que prononce Béatrix en montrant au poète l'ombre de Sigier au milieu d'un groupe d'ombres illustres :

> *Essa è la luce eterna di Sigieri*
> *Che legendo nel vico degli Strami*
> *Sillogizzò invidiosi veri.*

je marche en banni à travers l'Europe, on ne m'appelle plus que Dante, et c'est sous ce nom que l'hôtellier de la rue du Fouarre, à l'enseigne du *Puits-qui-parle*, m'a fait inscrire par le clerc du prévôt sur les registres de sa taverne.

— Vous avez été proscrit par suite des guerres intestines qui désolent votre patrie, messire. J'ai entendu parler de votre gloire, de votre courage et de vos malheurs ! Soyez le bienvenu dans notre belle cité, messire Dante ; vous trouverez en moi un ami.

— A qui inspiré-je tant d'intérêt ? fit le Dante d'un air de surprise.

Vers que le vieux traducteur Grangier a exprimés ainsi dans son style concis et énergique :

> L'éternelle clarté c'est du docte Sigier
> Qui, lisant dans la rue *aux feurres* en sa vie,
> Sillogisait discours dont on lui porte envie.

Feurre ou fouarre (fourrage) est la traduction en vieux français de l'italien *strame*.

Benvenuto Cellini raconte dans ses mémoires que Dante Alighieri, étant venu à Paris, y eut un procès, et que, s'étant rendu au jour fixé au Palais, il fut tellement étourdi des croassemens des plaideurs et des plaidaus, du glapissement des huissiers, de leurs cris continuels de *paix ! Satan ! holà ! paix !* que c'est à ces exclamations qu'il fait allusion dans ce vers jusqu'ici inexpliqué, placé en tête de son cinquième chant :

> *Pape Satan, pape Satan, aleppe.*

Dante est effectivement venu à Paris dans le courant de l'an 1302, mais il n'y eut jamais de procès. Benvenuto Cellini, dont

— Je suis Enguerrand de Marigny, répondit le
gentilhomme. Mais ça, venez, je vais vous faire pénétrer dans la grand' salle, où monseigneur le roi
doit siéger à l'heure qu'il est. Il faut que j'aille le
rejoindre, c'est mon devoir et ma grâce. Quant à
vous, messire Florentin, trouvez-vous demain à midi
chez le surintendant des finances , c'est moi.

Et sans attendre la réponse de l'étranger, Enguerrand le poussa au milieu de la haie de curieux qui
s'entrouvit respectueusement. Dante entra. Il ne sera
peut-être pas hors de propos de donner ici une rapide description du sanctuaire parlementaire.

La salle se composait de trois parties : la première

---

au reste les mémoires fourmillent de bévues historiques, a probablement voulu se venger par cette plaisanterie de l'ennui que
lui causèrent les gens du palais lors du procès qu'il eut à soutenir pour son compte pendant son séjour à Paris.

Dante fut accueilli à Paris comme tous les exilés l'ont été dans
tous les temps et à toutes les époques. On lit même, sur un registre des dépenses royales de 1302, une somme de « cinquante
écus d'or donnés à un Florentin ; » le nom est malheureusement
illisible. Il est à peu près certain cependant que ce florentin n'é-
tait autre que Dante, et que celui qui signala la détresse du poète
à la munificence royale fut Enguerrand de Marigny, surintendant des finances. Ainsi, un des plus beaux génies du monde,
un des hommes dont la réputation a été la plus brillante, celui,
en un mot, qui jouit avec le vieil Homère d'une popularité immortelle, Dante, a été noblement secouru par un roi de France,
tandis que sa patrie, l'aveugle Florence, le proscrivait.

formait une enceinte appelée *parc* ou parquet; à son extrémité supérieure était une place réservée pour le siége ou *lit du roi.*

Aux deux côtés du siége royal, régnait un *grand banc* recouvert d'une tapisserie ornée de *fleurs de lys,* et arrangé de manière à laisser au siége royal la vue sur toute la salle et l'assemblée.

C'était sur ce *grand banc* que siégeaient les juges et conseillers.

Au-dessous de ce banc, était un autre banc garni aussi d'un tapis à *fleurs de lys,* et qui était distingué du banc supérieur par sa moindre élévation. Il était appelé *premier banc,* et réservé aux gens du roi, baillis et sénéchaux, et aux anciens avocats. Ce banc était interdit aux procureurs et même aux jeunes avocats.

Dans une encoignure de cette enceinte, il y avait deux bureaux : l'un pour le premier huissier chargé d'appeler les causes du rôle, l'autre destiné au greffier.

La seconde division de la chambre d'audience se formait d'une espèce de cloison à hauteur d'appui, surmontée d'une plate-forme destinée à recevoir les pièces dont l'orateur pouvait avoir besoin pour sa cause.

A six ou sept pieds de cette cloison antérieure, il y en avait une autre qui séparait le public.

Dans l'intervalle de ces deux cloisons, se trouvaient plusieurs bancs ou stalles à dossier, réservés aux avocats, aux procureurs et parties intéressées dans les causes.

L'avocat, ou *plaidant*, se tenait debout devant le *barreau*, qui a fourni à la langue française l'expression qui désigne, dans ses généralités, la profession même de l'avocat.

Au surplus, il ne faudrait pas se faire une idée de la grand' chambre d'après ce que sont nos salles d'audience aujourd'hui par le temps qui court.

A cette époque tout le luxe français se portait sur les meubles et les décorations intérieures. Ce goût s'était naturalisé en France à la suite des croisades, qui apportèrent une foule de recherches et d'inventions asiatiques accueillies avec empressement par un peuple avide de tout ce qui est nouveau.

Ainsi, après les guerres de Palestine, l'architecture française, employée aux grandes constructions, prit modèle sur l'architecture *syriaque* ou *sarrazine*, que le peuple depuis désigna sous le nom d'architecture *gothique*.

Il en fut de même pour les distributions et les décorations intérieures.

Philippe-le-Bel et ses trois fils, princes fastueux et magnifiques, affectèrent, pour la chambre des *plaids*, une ostentation de luxe qui n'était pas dénuée d'intentions politiques. Les monarques leurs successeurs augmentèrent encore le prestige du sanctuaire de la justice, et payèrent, selon le siècle où ils vécurent, un ample tribut à cette noble magnificence.

Honorée journellement de la présence des rois, il convenait en effet que la grand'chambre fût environnée d'une pompe digne de la majesté même du trône; destinée, d'un autre côté, à recevoir fréquemment des monarques, des princes ou des ambassadeurs dans son enceinte, il était important qu'elle présentât avec éclat aux yeux de tous le siége de cette *Cour souveraine*, si renommée dans l'Europe.

Tout roi de France était fier de *la chambre dorée* de son Parlement de Paris; c'était le premier objet qu'il offrit à la curiosité des princes étrangers, comme autrefois à Rome on montrait aux alliés et aux vaincus le glorieux et protecteur Capitole.

La grand'chambre, qui n'avait pas encore subi de retranchemens, était un vaste vaisseau, double de ce qu'il était encore à la fin du XVIIIe siècle (1).

(1) Il faut reconnaître que nos salles d'audience d'aujourd'hui, et même la salle de la Cour de cassation, sont bien mesquines et ne répondent en rien à l'idée qu'on se forme de

Les parois étaient revêtues de riches étoffes de velours bleu, parsemées de fleurs de lys d'or relevées
en bosse et terminées par des franges artistement
travaillées.

Les croisées ou fenêtres étaient appropriées, quant
à la dimension, à celle de la chambre. Des tapisseries de laine, brodées d'or et d'argent, tenaient lieu
de rideaux et donnaient à la salle un jour austère et
mystérieux. Mais comme ces tapisseries, à moitié
suspendues aux fenêtres, n'auraient pas suffi pour
amortir le torrent de lumière qui jaillissait de ces immenses fenêtres, on avait prévenu cet inconvénient en
les garnissant de superbes vitraux coloriés, habilement
agencés les uns dans les autres, et offrant dans leur
ensemble la représentation de sujets pieux et intéres-
sans. Ces vitraux, brisant la force de la lumière, ne
laissaient pénétrer dans la salle qu'une demi-teinte,
et formaient une obscurité convenable à la majesté
du lieu.

Les yeux, en se portant vers le plafond, n'y ren-
contraient pas une surface monotone de plâtre blanchi ; l'uniformité en était rompue par des pendentifs
revêtus de boiseries et ornés de fleurs de lys d'or.

la majesté de la justice. La salle actuelle de la Cour de cassation
est une partie fort minime de l'ancienne grand' chambre du Parlement.

Or, ces appendices n'avaient pas seulement pour objet de satisfaire la vue; distribués dans l'ordre d'une ingénieuse combinaison, ils prêtaient une force nouvelle à la voix de l'orateur, et en faisaient parvenir l'accent jusque dans les parties les plus reculées de la salle. On ne parlait pas d'*acoustique* dans ce vieux temps-là, mais les lois en étaient habilement appliquées.

Qu'on se représente donc ce vaste et magnifique vaisseau, garni d'un triple rang de sénateurs et de juristes, revêtus de leur costume sévère et imposant;

Le monarque au milieu de son *lit royal;*

Le *premier huissier*, avec sa robe de pourpre, la tête couverte de son chaperon de *paillettes d'argent et de perles;*

Une assistance nombreuse, maintenue, sans gens d'armes ni archer, dans le plus grand ordre, et dans une attitude respectueuse;

Un profond silence, qui n'était rompu que par la voix sonore d'un orateur de prestance solennelle;

Joignez à cela l'importance de la cause, les talens de l'orateur, le charme d'une élocution entraînante, et vous aurez alors l'idée du plus auguste spectacle qui pût alors s'offrir aux regards des hommes, et vous ne serez pas étonné de l'admiration des étrangers, ni de la grande renommée du Parlement de Paris.

L'illustre proscrit de Florence avait contemplé ce magnifique aréopage avec un sentiment de respect. Plus d'une fois, entraîné par l'éloquente plaidoirie des avocats, par la science profonde des gens du roi, il s'était levé à moitié de son siége, prêt à s'écrier : bravo ! Enguerrand de Marigny, assis sur un tabouret à la gauche du monarque, le regardait en souriant, et lui faisait de la main signe de modérer ses transports d'admiration.

Cependant Philippe-le-Bel leva l'audience, et la foule des auditeurs s'écoula lentement par les issues du prétoire, tandis que le roi et toute sa cour descendaient solennellement, reconduits par les magistrats, l'escalier qui conduisait dans le vaste préau de la Conciergerie.

Une fois hors de la splendide enceinte où s'était passée la cérémonie qui l'avait si vivement intéressé, Dante se retrouva livré aux sombres pensées qui l'assiégeaient. Il enveloppa sa tête dans le capuce de son surcot et se mit à errer sur la grève du fleuve que la foule couvrait quelques heures auparavant, et qui maintenant était déserte et silencieuse.

— O Florence, ô ma patrie ! s'écria le poète en joignant les mains et en levant des yeux baignés de

larmes vers le ciel, est-ce donc ainsi que tu aban-
donnes tes enfans. Me laisseras-tu éternellement
traîner une vie misérable sur une terre étrangère?
Tu m'as proscrit, Florence; tu as semé du sel sur
les champs que les sueurs de mes ancêtres avaient
fécondés; tu as détruit de fond en comble la maison
où j'ai reçu le jour; tu as mis ma tête à prix... Et
pourquoi? parce que je voulais te rendre libre et
heureuse; parce que je voulais enchaîner à jamais
les factions qui te rongent les entrailles. Au nom de
la liberté, tu m'as proscrit, quand au nom de la liberté, moi, je voulais faire tomber tes fers dans le
sang de tes tyrans. Ingrate, trois fois ingrate patrie;
tu as renié mon intelligence pour te gouverner, mon
bras pour te défendre, mais tu ne renieras pas mon
génie de poète, pour l'illustrer en dépit de toi. Florence, le monde oubliera un jour ton orgueil et ta
puissance; mais le monde n'oubliera jamais que tu
as donné naissance à Dante. Mon nom, comme une
comète flamboyante, planera sur toi, cité perfide, et
si, dans la révolution des siècles, tes remparts,
comme ceux de Troie, s'écroulent sous les assauts
redoublés de la baliste, si tes monumens vont rejoindre dans l'abîme les monumens d'Herculanum
et de Pompéi, le souvenir de mon nom protégera
les ruines de tes citadelles démantelées, de tes tem-

ples enfouis dans la poussière. Le voyageur s'arrêtera avec respect sur les rives de l'Arno, et dans chaque pierre mordue par le temps, dans chaque débris informe d'un édifice jadis fastueux, il croira
retrouver les vestiges de mon berceau. Gloire au
Dante! s'écriera le voyageur, et cette voix, victo-
rieuse de la haine et de l'envie, ira faire frémir de
rage les ossemens de mes ennemis.

Et le poète, tout en invoquant le souvenir de sa
patrie, tout en l'accablant de reproches, arriva à sa
modeste hôtellerie.

L'hôte alla au devant du proscrit, son bonnet de
laine de Rouen à la main.

Dante, peu accoutumé à une si courtoise réception, lui demanda de quoi il s'agissait.

— Il s'agit, monseigneur, ou messire, car je ne
sais plus quel titre vous donner, qu'un page sort
d'ici à l'instant : il venait vous engager, de la part
de monseigneur Enguerrand de Marigny, à ne pas
oublier le rendez-vous qu'il vous a donné aujour-
d'hui même au Palais-de-Justice.

— N'est-ce que cela? fit le Dante.

— Peste! monseigneur, rien que cela! que voulez-vous donc de plus et de mieux? Une invitation
du favori du roi, d'un seigneur qui est chambellan
de France, capitaine du Louvre, intendant des fi-

nances et des bâtimens ; une invitation d'un homme
qui n'a qu'à ouvrir la main pour en faire tomber
une pluie d'or...

— Maître, que pouvez-vous me donner à souper ?

— Monseigneur, j'ai trois cailles bardées de lard
de Mayence ; j'ai des andouillettes fumées de Reims,
des fruits, des conserves et de l'excellent fromage
de Piémont.

— Du fromage de Piémont, de Piémont, le chemin de Florence ! Maître, donnez-moi ma lanterne,
et montez-moi du pain de Gonesse avec un peu de
votre fromage de Piémont.

— Diable ! fit à part soi l'hôtelier, voilà un gentilhomme qui demeurera gueux toute sa vie. Que
Dieu l'assiste et nous le donne pour surintendant
des finances ; celui-là ne ferait pas, du moins, de
trop fortes saignées à l'épargne.

Et comme l'hôte achevait ces mots à mi-voix,
un petit judas s'ouvrit au plafond, et il entendit le
Dante qui lui criait :

— Maître ! et mon fromage de Piémont.

— On y va, monseigneur, on y va, repartit l'hôte ; et que la mort te serrre, ajouta-t-il tout bas,
mangeur de fromage ; et puisses-tu gigoter une
bourrée à la danse macabre, si ton souper de demain n'est pas plus somptueux que celui-ci.

1315

Treize ans après l'événement que nous avons rapporté, la salle du Palais—de—Justice était encore remplie de nombreux spectateurs ; mais cette fois la curiosité du tumultueux rassemblement avait un bien différent motif : il s'agissait d'un procès criminel, et celui qu'on jugeait était un des hommes les plus considérables de l'État.

Après la mort de Philippe—le—Bel (arrivée en 1313), le comte de Valois, oncle du nouveau roi, Louis-Hutin, s'empara de la confiance du jeune monarque, et la fit servir à la perte d'Enguerrand de Marigny, qu'il accusa de concussion, de déprédation et de péculat. Voici comment les historiens de l'époque rapportent la scène qui précéda ce fatal procès : Le roi ayant demandé en plein conseil où étaient les sommes énormes produites par les impôts et les décimes, le comte de Valois dit que Marigny en avait eu l'administration, et que c'était à lui d'en rendre compte.

— Je suis prêt à le faire, répondit le surintendant, dès que le roi me l'ordonnera.

— Que ce soit donc à l'instant, répliqua le comte.

Marigny, sans se troubler, dit alors :

— Je vous en ai remis une grande partie, monsieur de Valois ; le reste a été employé à payer les charges de l'État.

Le prince donna un démenti à Marigny, et le ministre, oubliant à la fois et la présence du roi et le rang de son antagoniste, en donna un autre au comte de Valois. Déjà celui-ci avait mis l'épée à la main ; on les sépara ; mais, après un semblable éclat, Valois persuada sans peine au roi qu'il fallait immoler le surintendant aux mécontentemens du peuple. Enguerrand fut arrêté dans le palais même de Louis-Hutin, que l'on appelait alors l'Hôtel des Fossés-Saint-Germain, et conduit prisonnier à la tour du Louvre, dont il était lui-même le gouverneur.

Une commission formée par le comte de Valois *au bois de Vincennes* se chargea de toute l'instruction. Par une déclaration proclamée à son de trompe, chacun fut invité à venir exposer ses griefs contre le ministre captif. Personne ne parut. On poursuivit néanmoins le procès sur des accusations vagues et sans preuves. Enguerrand demanda en vain à être entendu. Le roi voulait qu'on l'écoutât : Valois re-

foulait les sentimens d'équité de Louis, en disant :
« Sire, sire, on assomme les oiseaux de proie sans
ouïr leur ramage, qui est toujours de mauvaise augure. »

Les preuves n'étaient pas assez fortes pour moti-
ver la condamnation de Marigny : on eut recours à
d'autres moyens. Des témoins, la plupart serviteurs
du comte de Valois, et évidemment stipendiés par
lui, déposèrent que sa femme et sa sœur avaient recours à la magie pour le délivrer, et qu'elles avaient
envoûté le roi et monseigneur le comte de Valois.
Cette accusation toute stupide qu'elle fût, même pour
le temps, suffit pour déterminer les juges à prononcer une peine capitale, et, après un long procès,
l'infortuné Marigny fut condamné à être ignomi-
nieusement accroché au gibet que lui-même, dans
sa sollicitude de magistrat, avait fait élever sur le co-
teau de Montfaucon.

C'était pour la révision de l'arrêt de *la commission du bois de Vincennes*, qui condamnait Enguerrand de Marigny à être pendu, que le parlement
s'était assemblé le troisième de mai 1315, et c'était
pour connaître la décision suprême des derniers juges du malheureux surintendant que la foule en-
combrait la grand'salle du Palais, les degrés de la
Sainte-Chapelle, les cours qui y aboutissaient, et

toute cette étendue de terrain qui allait de la Conciergerie à la pointe orientale de la Cité.

Le peuple était silencieux ; autant il avait in-
sulté à la faveur d'Enguerrand lorsque Philippe-
le-Bel l'honorait de sa confiance et de sa fami-
liarité, autant il prenait intérêt à son sort, maintenant qu'il n'offrait plus qu'un triste exemple de
l'inconstance et des reviremens de la fortune. Toutes
les classes de la population de Paris se trouvaient
confondues autour du grand pilier. Contre des groupes d'écoliers et de pages, on voyait des bourgeois
et des artisans ; des seigneurs de la Cour se trouvaient pêle-mêle avec les bateliers et les poissonniers
du port Saint-Landry ; sur toutes les physionomies
on lisait le deuil et l'anxiété.

Un peu à l'écart, un homme vêtu d'une longue
tunique noire était assis sur le premier degré qui
conduisait à l'escalier de la tour du palais. Cet homme tenait sa tête appuyée sur sa main droite ; il
était immobile comme une statue ; mais ses yeux
perçans semblaient guetter tous ceux qui sortiraient
de la grand'chambre.

Les rangs du populaire qui assiégeait les portes
de bois sculpté de la grand'chambre s'ouvrirent, et
un avocat, dans son sévère costume, s'avança gravement au travers de la foule, qui se séparait avec
respect pour le laisser passer.

L'homme à la tunique noire se leva alors précipitamment, et, abaissant sur ses épaules le capuchon qui jusque-là avait caché en partie ses traits, il alla droit à l'avocat.

— Seigneur Raoul de Presles, dit-il, que se passe-t-il en ce moment? Le mystère d'iniquité est-il accompli?

— Quoi, seigneur Dante Alighieri, répondit l'avocat en reculant de surprise; vous ici? Que venez-vous faire dans ce Capharnaüm?

— Mon devoir, répliqua le poète. J'ai appris tardivement les malheurs du vertueux Enguerrand. J'étais à Parme; et je me suis aussitôt résolu à revenir à Paris. Le bâton de l'exilé à la main, marchant nuit et jour, je me suis mis en route. J'arrive; est-il trop tard? Que vient-on de décider dans l'auguste aréopage?

— Le Parlement vient de confirmer la sentence qui condamne notre malheureux ami, répartit l'avocat. Jamais plus inique jugement n'a été rendu par les hommes : si la justice de Dieu se révélait en ce monde, vous verriez ces murailles s'écrouler comme autrefois les remparts de Jéricho. Mais Dieu ne parle plus aux cœurs ni aux yeux des coupables enfans d'Adam.

— Enguerrand de Marigny condamné! s'écria le poète en portant la main sur ses yeux, comme pour arrêter les larmes qui allaient s'en échapper. Cela n'est pas possible, maître Raoul, et vous avez mal entendu..... Les juges de ce monde ont à rendre compte de leurs actes à un juge terrible qui a l'éternité pour ministre de ses vengeances!

— Enguerrand est condamné, reprit d'une voix grave l'avocat; cela n'est que trop vrai, seigneur Alighieri; mes oreilles ont entendu sa sentence; mes yeux ont vu ses accusateurs, ses juges, ses bourreaux, se réjouir du succès de leurs machinations infernales. Demain, demain, à cette heure, vous aurez perdu un protecteur, et moi un ami.

— Enguerrand condamné! exclama de nouveau le poète; mais votre éloquence, seigneur Raoul, votre éloquence lui a donc failli? Vos paroles brûlantes et dorées, Raoul, arracheraient un criminel aux tortures, à plus forte raison un innocent.

— Apprenez, interrompit l'avocat, jusqu'où a pu aller la malice et la noirceur de ses ennemis; ils ont craint que ma voix s'élevât pour Enguerrand, ils ont redouté ma parole, qui aurait été forte et puissante, car une conviction profonde l'aurait armée des mille glaives de la dialectique..... Depuis trois jours, les ennemis d'Enguerrand me retiennent étroitement dans le donjon de la Conciergerie, et ce n'est que par un raffinement de cruauté qu'ils viennent de me ren-

dre à la liberté pour me faire assister à la fatale déclaration d'un arrêt qui déshonore ceux qui l'ont
dicté et ceux qui le rendent.

— Mélédiction! mais une sentence pareille ne peut,
sans honte pour l'humanité, recevoir son exécution.
Il faut parler au peuple; il faut invoquer son courage et sa compassion. Aidez-moi, Raoul; remuons
à nous deux ces masses de granit; faisons passer
dans ces cœurs déjà émus quelque étincelle de justice et de miséricorde. Qu'ils me suivent ces artisans
au bras de fer, qu'ils me suivent, et le gibet préparé
pour Mardochée recevra bientôt le nouvel Aman qui
flétrit les fleurs de lys, et souille par sa présence impie le sanctuaire de la justice. Sus, en avant, Raoul;
gloire à Dieu, et guerre d'extermination aux méchans!

— Croyez-vous, reprit le grave avocat, croyez-
vous que la cité de Paris soit une Florence? Croyez-
vous qu'il y ait aussi ici deux opinions nettes et tran-
chées? détrompez-vous, mon ami, au nom du ciel.
Vous parviendrez peut-être à rassembler autour de
vous quelques milliers d'hommes, prêts toujours à
répandre leur sang au profit de la révolte et de l'a-
narchie, mais les citoyens véritables, ceux qui, avant
tout, veulent la paix et l'ordre, ne vous prêteraient
pas leur concours, et un mouvement populaire n'est

réellement possible que lorsque la bourgeoisie y
prend part. Le ciel m'est ici témoin que je désire le
salut d'Enguerrand autant que vous; mais soyez
aussi convaincu que je n'achèterais pas le salut de
mon ami, le mien même, au prix des fureurs d'une
guerre civile. Le sang français ne doit couler que sur
les champs de bataille, par les mains de l'ennemi.
Honte à ceux qui le répandent pour assouvir leur
ambition, leur orgueil ou leur cupidité !

— Ainsi donc, répondit le poète avec un accent
d'indignation concentrée, il faut laisser périr Enguerrand de Marigny. Spectateurs insensibles d'un
holocauste impie, nous devons nous ranger timidement devant le chariot fatal qui emportera l'innocent
au Golgotha de la cité parisienne !

— Nous devons en France obéir à nos lois, répondit l'avocat, et nous taire devant la consécration
de la chose jugée. C'est un devoir pour moi ; mais
c'en est un bien plus grand pour vous, qui avez trouvé
asile en notre pays. Ne payez pas l'hospitalité de la
France en appelant sur son sol le génie des discordes et des ruines.

— Soit ! dit le poète ; je me rends à vos timides
conseils, mais arrachez-moi donc de ce sinistre palais, et menez-moi auprès de la famille de l'infortuné Marigny... il faut que je la voie.

— Volontiers, répondit Raoul de Presles ; suivez-
moi et vos souhaits seront exaucés.

Cependant, quoique tenue à voix basse, la conversation de l'avocat et du poète avait été entendue d'une
partie de ceux qui les entouraient. Bientôt la nouvelle de la confirmation de la sentence de mort cir-
cula de groupe en groupe, et l'indignation générale
commençait à prendre un caractère menaçant, lorsque une compagnie d'arbalestriers, soutenue de
deux piquets d'hallebardiers commandés par le
comte de Valois en personne, firent évacuer la grand'-
salle du Palais-de-Justice, et repoussèrent la foule
bien au-delà des bornes monstrueuses qui garnis-
saient la façade du vieil édifice.

Dante et Raoul de Presles cheminaient pendant ce
temps, et arrivèrent à la porte d'une chétive maison
du Mont-Saint-Hilaire, où s'étaient retirés la femme,
la sœur et les enfans du malheureux Marigny.

L'avocat heurta à la porte ; une vieille servante
vint lui ouvrir, et introduisit les deux visiteurs dans
une salle basse où la déplorable famille était rassem-
blée.

— Que le Seigneur tout-puissant et miséricor-
dieux soit avec vous, dit Raoul de Presles en entrant,
et qu'il vous accorde la force qu'il accorde à ses enfans d'élection. Votre époux, votre frère, votre père,

mon ami, va jouir bientôt de béatitude éternelle. Le
Parlement a sanctionné l'arrêt de la commission du
bois de Vincennes !

Des sanglots éclatèrent dans la salle, et la sœur et
le frère d'Enguerrand tombèrent à genoux, tenant
chacun en leurs bras tremblans les petits enfans du
surintendant, balbutiant des prières, les mains jointes et les yeux élevés vers le ciel.

Dante contemplait, les mains croisées sur sa poitrine, cette scène de désolation.

— Point de faiblesse, noble dame, reprit l'avocat ;
imitez la sainte résignation de votre époux, de votre
frère ; montrez que vous êtes digne d'appartenir à ce
grand homme. Dieu lui prépare une palme immortelle ; Marigny la désire et l'attend, elle ne manquera
pas à sa mémoire, et la postérité honorera dans Enguerrand de Marigny un grand citoyen plus encore
qu'un grand martyr.

Le silence du désespoir répondit seul à ces consolantes paroles.

— J'amène vers vous, réprit Raoul, un homme
illustre, un proscrit célèbre que vous avez recueilli
naguère dans votre palais. Dante Alighieri, l'Homère de la Toscane, est revenu dans ces murs tout
exprès pour défendre et pour sauver Marigny, qui
fût son protecteur et son ami. J'ai enchaîné le cou-

rage de Dante, qui voulait, le glaive à la main, arracher Enguerrand aux satellites qui le gardent. Cet
excès de dévoûment aurait été fatal à tous deux ;
mais j'ai cru devoir l'amener ici. Il est doux lorsqu'on est précipité au fond de l'abîme, d'être visité
par les intelligences supérieures à qui Dieu semble
confier les futures destinées du monde.

Les femmes et les enfans levèrent sur Dante des
yeux baignés de pleurs.

— Merci, de votre douleur, seigneur Alighieri,
s'écria l'épouse du surintendant, merci de votre charitable dévoûment. La famille d'Enguerrand de Marigny gardera au cœur le souvenir de ce que vous
avez voulu tenter.

— Il y a quinze ans, jour pour jour, répondit le
Dante, que Marigny m'aborda, m'accueillit, et me
convia à le venir joindre dans son palais, où il mit
à ma disposition tout ce que Mécénas offrait à Virgile, mon père et mon guide. J'ai voulu revoir ma
patrie, ou du moins la terre qui l'avoisine, le soleil
qui l'éclaire, et Marigny dora mon bâton de voyageur : il me traita en roi. Le souvenir de sa noble
hospitalité, de ses bienfaits, ne devait jamais sortir
de mon cœur. Je venais aujourd'hui acquitter la
dette de l'amitié, de la reconnaissance et de l'honneur; je ne puis sauver, noble femme, votre époux

et votre frère, j'en gémis! mais je puis sauver du
moins vous et les enfans de Marigny des terribles
atteintes de l'indigence. Suivez-moi : l'étoile du poète
brille déjà d'un bout à l'autre de l'Italie. Florence
exceptée, toutes les villes de la Pentapole, de la Toscane et de la Lombardie, se disputent ma présence ;
on m'offre un palais à Ravenne, le duc de Milan veut
partager avec moi le fardeau du gouvernement ; Venise m'a inscrit sur son livre d'or et veut me placer,
comme poète et comme amiral, sur sa galère capi-
tane ; Rome, qui rêve au rétablissement de son sénat, m'engage, par ses députés, à venir relever sur
le Capitole le siége de la dictature, ainsi que l'autel
de la victoire..... J'ai repoussé ces offres brillantes,
car un aspic aussi a lancé tout son venin sur mon
cœur. Mais venez avec moi, et j'accepte tout. Mon
front se dépouillera de la couronne de laurier pour
ceindre le bandeau du dictateur ou le casque du guerrier. Je vous élèverai aussi haut en Italie que vous
avez été élevée en France. J'apprendrai au monde
qu'un poète peut tout oser et tout entreprendre !

Dante avait prononcé ces paroles avec une véhémence extraordinaire ; dans son regard, dans son
geste, dans sa voix, on reconnaissait l'âpre verve, la
sublime harmonie du poète et la fougue du chef de
parti.

— Recevez nos actions de grâces, répondit l'épouse de Marigny ; ma sœur, mes enfans et moi vous saurons un gré éternel de vos offres généreuses, mais tout nous fait un devoir de ne point quitter la France. Ici reposera la cendre de mon époux, et vous savez qu'on ne doit point être infidèle, surtout au cadavre d'un innocent supplicié.

A ces mots, Dante laissa tomber sa tête sur sa poitrine.

— Vous avez raison, madame, répartit le poète d'une voix sombre ; on ne doit point être infidèle, même à un cadavre ; mais ne pourrais-je donc en rien vous être utile !

— Dante, répondit l'épouse de Marigny, voici deux enfans que j'aime comme une mère sait aimer. Si je ne parviens pas à faire réhabiliter leur nom, si je ne puis les faire réintégrer dans leurs biens, je vous les enverrai pour vos enfans d'adoption, et moi j'irai pleurer dans un couvent le trépas de leur père, et prier Dieu pour eux et pour vous.

— Je prends acte de cette sainte promesse, répondit le poète avec feu, et je compte que vous ne l'oublierez pas. Adieu, noble dame, continua-t-il en baissant le chaperon qui lui recouvrait le front, et en laissant voir la couronne d'or que Rome savante lui avait décernée naguère ; je retourne en Italie ; si vous me confiez un jour vos enfans, adressez-les à Dante Alghieri... au Capitole.

Et le proscrit, sans attendre de plus longs adieux, leva le loquet de la porte et disparut.

Le lendemain, on remarqua sur les hauteurs de Montfaucon un homme qui assistait de loin au supplice d'Enguerrand de Marigny.

Après la fatale exécution, cet homme s'approcha du comte de Valois, qui était venu benoitement prendre sa part du spectacle qu'il avait ménagé.

— Comte de Valois, dit-il en lui montrant quelques feuillets de parchemin, ton iniquité recevra sa juste récompense. Tu vas mourir misérablement en ce monde, mais ton supplice ne s'arrêtera pas là : Dieu te punira au ciel, et moi sur la terre ; je te flagellerai jusqu'à la consommation des siècles.

— Pauvre fou, qui es-tu ? dit le comte.

— Je suis plus qu'un empereur pour te flétrir, plus qu'un roi, répartit fièrement l'étranger.

— Tu es plus que Dieu, puisque tu es fou, répéta le prince.

— Je suis le Dante !

Le comte s'arrêta en pâlissant ; le proscrit, profitant de sa stupeur, s'élança dans la foule et disparut sans retour.

Le poète a tenu parole ; dans son poème du *Pa-*

radis, il a peint avec amour le portrait d'un grand homme d'Etat, d'un grand ministre, en prenant pour modèle Enguerrand de Marigny. Dans le poème de l'*Enfer*, il traine aux gémonies et jette aux griffes brûlantes de Satan un juge prévaricateur et un perfide conseiller du trône ; c'est le comte de Valois.

UN CONSEILLER AU PARLEMENT.

1570

Le sage monarque qui répara par sa prudente politique et par l'épée de ses capitaines les désastres de
la bataille de Poitiers, le prince patriote qui déchira
le honteux traité de Brétigny, le fils du roi Jean,
Charles V, en un mot, était doué d'une de ces âmes
d'élite qui se montrent supérieures aux revers et aux
triomphes même, et sur lesquelles la bonne et la
mauvaise fortune n'ont aucune prise pour en altérer
la modération et la sérénité. En 1370, au moment
même où Duguesclin, récemment nommé connétable, chassait les Anglais du Berry, de la Touraine,
de l'Anjou, du Limousin et du Rouergue, et gagnait
sur eux la sanglante bataille de Cruzé, en Poitou,
Charles V, du fond de son hôtel de Saint-Paul, à Paris, travaillait à modifier, pour l'avantage de la
France, la politique générale de l'Europe, signait

des traités avec l'empereur, les rois de Hongrie, de
Danemarck et de Portugal, promulguait des édits
pour favoriser l'agriculture et le commerce du
royaume, faisait fleurir la justice et les lois, et encourageait les sciences et les lettres, qui commençaient à
renaître, et les arts, glorieux déserteurs de la Grèce
et de Constantinople.

Charles V, qui savait, dans l'occasion, faire le roi
et étaler une magnificence digne du trône, aimait la
solitude et la simplicité. Ce fut pour obéir à ce
vœu de son âme qu'il préféra toujours l'hôtel Saint-
Paul (1) au Louvre et au palais de la Cité. Il n'habitait le Louvre ou le palais que dans les journées d'apparat, dans ces journées où un roi n'est plus un homme, mais une colossale unité qui représente la force,
la puissance, le génie d'une nation. Dans ces rares occasions, Charles V déployait alors tout ce que
le luxe de l'époque pouvait ajouter de grandeur et de
noblesse à la majesté royale, tout ce que l'éclat des
armes, le prestige des arts, la pompe du cérémonial

---

(1) L'hôtel de Saint-Paul et ses jardins et dépendances occupaient l'immense emplacement compris entre la Seine et la rue
Saint-Antoine, depuis le val des Ecoliers jusqu'aux fossés de la
Bastille, alors nouvellement construits. L'hôtel de Saint-Paul
n'avait rien en lui même de fort remarquable, mais ses vastes
jardins, ses pièces d'eau, ses serres et sa ménagerie en faisaient
une résidence presque somptueuse pour le temps.

pouvaient apporter d'illustration et de respect à la
couronne de Clovis, de Charlemagne et d'Hugues-
Capet.

Hors de là, Charles V vivait comme un bon bourgeois de Paris dans son cher et placide hôtel de
Saint-Paul. Son plaisir, quand il avait bien chevau-
ché par monts et par vaux les terres arides de la politique et du gouvernement du royaume, son unique
plaisir consistait à voir travailler les ouvriers qui,
sous la direction du chartreux dom René Quiqueran,
(1) cultivaient les beaux jardins de l'hôtel de Saint-
Paul ; Charles visitait chaque jour son beau treillis,
ses quartiers de vignes (2), sa cerisaye, ses figuiers,

---

(1) René Quiqueran, religieux chartreux, issu d'une des plus
illustres familles de Provence, fut sans contredit l'agronome le
plus savant et le plus habile du quatorzième siècle. Ce fut le père
Quiqueran qui mit en valeur les vastes terrains dont les chartreux étaient propriétaires à l'ouest de Paris.

(2) La plupart des rues construites sur l'emplacement de l'hôtel
de St-Paul et de ses jardins portent encore aujourd'hui des noms
qui rappellent les différentes distributions de ce parc et de cette
royale métairie. C'est ainsi que nous voyons encore aujourd'hui
la rue Beautreillis, la rue de la Cerisaie, la rue du Figuier, etc.,
voilà pour le jardin et pour le verger ; la rue des Lions, la rue
de l'Autruche (la rue Charlemagne depuis quelques années), la
rue du Petit-Mus ; on appelait alors *mus* les rats, et on sait que
Charles V avait dans sa ménagerie un grand nombre d'ychneu-
mons ou rats d'Egypte, que les souverains de ce pays lui avaient
envoyés avec un grand nombre d'autres animaux ; la rue de la
Panthère, depuis la rue des Barrés, voilà pour la ménagerie.

les serres où l'on conservait les arbustes rares et précieux, les plantes aromatiques ou médicinales que lui
avaient envoyées jadis le roi d'Arménie, le soudan
d'Egypte, le bey de Tunis, de Tripoli et de Barbarie.
Souvent aussi le sage roi allait dire un bonjour, c'é-
tait son expression, aux ours, aux léopards, aux autruches et aux lions de sa ménagerie (1). Après cette
excursion dans son petit domaine, le monarque reprenait le chemin de l'hôtel et se renfermait dans sa
chambre de retrait (cabinet de travail), avec quelques doctes personnages de sa cour, de l'Université,
du Parlement ou du Barreau, tels que Thomas de
Pisan (2), Raoul de Presles, Jean de Dormans, Ar-

(1) Le roi de Hongrie avait envoyé à Charles V deux ours
d'une forme colossale, et le roi d'Arménie avait fait également
présent à Charles de deux autruches, de trois lions et d'un léo-
pard. Charles fit construire une ménagerie pour eux au centre
de ses jardins, et quelquefois il assistait à la distribution de leur
pitance quotidienne. On rapporte qu'un jour, Charles, qui
aimait beaucoup ses lions, les montrant à Duguesclin, qui n'a-
vait jamais vu de pareilles bêtes et qui en semblait plus que surpris,
lui dit en le prenant par la main : « Approchez, approchez, messire Bertrand, les lions ne se mangent pas entre eux. — Par ma
foi, sire, repartit aussitôt le brave capitaine, je ne sais pas si je
suis un lion; mais, vrai Dieu ! j'aimerais mieux me trouver face
à face avec cent Anglais qu'avec un seul de ces gros chaperons
fourrés. » C'est ainsi que dans son langage pittoresque le bon
connétable désignait la crinière du lion.
(2) Thomas de Pisan, philosophe, ou comme on disait alors,
astrologue de grande réputation, avait été attiré en France par

naud de Corbie, Philippe de Maisières, Jean Desma-
rets, Charles de Louvières, maître Gervais, son médecin, et quelques autres hommes de sapience, d'é-
rudition et de vertu. Ces heures d'entretien familier,
de causeries intimes, étaient ce qu'on appelait à l'hôtel de Saint-Paul les *joyes du roi*.

Charmant et délicieux spectacle, en effet, qu'un
monarque puissant et vénéré de toute l'Europe par
ses vertus et par sa sagesse, consacrant les loisirs de sa
vie royale à s'ébattre de discours sérieux et instruc-
tifs avec la fleur de ses sujets, au sein d'une philoso-
phique et chrétienne égalité ! car avait coutume de
dire Charles V à ses familiers : Souvenez-vous bien,
messieurs, que je laisse mon sceptre et ma couronne

Charles V, qui en faisait grand cas. Ce philosophe recevait du
roi cent francs de gages par mois, ce qui fait à peu près neuf
cents francs de la monnaie d'aujourd'hui. Raoul de Presles, auteur du *Songe du Verger*, avocat général du Parlement de Paris,
fut le poète et l'historien de Charles V. Jean de Dormans et Arnaud de Corbie étaient des personnages parlementaires ; tous
deux devinrent chanceliers. Philippe de Maisières, chanoine
d'Amiens et chancelier de Pierre de Lusignan, roi de Jérusalem,
était célèbre par ses voyages ; Charles V le fit conseiller d'Etat
et gouverneur du Dauphiné. Charles de Louvières et Jean Des-
marets étaient tous deux avocats au Parlement et savans légistes ; maître Gervais était chanoine de Paris et médecin distingué. Il fonda un collège à Paris ; qui s'est depuis un demi-
siècle transformé en caserne. Il était situé rue du Foin-Saint-
Jacques.

à la porte de ce réduit. Parlons et discutons sans ver-
gogne et en pleine liberté : le roi de France n'est
pas ici le plus grand clerc de l'assemblée, et l'art de
régner ne peut que gagner à se frotter à l'art de bien
penser et de bien dire.

La chambre de retrait de Charles avait un prix
inestimable à ses yeux ; elle enserrait sur des tablettes de bois de cèdre les quatre cent soixante-dix
volumes que le roi Jean avait légués à son fils aîné,
collection importante pour le temps, que Charles
augmenta encore, et qui devint l'origine de notre riche bibliothèque royale aujourd'hui (1). Une table
de chêne, à pieds d'ébène, recouverte d'un tapis de
Turquie, sur laquelle on voyait des manuscrits, des
parchemins, le grand scel du roi, un sablier, des
plumes et une écritoire de fer qui avait appartenu à
saint Louis, des escabeaux au nombre de douze, une
chaire sculptée par le fameux menuisier Oquet d'Au-
vergne, quelques tableaux, informes ébauches de
peintres florentins et padouans, et sur le fronton de
la haute cheminée quelques armes sarrasines, formaient tout l'ameublement de cette chambre, qui

---

(1) En 1373, Charles V fit transporter sa bibliothèque dans la
grosse tour du Louvre. A la mort de ce monarque, l'inventaire
constata qu'il existait neuf cents volumes dans la tour du Louvre, c'est-à-dire trois cent trente de plus que sous le roi Jean.

aboutissait d'un côté à l'appartement du roi, et de l'autre à l'appartement du dauphin, depuis Charles VI.

Un matin du mois de septembre 1370 que Charles V devisait avec son astrologue, Thomas de Pisan (1), et faisait part au philosophe de ses projets pour le bonheur et la gloire de ses peuples, un page vint gratter à l'huis (porte) du cabinet du roi, et passa presqu'en même temps sa tête blonde entre les plis de la lourde portière de tapisserie à glands d'or.

— Espiègle, fit le monarque en fronçant le sour-

(1) La charge d'astrologue de cour était aux onzième, douzième, treizième et quatorzième siècles, presque toujours remplie par des hommes remarquables par leur science et leurs lumières. On se ferait une très-fausse idée de ces astrologues, si l'on croyait que leurs fonctions auprès des rois consistaient à tirer des horoscopes et à dire la bonne aventure. Ces savans s'occupaient presque uniquement d'études positives, auxquelles se joignaient celle de l'astronomie, science alors, fort imparfaite. Charles V, qui était l'un des princes les plus éclairés de son temps, sinon le seul, employait Thomas de Pisan à calculer l'influence des astres sur l'agriculture, et cette influence n'a pas été niée depuis. Les astronomes d'aujourd'hui, on le sait du reste, ont trouvé, comme leurs devanciers les astrologues du quatorzième siècle, le point que cherchait Archimède pour soulever la terre. A l'aide de ce point, ils acquièrent dignités, richesses, priviléges et emplois. En réalité, les liseurs d'astres sont mieux rentés maintenant que du temps de Charles V. Demandez-moi pourquoi? Un siècle athée aime donc les fables scientifiques, comme les siècles crédules ont aimé les miracles, les prédictions et les contes d'enfant.

cil, je vous ferai donner le fouet par votre gouverneur Philippe de Clairvaux pour vous apprendre à
vivre ; vous ne devez pas ignorer que nul ne doit me
troubler quand je suis enfermé céans.

— Sire, répartit le page que la menace du roi ne
paraissait point avoir effrayé, je ne viens pas troubler les loisirs de votre majesté, je viens tout seulement lui annoncer que messire Arnaud de Corbie,
premier président du Parlement de Paris, est là sol-
licitant un quart d'heure d'audience de votre majesté. Il est accompagné d'un de nos seigneurs de
la grand'chambre, qui porte un gros livre sous le
bras. Sire, j'ai cru qu'il était de mon devoir de ne
point laisser la justice à la porte de votre majesté,
vous qui l'aimez tant.

Charles se prit à sourire de l'imperturbable assurance du page, et lui dit :

— Faites entrer le premier président du Parlement
de Paris et le conseiller de la grand'chambre qui
l'accompagne.

— Vous allez être obéi, sire, répliqua le page.

Puis, le jeune varlet ajouta d'un air narquois :

— Au moins, sire, vous ne me recommanderez pas
à monseigneur Philippe de Clairvaux.

— Nous verrons, nous verrons, fit le roi.

Et, se retournant vers l'astrologue : Ne trouvez-vous pas bien extraordinaire, messire Thomas, que ce petit effronté veuille me faire capituler avec ma colère?

— Sire, répondit Thomas en s'inclinant, votre clémence et votre bonté sont si bien connues à l'hôtel de Saint-Paul, que votre courroux peut y passer pour chose fabuleuse.

Arnaud de Corbie, revêtu de son austère costume de premier président du Parlement, fut introduit en ce moment dans le cabinet du roi. Un conseiller de la grand'chambre, également en costume de palais, suivait le premier président.

— Sire; dit Arnaud de Corbie, permettez-moi d'avoir l'honneur de vous présenter messire Jehan Le Bouteiller, conseiller en votre cour de Parlement. Ce magistrat, docte et laborieux, vient de terminer un ouvrage de grande utilité, et qui doit honorer votre règne. Messire Jehan Le Bouteiller a désiré vous faire hommage de son premier exemplaire, et la gloire de cet homme de bien ne serait pas complète si votre majesté ne daignait pas accepter les prémices de ses longs et pénibles travaux.

— Vous savez, messire Arnaud de Corbie, répondit le roi, que j'encourage et stimule autant que je puis les efforts des clercs et gens d'études. Que messire Jehan Le Bouteiller soit donc le bienvenu ici, et

qu'il m'explique le plan, le but et l'économie de son
travail.

— Sire, dit alors Jehan Le Bouteiller, avec une
respectueuse assurance et en déposant l'in-folio recouvert d'un veau moscovite, fleuronné de lys d'or
et des armes de France, sur la table du roi, j'ai l'honneur d'offrir à votre majesté la Somme rurale ou le
Grand coutumier général de pratique civil et ca-
non (1) ; voilà bientôt dix ans que je travaille sans
relâche à cette œuvre immense, et je le déclare ici
avec orgueil, je crois n'avoir rien omis ni rien oublié.

Charles V se leva, feuilleta le volume avec soin,
parcourut des yeux les sommaires des divers chapitres, donna par forme d'assentiment de nombreux

(1) La Somme rurale de Jehan Le Bouteiller a toujours été en
grande estime auprès des jurisconsultes des seizième et dix-
septième siècles. Cujas l'appelle *Optimus liber*, et Mornac, en
ses Observations sur le premier titre du Code, s'exprime ainsi :
*Summa rurali Joannis Butillarii, sub Carolo V, consuetudines
varias, legesque Franciæ in codicem, titulus que idoneas redigit.*
Denis Godefroy a fait à la louange de Jehan Le Bouteiller les
deux vers suivans que Sandeuil prétendait n'être pas impertinens :
    Quæ tibi dat Codex, quæ dant Digesta, quod usus,
    Rurales paucis hæc tibi Summa dabit.
On aurait tort pourtant de croire que l'ouvrage concerne exclusivement la jurisprudence agraire et la pratique des campagnes. Les lois rurales s'y trouvent, mais ne forment dans
l'œuvre qu'une très-minime partie.

hochemens de tête aux curieux et sagaces dévelop-
pemens de l'auteur ; puis, passant de l'intérieur à
l'extérieur du livre, et regardant Jean Le Bouteiller
avec un sourire affectueux : Votre livre, messire
Jehan, est bon par le fond et par la forme, fit Charles ; je me tromperais fort ou notre féal ami Nicolas
Flamel a passé par-là.

Et le roi indiquait l'énorme volume tout ruisse-
lant de dorures en dehors, tout chargé de lignes
parfaitement droites à chaque page, tout chamarré
de lettres majeures en azur, en vert, en argent,
de frontispices et de culs de lampe où la fantaisie
de l'artiste avait pris toutes les routes du sublime, du
grotesque, de l'élégance et de la bizarrerie.

— Aussi est-ce cet écrivain-juré de l'Université
qui a copié mon manuscrit, sire, répliqua Jehan Le
Bouteiller. Mon livre, pour prendre place au milieu
des vôtres, avait besoin d'être rehaussé par l'art fice
de l'écrivain.

Charles se prit à sourire, et promena ses regards
pleins d'amour et de sollicitude sur ses chers livres
qui étaient rangés symétriquement sur ses tablettes
de son cabinet, et qu'il époussetait chaque jour *lui-
même*, crainte qu'il ne leur arrivât dommage, avec un
housseoir de plumes de paon.

— Ainsi, reprit le roi, à ce que j'ai pu juger, votre

livre traite de toutes les lois, de toutes les coutumes
qui régissent les peuples de mon royaume.

— Oui, sire. Plus de six mille lois, plus de huit
cents coutumes sont annotées, éclaircies ou expli-
quées dans ce livre. Mais, sire, en colligeant tant de
lois qui se nuisent entre elles, tant d'édits qui se con-
trarient, tant de coutumes et d'usages qui se choquent, mon intention n'a pas été seulement de venir
en aide à la science des magistrats, des jurisconsultes et des légistes ; j'ai voulu encore faire naître dans
l'esprit de votre majesté l'idée favorite de Charlemagne et de saint Louis.

— Et quelle est-elle, messire Jehan Le Bouteiller?
fit Charles.

— De fondre en un seul et unique code toutes ces
lois, tous ces édits, toutes ces coutnmes , qui ôtent à
la justice en France une salutaire unité. Vous connaissez, sire, l'antique maxime du Parlement de Paris : *Unus rex, una lex, una fides :* Un seul roi, une
seule loi, une seule foi. Nous avons le bonheur de
jouir de l'unité royale et de l'unité religieuse ; pourquoi ne parviendrions-nous pas à conquérir l'unité
de la loi?

Le monarque fixa ses yeux vifs et limpides sur le
conseiller au Parlement de Paris; puis, après quelques momens de silence, il lui dit:

— Cette refonte générale des lois et coutumes serait une rude et longue besogne, messire Jehan Le
Bouteiller, et il faudrait user bien des résistances et
employer bien du temps avant d'en venir à bout.

L'heure n'est pas encore arrivée, et, quand elle
sonnera, ni vous ni moi ne l'entendrons tinter. Mais
n'importe, messire, votre pensée est grande, noble,
utile et généreuse ; elle me plaît, elle vous honore.
Ces projets vastes et féconds d'utilité publique ne
peuvent surgir que du sein de mon Parlement de
Paris. Je lirai et méditerai votre ouvrage.

—Sire, reprit Jehan Le Bouteiller, vous plaira-t-il
d'arrêter surtout votre attention sur les lois, règlemens et édits qui concernent l'agriculture et les propriétés rurales, matière qui fait partie de mon ouvrage? En lisant ces chapitres, votre majesté, j'en
suis convaincu, sera frappée du peu de protection
que nos cultivateurs retirent de ces lois, et des entraves qui sont apportées à leur admirable et précieuse
industrie. Sire, vous n'êtes pas seulement le roi de
la noblesse et de la bourgeoisie, vous êtes aussi le roi
des laboureurs, et, à ce titre, le plus beau de vos titres, sire, ils ont droit d'espérer en votre auguste
appui et en votre justice.

Puis, mettant un genou en terre devant le roi,
Jehan Le Bouteiller ajouta :

— Pardonnez-moi, sire, de m'exprimer avec tant de chaleur et de sincérité, mais je suis fils d'un laboureur ; mes mains, avant de manier la plume, ont dirigé le soc de la charrue ! Tout conseiller au Parlement que j'ai l'honneur d'être, je n'ai point oublié le sillon où j'ai répandu mes premières sueurs, le chaume où j'ai abrité mon enfance, la crèche indigente où le ciel m'a fait naître. Sire, l'agriculture au royaume de France est bien malheureuse !... Jetez un regard de miséricorde sur nos champs, sur nos plaines, sur nos prés immenses, sur nos campagnes, qui deviendraient si plantureuses et si fertiles, protégées par de bonnes lois, par de sages règlemens, par des édits prévoyans. Sire, au nom du Dieu de la France, rappelez-vous que si votre noblesse vous donne, en temps de guerre, une gendarmerie invincible, vos laboureurs vous donnent aussi des fantassins, braves, intrépides, endurcis aux fatigues et aux privations, et constamment prêts à répandre leur sang pour la gloire de la patrie et pour l'honneur de votre service. Votre illustre prédécesseur, Louis VI, a affranchi les communes ; sire, continuez, continuez, je vous en supplie, cette œuvre régénératrice ! Affranchissez aussi l'agriculture, rendez à la charrue ses lettres de romaine noblesse ! Que, grâce à vos soins, à votre sollicitude royale, elle tienne enfin de votre majesté ce qui doit faire sa splendeur et celle de la France, la liberté!....

Charles V paraissait profondément ému; la harangue du conseiller au Parlement faisait vibrer chaque fibre de son cœur paternel; il regardait tout à tour le premier président et son astrologue. Arnaud de Corbie restait impassible; mais Thomas de Pisan, nourri dans les idées d'indépendance et de liberté des républiques italiennes, applaudissait du geste aux discours de Jehan Le Bouteiller.

— Messire Jehan Le Bouteiller, dit le monarque, en relevant gracieusement le conseiller, vous êtes un bon citoyen et un sujet fidèle. Je vous remercie de m'avoir assez bien jugé pour ne pas craindre de me faire entendre le langage de la vérité. Messire Jehan Le Bouteiller, j'accepte la dédicace de votre ouvrage, et dès aujourd'hui, j'en vais faire l'objet de mes plus chères études. Quant à venir en aide à l'agriculture et aux laboureurs de mon royaume, c'est un point que je ne négligerai pas et que je n'ai même jamais, autant que j'ai pu, négligé.

Mais vous ne l'ignorez pas, messire Jehan, nos provinces morcelées, envahies, occupées par les Anglais, ont été longtemps, trop longtemps sans reconnaître mon sceptre et ma voix. Le berger était violemment séparé de son troupeau, et sa houlette n'a-

vait pas plus d'autorité que sa pannetière. Bertrand
Duguesclin, mon cher et bon connétable, vient enfin de parfaire la tâche glorieuse que j'avais imposée à son courage, en chassant mes ennemis du
Rouergue, dernière province qu'ils occupaient encore. Maintenant, l'héritage de saint Louis m'est échu
tout entier, et je vais m'appliquer à cicatriser les
blessures faites à notre pauvre et chère France par
les funestes batailles de Crécy et de Poitiers. Jehan Le
Bouteiller, vous comprendrez bientôt que toute l'ambition de votre roi sera de faire fleurir la justice d'a-
bord, les sciences, les arts et les lettres ensuite, dans
notre noble pays, et à la tête des sciences et des arts,
maître Jehan, je place l'agriculture, car sans la fau-
cille de Mme Cybèle, pour emprunter le langage des
poètes du temps d'Augustus, il ne peut croître ni
myrtes pour la couronne des belles, ni lauriers pour
ceindre le casque des héros.

— *Sine Cerere et Baccho friget Apollo*, interjeta
Thomas de Pisan, en faisant une légère variante au
rhythme et à la pensée du poète latin.

— Vous avez raison, maître Thomas, continua le
roi, monseigneur Apollo, comme Mme Vénus, ne
peuvent se passer de pain et de vin. Encore une fois,
messire Jehan Le Bouteiller, le roi de France va travailler sérieusement, sans trêve ni repos, à exaucer les

vœux que vous venez deformer, et il ne tiendra pas
à lui que la France ne se couvre bientôt de vignes et
de moissons, comme aux jours des périls elle se hé-
risse de piques, de dards et de hallebardes. Maître
Jehan, Charles V n'est pas un roi batailleur, mais il est
prince pacifique et conservateur, et il a mis l'épée de
la France, non pas dans le fourreau, mais dans la
main de son ami Bertrand Duguesclin... Avec cette
épée-là, messires, nous saurons tous, car il me faut
aussi le concours des hommes de sapience et d'études
de ce royaume ; oui, nous saurons tous replacer la
France à ce haut rang dont elle ne pourrait déchoir
tout à fait sans entraîner après elle la civilisation,
les arts et la liberté du monde.

Puis, prenant Jehan Le Boutellier et le premier
président Arnaud de Corbie par la manche de leurs
simarres, et les conduisant devant une fenêtre qui
donnait sur les jardins de l'hôtel deSaint-Paul :

— Voyez, messieurs, leur dit-il, en leur montrant
les nombreux jardiniers qui se livraient à leurs travaux habituels, sous la conduite de dom René Quiqueran le chartreux, voyez quels sont mes plaisirs et
mes délassemens de chaque jour. Quand j'ai bien
pâli toute une nuit a mettre en ordre les affaires de
mon royaume, je descends à l'aube du jour dans
mes jardins et vergers, et je me promène au milieu

de mes jardiniers, me faisant instruire des arcanes et mystères de la floraison, de la végétation et de la culture par mon savant chartreux que vous apercevez d'ici planté (1) comme un lys au beau milieu de ses travailleurs.

Lorsque j'ai un peu plus de loisirs que de coutume, je pousse ma promenade jusqu'au bord de ma rivière de Seine; là, je m'embarque avec maître Thomas de Pisan, ou maître Gervais, ou Philippe de Clairvaux, gouverneur de mes pages; parfois avec les trois ensemble, et nous allons pêcher quelques carpillons ou quelque menu fretin que nous envoyons à la reine ou à la comtesse de Bar, ma sœur, l'une et l'autre très-friandes de ces sortes de poissons. Voilà mes seuls et uniques plaisirs, messires. Vous pouvez donc aller dire en toute sûreté de conscience à mon Parlement et à mon peuple de Paris que les ébattemens du roi de France ne coûtent ni un impôt à ses sujets, ni une larme à l'humanité.

Un chambellan vint en cet instant annoncer à Charles V que l'ambassadeur de Portugal et le légat du

---

(1) Les chartreux étaient habillés de blanc et leurs robes amples et à capuchon pointus avaient une certaine grâce, que Lesueur a merveilleusement reproduite dans ses tableaux de la vie de saint Brun. Il est à remarquer que le titre de *dom*, abréviation de *dominus*, n'était accordé qu'aux chartreux et aux bénédictins.

pape sollicitaient une audience pour lui remettre en mains propres des dépêches importantes de leurs cours respectives.

J'aurais bien voulu, dit le roi aux deux parlementaires en rentrant dans ses appartemens, j'aurais bien voulu prolonger un entretien qui me duit fort; mais vous le voyez, les intérêts de l'État me réclament, et il faut sans hésitation reprendre le joug royal et la barre, bien rude à manœuvrer, je vous assure, du gouvernail de ce grand et noble vaisseau qu'on appelle la France. Adieu, messires du Parlement, nous nous reverrons bientôt, et je vous laisse avec maître Thomas, qui va vous reconduire à travers mes jardins, vous êtes en bonnes mains.

Les deux parlementaires suivirent en effet Thomas de Pisan, qui leur fit traverser dans toute leur longueur les jardins de l'hôtel St.-Paul, leur offrant sur le chemin, tantôt une grappe de raisin, tantôt une poire, tantôt une figue ou une pomme. C'est ainsi que Charles V aimait qu'on pratiquât l'hospitalité en son nom.

— Savez-vous bien, messire Jehan Le Bouteiller, fit le premier président, que vous avez parlé au roi avec une grande véhémence. Les oreilles royales ne sont pas habituées à de semblable langage, et vous avez peut-être outrepassé les limites permises à la franchise parlementaire.

— Je parlerais de même, s'il s'agissait de recommencer, monsieur le premier président, repartit le conseiller d'un air austère. Je ne suis pas venu à l'hôtel Saint-Paul pour faire acte de courtisan, mais acte de loyal sujet et de magistrat dévoué au peuple et au roi ! Je suis fâché, monsieur le premier président, que vous ayez à vous repentir de m'avoir introduit auprès du roi...

— Je ne me repens nullement, interrompit vivement Arnaud de Corbie, de vous avoir présenté au roi ; mais je crains que, jeune conseiller comme vous l'êtes, car vous avez trente ans à peine, messire Jehan, le roi n'ait pris...

— Ne craignez rien, monsieur le premier président, interrompit à son tour l'astrologue, Charles V n'est point un roi vulgaire, et la franchise, loin de lui déplaire, a des droits précieux sur son âme. Sa Majesté ne veut, ne désire qu'une chose, le bonheur de ses peuples, la prospérité de la France. Tous ceux qui pensent comme lui, et qui marchent avec lui, sont sûrs de gagner son amitié, et peut-être, ajouta maître Thomas, en jetant un regard tout bienveillant sur le jeune conseiller, d'être un jour dépositaires d'une partie de son autorité.

En discourant ainsi, l'astrologue, le premier président et le conseiller étaient arrivés à une petite porte qui rendait du verger de l'hôtel de Saint-Paul sur le rivage de la Seine. Les deux parlementaires furent bien étonnés d'y trouver leurs mules (1) qu'ils avaient laissées, étant venus par la rue Saint-Antoine, dans la petite cour d'honneur de l'hôtel. Un page du roi tenait les deux placides coursiers par la bride.

Les deux parlementaires, après avoir adressé de nouveaux remercîmens à l'astrologue, se disposaient à monter chacun sur leurs mules, lorsqu'un homme gros, trapu, très laid et vêtu avec simplicité, sortit par la même porte que venaient de franchir tout à l'heure Arnaud de Corbie, Le Bouteiller et Thomas de Pisan ; cet homme s'élança sur un cheval vigoureux que lui tenait par la bride un écuyer plus somptueusement habillé que son maître, et, en sautant sur le coursier, on entendit résonner tout à la fois sa lourde épée dans le fourreau, son coutel à sa ceinture, ses éperons à ses bottes. C'était une harmonie de guerre, c'était comme un signal de bataille et de victoire. Maître Thomas de Pisan salua d'une profonde révérence le cavalier, et adressa en même temps un salut respectueux aux deux parlementaires en disant :

(1) Les présidens et conseillers du Parlement se servaient de mules et de mulets pour aller par la ville et pour aller même à la cour. Les carrosses ont chassé les mules, mais elles ont duré pour les vieux conseillers jusqu'au commencement du règne de Louis XIV.

6

— Adieu, monsieur le premier président; adieu, messire Jehan Le Bouteillier.

A ce nom de Jehan Le Bouteillier, le cavalier, qui allait enfoncer ses éperons d'argent dans le flanc de son coursier pour disparaître au galop, s'arrêta tout court, puis vint au pas se camper devant le conseiller au parlement :

— Je n'aime pas les gros chaperons fourrés (1), lui dit-il, en lui tendant une main large et puissante, mais le roi vient de me dire tout à l'heure que vous aviez écrit en faveur du peuple et des laboureurs : je vous en remercie. La fertilité de la terre fait les hommes forts et les bons soldats, et plus nous aurons d'épis en France, moins nous aurons d'Anglais.

Et après avoir accompagné cette patriotique et sublime pensée de soldat d'une effroyable pression de main, le cavalier piqua des deux et disparut bientôt avec son écuyer dans les tortueux chemins qui bordaient alors la rivière de Seine.

— Honneur à vous, messire Jehan Le Bouteiller, s'écria Thomas de Pisan, vous venez d'obtenir un suffrage qui vous glorifiera jusqu'à la dernière heure du monde!

(1) Duguesclin et les hommes de guerre de son temps appelaient les avocats, les magistrats et tous les gens de justice les gros chaperons fourrés, comme les soldats de Napoléon appelaient les bourgeois pékins.

— Quel est ce soudard ? fit, avec une indicible expression de hauteur, le premier président Arnaud de
Corbie.

— Ce soudard, M. le premier président, répliqua
l'astrologue, est monseigneur Bertrand Duguesclin,
connétable de France, l'ami du roi et le sauveur de
la patrie…!

LA BOUTIQUE DE NICOLAS FLAMEL.

Le Palais de Justice, au quatorzième siècle, ne ressemblait guère à celui que nous voyons aujourd'hui. Deux incendies, quatre révolutions, et plus que tout cela encore, le caprice et l'inconstance des hommes, ont ôté à ce monument vénérable son caractère auguste et grandiose. La Conciergerie et les fondations mêmes du palais sont aujourd'hui tout ce qui survit réellement de cet édifice, qui fut la résidence des rois et la demeure du premier corps politique et judiciaire de la France.

En 1370, le palais avait encore conservé son cachet original. On y voyait et la chambre de Saint-Louis et la vaste galerie souterraine qui correspondait de la grand'salle aux appartemens de la Conciergerie, occupée en 995 par Hugues-Capet.

En dehors de l'édifice, les larges escaliers qui correspondaient à la cour de la Sainte-Chapelle, au logis et jardin du bailly du palais et à la rue de la Barillerie, étaient encombrés de boutiques, qui rivalisaient, sinon de luxe (car le luxe comme nous l'entendons aujourd'hui était inconnu au quatorzième siècle), mais de richesses et de somptuosités avec les boutiques de la galerie Mercière.

A l'angle de cette dernière galerie et de l'escalier qui conduisait à la Sainte-Chapelle, se trouvait, en 1370, une petite boutique basse, écrasée, et dont les vitraux ornés de pièces d'écriture et de dessins symboliques avaient le privilége d'attirer les oisifs et les curieux, deux espèces de gens qui n'ont jamais manqué au Palais. Au dessus de la porte de la boutique on lisait en grosse lettres : *Maître Nicolas Flamel, écrivain juré de l'Université et du Parlement.*

Ce réduit ou plutôt cette échoppe était en effet le laboratoire épistolaire du célèbre écrivain juré de l'Université. Chaque jour Nicolas Flamel quittait sa maison de la rue de Marivault, près l'église de Saint-Merry, pour venir travailler cinq ou six heures d'horloge dans sa boutique du Palais. C'était là que les auteurs, jurisconsultes ou canoniques, clercs et magistrats, prêtres ou laïques, lui apportaient leurs manuscrits à copier et à illustrer ; c'était là aussi que l'écrivain juré recevait les visites des hommes les plus qualifiés de la cour, de l'église et du Parlement, qui prenaient plaisir à venir voir travailler l'artiste, dont la réputation avait égalé le talent, et que l'évêque de Paris, Emery de Magnac, avait surnommé *le miraculeux artisan.* L'attrait de la plume de l'écrivain n'attirait pas seulement tous ces hommes d'élité; Nicolas Flamel joignait à sa science calligraphique l'art plus difficile de bien *deviser*; il était instruit, rieur, fertile en bons mots et en observations fines, et très versé dans les doctrines hermétiques, doctrines étudiées alors par un grand nombre de gens qui appartenaient aux sommités sociales.

Le lendemain de la Saint-Martin 1370, Nicolas Flamel travaillait, selon son habitude, dans sa boutique du Palais. Il était sept heures du matin, et comme les jours sont longs à venir au mois de novembre, et que la boutique était naturellement obscure, une petite lampe brûlait sur sa table et rayonnait sur les blancs parchemins qui la couvraient. L'écrivain travaillait avec ardeur, et de temps à autre il jetait des regards inquiets sur son sablier, seul instrument qui servit alors à mesurer le temps dans l'intérieur des habitations.

— Déjà sept heures! exclama maître Nicolas en se grattant le front, et j'ai promis ce manuscrit pour neuf heures! Il ne sera jamais terminé... j'ai encore tout le frontispice à composer! Et pourtant j'ai un dédit de 40 écus d'or avec l'auteur, messire Raoul de Presles, avocat-général du Parlement et maître des requêtes du roi, notre sire. Au diable le dédit! mais au diable aussi ma coupable insouciance! Si j'avais employé à finir cet ouvrage le temps que j'ai mis hier à expliquer au seigneur Thomas de Pisan les figures symboliques du portail de Notre Dame, je ne serais pas embarrassé.

Voyons, appliquons-nous. Si j'avais deux mains de plus, tout cela irait à merveille! Et encore c'est aujourd'hui la rentrée du Parlement! Messire de Presles ne manquera pas d'y venir pour prononcer sa harangue, et après la messe il va me demander son manuscrit. Il me semble déjà le voir avec son grand nez, sa grande bouche et ses grands bras, rire à ma barbe de ma défaite!... Quarante écus d'or! merci de ma vie! j'aurais bien mieux fait d'aller faire un voyage à Pontoise, dans cette bonne ville qui n'a pas voulu me donner un berceau et à laquelle je donne un hôpital... pour lui apprendre à vivre. Mais la besogne n'avance pas, ma main se traîne; elle n'a point ses ailes ordinaires. La lampe pétille, mes outils s'émoussent, mes couleurs se mêlent! Adieu mes quarante écus d'or!

L'écrivain en était là de son monologue lorsqu'il entendit soulever le loquet de la porte.

— Et, par dessus le marché, des fâcheux qui viennent me dévorer le peu qui me reste! Oh! pour le coup, c'est trop fort, et je vais les congédier.

Maître Nicolas n'avait pas achevé sa malédiction et sa phrase, que le roi Charles V et son astrologue

Thomas de Pisan franchissaient le seuil de l'échoppe.

— Ah! Sire, exclama l'écrivain, est-il bien possible! Votre Majesté daigne...

— Pourquoi cet étonnement, maître Nicolas? interrompit le monarque; ne suis–je pas ici chez moi, et le palais où se rend la justice n'a–t–il pas été dans tous les temps la demeure de prédilection des rois de France?

— C'est vrai, Sire, vous êtes chez vous dans la Grand'Chambre, dans la chambre de saint Louis, même dans la grande salle et dans la galerie Mercière; mais dans cette humble échoppe, suspendue aux murailles du Palais, comme la maison du limaçon à l'aire de l'aigle, vous n'y êtes plus. Le lion, renfermé dans sa tanière, ne prend pas garde aux trous de taupes qui y habitent avec lui.

— Monseigneur le lion n'a pas tort, répliqua Charles V en riant des métaphores outrées de l'écrivain, de ne point se soucier des taupes qui partagent son séjour; mais lorsqu'un roi a sous la main un grand artiste ou un homme docte et savant, que cet artiste ou cet écrivain loge à la cave ou au grenier, dans un réduit étoilé ou dans une échoppe, il s'honore lui–même, et il honore sa couronne, en venant le visiter. N'est-il pas vrai, maître Thomas de Pisan?

— Ah! Sire, répartit l'astrologue, ce n'est point

sans raison que les peuples et les nations vous ont
décerné le surnom de Sage ; vous êtes très-sage et
très-philosophe, en effet. Oui, Sire, votre couronne
est la plus belle du monde, et ses fleurons se com-
posent non-seulement des lauriers de la victoire,
mais encore des palmes des belles-lettres et des
beaux-arts... Sire, vous n'avez point oublié que les
princes ne sont véritablement grands qu'en proté-
geant l'intelligence. Alexandre, César, Charlemagne,
ne seraient pour la postérité que des gagneurs de
batailles ; ce qui est peu de chose, Sire, aux yeux de
Dieu et des hommes éclairés, s'ils n'avaient point
entremêlé à leurs drapeaux de conquêtes les fruits
savoureux et impérissables des sciences et des arts.
Apelles et Praxitèles, Virgilius et Horatius, Éginhart
et Alcuin, sire, ont été pour les Macédoniens, les
Romains et les Français, de vaillans capitaines; ils
ont gagné aussi des batailles plus utiles à l'humanité
que celles d'Arbelles, de Pharsale et d'Onasbruck.

— La France est un docteur et un soldat, reprit
Charles V, et voilà pourquoi ses rois doivent aimer
et protéger ceux qui tiennent l'épée, la plume, le
pinceau, le burin et le ciseau. Pour ma part, j'aime
bien les doctes et les savans, mais j'aime bien aussi
mon ami Bertrand Duguesclin. Tout pacifique que
je suis, sa grande épée me fait battre le cœur de joie,

et je la baiserais presque, cette épée, quand je songe qu'elle a délivré nos provinces, et que, grâce à elle, la France a recouvré sa puissance et sa gloire. Le roi de France, mes maîtres, est le peuple incarné, et c'est justement ce qui fait que les intérêts de la nation sont aussi les intérêts de la couronne. Mais, assez discourir sur ce chapitre... Pour étancher votre surprise, maître Nicolas, voulez-vous savoir ce qui m'a chassé si matin de mon cher hôtel de Saint-Paul?

— Sire, je n'aurais jamais osé vous le demander.

— C'est que je veux assister incognito à la messe de rentrée de mon Parlement. Messire Arnaud de Corbie, premier président, m'a si fort vanté la pompe de cette cérémonie, que la curiosité m'a poussé à en être témoin. Ceci vous explique, maître Nicolas, notre visite matinale. Mais quel bel ouvrage faites-vous en ce moment? ajouta le roi en furetant autour du bureau de l'écrivain.

— Ne m'en parlez pas, Sire, répartit Flamel; au moment où vous êtes entré ici, je me désespérais. Je me suis engagé envers l'auteur de ce manuscrit, que j'ai copié, à lui rendre son ouvrage aujourd'hui même à neuf heures, et je n'aurai point terminé.

— Le grand mal! fit le roi; quelques heures de plus ou de moins ne font rien à l'affaire.

— Pardonnez-moi, Sire, car il y a un dédit de quarante écus d'or, et infailliblement j'en serai pour mon argent et pour ma peine.

— Oh! oh! maître Nicolas, la chose est grave. Mais dites-moi quel est cet auteur.

— C'est un des avocats généraux de votre Parlement, Sire; messire Raoul de Presles; et l'ouvrage que vous avez sous les yeux est le *Songe du Vergier*, dont Votre Majesté a bien voulu accepter la dédicace.

— Certainement, répondit Charles; et je devais bien cette petite marque de faveur à un homme qui n'est pas seulement un magistrat intègre, un orateur éminent, mais encore un poète des plus fleuris et un traducteur des plus fidèles.

— Ajoutez, Sire, et un savant des plus narquois et des plus moqueurs. Je redoute moins la perte des quarante écus d'or du dédit que les plaisanteries acérées qu'il fera tomber sur ma tête. Il va vider son carquois en mon honneur, et me traiter comme monseigneur Hercule a traité les Centaures.

— Mais Nicolas, dit Pisan, il me semble que vous n'avez pas votre langue cousue à la peau de votre escarcelle; vous êtes de taille à lui répondre, et à lui rendre un ducaton pour un denier.

— La robe du magistrat est si digne de vénération

et de respect, répartit noblement l'écrivain, que pour rien au monde je ne voudrais la souiller par un sarcasme ou par un quolibet. Messire Raoul de Presles pourra épuiser tout l'arsenal de ses malices, je ne lui répondrai pas.

— Vous parlez d'or, Nicolas, dit le roi en s'asseyant devant la table de l'écrivain, et je vous en estime davantage. Oui, la robe doit être respectée, car elle recouvre la loi. Mais je sais un moyen de vous faire gagner votre dédit... : c'est, dites-vous, le frontispice qui vous reste à faire (1)?

— Oui, Sire.

— Je m'en charge. Messire Raoul de Presles sera bien difficile s'il ne se contente pas d'un frontispice écrit de la main d'un roi de France.

Et le monarque, en achevant cette phrase, prenait une plume, et traçait au milieu des arabesques, des figures et des guirlandes de fleurs, dont la fantaisie de l'écrivain avait orné la feuille liminaire du manuscrit avec ses pinceaux d'or, d'azur, d'argent et de vermillon, ces mots :

(1) Le curieux manuscrit où se trouvait le frontispice de Charles V faisait encore partie, en 1670, de la bibliothèque de l'abbaye de Sainte-Geneviève On en voit la mention dans le catalogue dressé cette même année par le savant Génovéfin Paludel, bibliothécaire de l'Abbaye.

LE SONGE DU VERGIER,

par RAOUL DE PRESLES,

avocat général au Parlement de Paris.

Ouvrage dédié au roi Charles V, qui a voulu, par faveur singulière, écrire de sa main sur le premier feuillet de ce livre, et
a signé :

CHARLES V°, roi de France.

— Tenez, dit le roi à l'écrivain en lui présentant
la page, voilà, maître Nicolas, qui vous garantira
des sagettes (flèches) de messire Raoul de Presles.

— Certes, Sire, s'écria Flamel, tout joyeux de l'ex-
pédient royal, vous me donnez là un bouclier sur
lequel doivent glisser toutes les sagettes du monde,
mais vous octroyez aussi à messire Raoul de Presles
un magnifique souvenir qu'il ne manquera sans
doute pas de conserver comme une précieuse relique.
Quant à moi, Sire, mon lot n'est pas moins beau ; je
garderai pieusement la plume dont vient de se servir Votre Majesté, et si je suis ennobli un jour, elle
entrera de droit dans mon blason.

— La plume d'un roi est chose légère, répliqua
Charles, comme toutes les plumes de ce monde ;
mais quand le génie tient cette plume, elle devient
un sceptre.

— Eh ! Sire, comptez-vous pour rien, dit Pisan,

que les plumes dont vous vous servez dans votre cabinet de l'hôtel de Saint-Paul ont toutes signé des traités avantageux à la France, des lois tutélaires et des grâces ?

— Voilà à quoi doivent servir uniquement des plumes royales. Mais, ajouta Charles V, vous êtes donc satisfait, maître Nicolas, de ma collaboration impromptue ?

— Oui, Sire, et votre pièce d'écriture passera mieux que les miennes à la postérité la plus reculée.

— Je vous devais bien ce petit service pour tous les joyaux dont vous enrichissez ma chère bibliothèque, maître Nicolas. Et, tenez, il y a quelques jours j'installais sur mes tablettes le lumineux ouvrage de messire Jehan Le Bouteiller, qui a été copié par vous. J'ai reconnu tout de suite, maître Nicolas, que vous aviez passé par là, à la seule inspection du livre : *ex ungue leonem*.

— Ah ! Sire, s'écrie l'écrivain, voilà encore un homme que vous devez entourer de votre royale auréole, que ce messire Jehan Le Bouteiller. Comme messire Raoul de Presles, il se marie aujourd'hui même, et bien que l'alliance qu'il forme soit bien moins brillante que celle de votre avocat-général (1),

(1) Raoul de Presles, avocat-général au Parlement, était fils naturel de Raoul de Presles, seigneur de Pezy, qui a fondé le

on peut dire qu'on reconnaît la profonde sagesse et
la vertu de messire Jehan Le Bouteiller dans le choix
qu'il a fait d'une épouse. L'ambition et l'orgueil
n'ont point de prises sur son âme.

— Ah! fit le roi, messire Jehan se marie aujour-
d'hui! J'en suis bien aise... Et pour lui prouver
tout le cas que je fais de sa personne et de ses écrits,
je veux signer au contrat.

— Votre Majesté fera bien, reprit Nicolas Flamel,
et voilà de ces récompenses que des hommes tels que
messire Jehan prisent plus que des trésors et des
dignités.

— Les honneurs et mignardises sont monnaie
royale, répliqua Charles V, et les rois sont trop heureux de les avoir à leur disposition pour rémunérer
des services que tout l'or de leur épargne ne pourrait pas payer. Mais nous babillons ici depuis longtemps, mes maîtres, ajouta le monarque, et je pense
pourtant que la cérémonie ne saurait tarder à commencer.

— Votre Majesté ne se trompe pas, fit l'écrivain,
j'entends tinter la cloche de Saint-Barthélemy (1).

collége de Presles. L'avocat-général fit un grand mariage en
épousant la fille de Pierre de Lompa, seigneur et marquis de
Sancy, l'une des plus riches héritières du royaume.

(1) La petite église de Saint Barthélemy était enclavée dans

— Allons-nous en donc, dit le roi. Thomas, donnez-moi le bras et conduisez-moi dans ce labyrinthe de salles et de galeries que je ne connais guère. Dédalus et Icarius eux-mêmes se perdraient dans ce monde d'escaliers et de chambres. Ne venez-vous pas avec nous, maître Nicolas?

— Sire, c'est un honneur que je n'aurais pas osé briguer. Je vais fermer ma boutique et je rejoindrai Votre Majesté dans la grand'salle en face du gros pilier, si elle daigne m'y attendre un quart-d'heure. Car, sire, vous n'êtes point Dédalus, mais le héros Thœseus qui a dompté des monstres, et il vous faut le fil d'Ariane pour parcourir notre Palais; maître Thomas de Pisan, tout grand astrologue qu'il est, perdrait son latin à vous guider, quant à moi je connais ces lieux comme mon *Pater*.

— A bientôt donc, maître, fit le roi, et s'emparant du bras de l'astrologue il disparut dans la pénombre de la galerie Mercière.

Depuis le règne du roi Jean, les procureurs au Parlement, réunis en confrérie sous l'invocation de saint Nicolas, étaient dans l'usage de faire célébrer chaque jour la messe à la chapelle du Palais, située

---

les dépendances du Palais, dont elle était la paroisse. Cette petite église fut démolie au commencement du seizième siècle.

dans la Grand'Salle. Le lendemain de la Saint-Martin, jour de la rentrée du Parlement, les procureurs invitaient les magistrats et les avocats à assister à la messe du Saint-Esprit; le premier président, les quatre présidens à mortier, les conseillers, greffiers en chef et les avocats, s'y rendaient en robes noires.

Mais en 1370, lorsque Arnault de Corbie, qui avait été avocat, arriva à la première présidence, il voulut signaler son avénement par des innovations importantes. Arnault aimait la pompe et l'éclat des cérémonies; jaloux à l'excès des prérogatives parlementaires, il ne laissait jamais échapper l'occasion de les agrandir et de les entourer aux yeux du peuple d'un prestige auguste et solennel. Il décida donc, en 1370, que la messe du Saint-Esprit serait désormais célébrée avec un magnifique appareil, et que les procureurs, au lieu d'y inviter le Parlement, seraient, au contraire, conviés par ce grand corps à y assister. Le premier président, les présidens, conseillers, greffiers en chef et les avocats, devaient s'y montrer en robes rouges : de là le nom donné à la cérémonie de *messe rouge* (1).

(1) Arnault de Corbie, devenu chancelier de France en 1406, voulut assurer la célébration des messes quotidiennes, et surtout de la messe de rentrée, et à cet effet il établit une contribution de *deux écus* sur la réception de chaque avocat, et d'un écu

7

En vain quelques vieux conseillers, idolâtres de la routine et des anciens us et coutumes parlementaires, voulurent adresser des remontrances au premier président sur le peu d'opportunité de cette mesure. « Messires, leur répondit Arnault de Corbie, la justice, pour être respectée des peuples, n'a pas moins besoin que le trône d'un attirail magnifique. Les dépositaires des lois doivent être immuables et lumineux comme elles. Otez Notre-Dame de Paris à la religion, le Louvre à la royauté, vous verrez ce qui restera à la puissance ecclésiastique et à la puissance souveraine. Le Parlement est politiquement placé entre l'église et le trône : laissez-le briller comme ces deux puissances, dont il est constamment le support. »

Donc le jour de la rentrée, en 1370, la messe fut célébrée dans la grande salle du Palais, devant le

---

sur celle de chaque procureur, applicable à la dépense de la chapelle du Palais. Au moyen de ce fonds, la messe de rentrée acquit de plus en plus d'appareil et de solennité. Les choses restèrent en cet état plus d'un siècle, et jusqu'en 1512. A cette époque, Louis XII, entraîné par son goût pour le Palais, y avait pris un logement, et suivait assidûment les plaidoiries et les assemblées des Chambres. Il n'avait garde de perfectionner encore la pompe et les solennités parlementaires. La messe du Saint-Esprit prit sous son règne une magnificence et un éclat inconcevables. Cette messe, telle que Louis XII l'avait réglée, fut célébrée annuellement jusqu'en 1788.

Parlement tout entier, les avocats en robes rouges, les procureurs et huissiers en robes noires. L'évêque de Chartres, Guy de Morvan, assisté du trésorier de la Sainte-Chapelle et du curé de Saint-Barthélemy, officia pontificalement. L'affluence des curieux était considérable, et le roi Charles V, accompagné de son astrologue, Thomas de Pisan, et de Nicolas Flamel, l'écrivain-juré de l'Université, eut toutes les peines du monde à se faufiler au premier rang des spectateurs pour bien jouir de la cérémonie. Il arriva même que les sergens de la douzaine et les huissiers du grand greffe, chargés de faire la police, rabrouèrent à diverses reprises le roi et ses deux compagnons.

— Ah! Sire, dit tout bas Nicolas Flamel au monarque, que n'avons-nous ici une demi-douzaine de vos hallebardiers de l'hôtel de Saint-Paul! Je serais bien aise de voir rabattre le caquet de ces capitans à jaquette de camelot et à caducée d'ébène.

— Et moi j'en serais bien fâché, repartit Charles; ces gens-là font leur devoir, et comme je ne suis pas ici roi, mais simple spectateur, ils ont raison de morigéner ma turbulence et ma curiosité.

La messe achevée, les procureurs et les greffiers descendirent par l'escalier de la Sainte-Chapelle pour retourner chacun chez eux processionnellement. Quant au Parlement en corps et aux avocats, ils se rendirent, le premier président en tête, dans la Grand'Chambre, où une autre espèce de cérémonie les attendait.

En effet, il était d'usage en ce temps-là que les membres laïcs du Parlement, qui voulaient prendre femmes, choisissent le temps de la rentrée pour se marier. A l'issue de la messe du Saint-Esprit, les futurs époux présentaient au premier président leur contrat de mariage pour qu'il le signât. En échange de cet honneur, qui n'était applicable qu'aux conseillers au Parlement et aux avocats, la fiancée offrait au premier président *trois noix*. De là cette cérémonie était appelée la *baillée aux noix*, comme le tribut annuel de fleurs au Parlement par les pairs de France s'appelait la *baillée aux roses*.

Le Parlement, toutes les Chambres assemblées, prit séance. Le premier président monta sur son siége, ayant à sa droite et à sa gauche les quatre présidens à mortier et les quatre doyens de la Grand' Chambre. Les avocats se placèrent en face du premier président, ayant les conseillers des requêtes et des enquêtes à leur gauche, les conseillers de la Tournelle et les huissiers à leur droite. Les conseillers de la Grand'Chambre occupaient les siéges les plus proches du bureau du premier président. Le fond de la vaste chambre était rempli d'un public d'élite.

Ainsi installé, Arnault de Corbie, premier président, annonça d'une voix forte que l'audience était
ouverte, et, au nom du Parlement, déclara que la
baillée aux noix allait se faire (1) immédiatement
après que le discours de rentrée aurait été prononcé.

Aussitôt, maître Raoul de Presles, avocat-général,
prit la parole, et dans un discours latin fort étendu,
et où les citations des poètes profanes, des pères de
l'Église, de l'Évangile et des philosophies d'Aristote
et de Platon étaient prodiguées outre mesure, il démontra l'étroite alliance qui devait exister entre la
religion et les lois. La négation de l'une, dit le savant
avocat-général, devant entraîner nécessairement la
négation des autres, il était du devoir de tout bon
gouvernement de souder, en quelque sorte, les tables
de la loi aux portes du sanctuaire ; car, ajouta Raoul
de Presles en terminant, sans religion il n'y a, il ne
peut y avoir ni liberté pour les peuples, ni sécurité

(1) Il serait bien difficile d'assigner une origine certaine à cet
usage. Pour tâcher de l'expliquer, il faut remonter aux coutumes
romaines. En effet, chez les Romains, les jeunes mariés jetaient
au peuple des noix, comme pour annoncer publiquement que,
dès ce moment, ils renonçaient aux jeux de la folle jeunesse. On
sait que les noix jouaient un grand rôle dans les amusemens de
la jeunesse romaine. Ce qu'il y a de certain, c'est que la baillée
aux noix datait, en 1370, de plusieurs siècles. Cette coutume romaine avait été vraisemblablement adoptée vers le temps de
Charlemagne.

pour les princes, ni bonheur domestique, ni bonheur général ; le salut dans ce monde et dans l'autre est dans la croix, et c'est avec la croix que la nation française vaincra ses ennemis et protégera ainsi non-seulement son indépendance, mais l'indépendance des autres nations et la liberté du monde. *In hoc signo vinces*.

L'avocat-général étaya ce discours d'une belle et pure latinité, de force exemples et d'une multitude de fragmens et de vers des auteurs de l'antiquité, qui prouvaient sinon son goût, du moins sa vaste et profonde érudition.

Ce discours fut écouté avec faveur ; on le trouva beau, fleuri, éloquent, d'une belle ordonnance et concluant. Nous serions plus difficiles peut-être aujourd'hui ; mais à cette époque les idées n'étaient pas les mêmes que de nos jours, et la liberté, comme l'entendaient nos pères, n'était pas la liberté comme nous la comprenons et la servons au dix-neuvième siècle.

On procéda ensuite à la baillée aux noix.

Sur l'injonction du premier président, les huissiers allèrent prendre à la place qu'ils occupaient, l'un parmi les membres du Parquet, l'autre parmi les conseillers de Grand'Chambre, les deux personnages qui allaient contracter mariage, messire Raoul de Presles et Jehan Le Bouteiller.

Les deux magistrats s'avancèrent gravement, précédés et suivis par les huissiers du Parlement, leurs
contrats de mariage à la main, vers le siége du premier président.

Arnault de Corbie lut d'abord à haute et intelligi-
ble voix le protocole du contrat, sans faire connaître
les clauses matrimoniales de l'avocat-général Raoul
de Presles. Puis, il le signa et le donna à signer aux
quatre présidens à mortier et aux quatre doyens de
Grand'Chambre. Ces signatures obtenues, Raoul de
Presles déposa les trois noix, dont le bois était doré,
sur le bureau du premier président, salua et se retira.

Jehan Le Bouteiller se présenta ensuite et remit son
contrat de mariage entre les mains du premier président. Celui-ci lut également le protocole ; mais quand
il en fut à l'énumération des titres de Jehan, qui consistaient en : *docteur ès-arts, docteur ès-sciences,
bachelier de Sorbonne, conseiller en la Grand'
Chambre du Parlement de Paris,* une voix partit
du fond de l'auditoire et cria impérieusement :

— Ajoutez, Monsieur le premier président, à ces
titres, le titre de conseiller d'État.

Tous les yeux se tournèrent vers l'endroit d'où
cette voix s'était élevée, et tous les yeux reconnurent
bientôt le roi Charles lui-même, qui, escorté de son
astrologue et de son écrivain, se frayait avec peine

passage à travers la foule pour arriver au milieu de son féal et bien-aimé Parlement de Paris.

A cette apparition si subite et si inattendue, la joie, la reconnaissance et l'amour s'emparèrent de toutes les âmes, s'agitèrent dans tous les cœurs. La gravité parlementaire ne tint pas contre cette bonhomie, contre cette confiance royale ; un cri unanime de *vive le roi!* fit retentir les échos de la Grand'Chambre, et apprit à la multitude qui stationnait autour de l'édifice que le père du peuple siégeait ce jour-là au milieu des tuteurs du peuple.

Le premier président se leva et offrit son siége au monarque.

— Non, non, restez sur le siége que vous occupez si bien, Monsieur le premier président, dit Charles ; je ne viens ici déplacer personne. J'ai laissé ma couronne au Louvre, et il n'y a ici de roi que la loi dont vous êtes le premier organe. Restez donc.

Charles se fit apporter un pliant et s'assit alors auprès d'Arnault de Corbie, prit le contrat de Jehan et le signa ; puis, après quelques minutes d'attente, nécessaires pour calmer l'émotion que son arrivée avait produite, le roi se leva et parla ainsi :

— C'est avec une bien vive satisfaction, Messieurs, que je me trouve au milieu de vous. Le hasard seul n'a point causé cette aventure ; je tenais à donner publiquement, officiellement à l'un de vos membres un témoignage de ma royale gratitude, de ma sincère admiration. Jehan Le Bouteiller, Messieurs, votre collègue, a doté la France d'un ouvrage utile et magnifique; il fera époque dans mon règne, et heureux les règnes qui peuvent laisser de tels héritages à la postérité! Messieurs, en récompensant un seul de vos membres, je vous récompense tous, car les doctrines, les opinions, les vœux émis dans la *Somme rurale* de messire Jehan Le Bouteiller sont les doctrines, les opinions, les vœux de mon Parlement de Paris : je le sais.

Regardez donc encore une fois, Messieurs, la dignité législative que je viens d'accorder à Jehan Le Bouteiller comme un los et une récompense pour chacun de vous. Dans l'impuissance où je suis, quoique roi, de remercier et de glorifier tant de vertus, tant de dévouement, tant de zèle qui brillent dans cette enceinte, qu'il me soit permis au moins de faire luire parfois sur quelques-uns d'entre vous une parcelle de ces rayons de gloire dont le trône est le dispensateur naturel. Par ce moyen, Messieurs, la couronne vous rend ce que vous lui donnez, car c'est le peuple et vous qui faites sa splendeur, sa force et son immortalité.

De nouveaux cris de vive le roi retentirent avec une nouvelle énergie, et le roi, se levant, descendit de l'estrade et se mêla familièrement aux nombreux groupes des conseillers du Parlement et des membres du Parquet.

L'avocat-général Raoul de Presles fendit la presse, et s'approchant du roi :

— Sire, dit-il, Votre Majesté vient de faire de moi un envieux. Elle n'a pas daigné apposer sa signature sur mon contrat de mariage comme sur celui de messire Jehan Le Bouteiller.

— Mon féal avocat-général, répondit le roi, je n'ai point fait une omission ; c'est à dessein que je n'ai pas signé à votre contrat.

— Ah! Sire, exclama Raoul de Presles.

— Oui, mais voilà un homme, ajouta le roi, qui vous remettra plus qu'une signature de ma part... entendez-vous.

Charles avait désigné Nicolas Flamel, qui, s'avançant à son tour, dit à l'avocat-général :

— Par saint Christophe! messire Raoul de Presles, le roi m'a fait gagner un dédit de quarante écus d'or ; mais à vous il vient de faire cadeau, sur une seule page, de tous les fruits du jardin des Hespérides. Comme je ne suis pas un dragon chargé de les garder, je vous les remettrai à la sortie de l'audience.

— Messire Raoul de Presles, qui épousez-vous? demanda le roi à l'avocat général.

— La fille du marquis de Sancy, Sire.

— Elle est belle?

— Peu, Sire.

— Bonne?

— Je le crois, Sire.

— Riche?

— Ah! pour cela, j'en suis sûr, Sire : la dot est de 20,000 écus d'or, et la dot pâlit devant les espérances.

— Très-bien, messire Raoul! Enter la justice sur la noblesse, cela ne peut que tourner au profit de l'État.

— Et vous, messire Jehan Le Bouteiller, demanda Charles au conseiller de Grand'Chambre, qui était venu lui présenter le tribut de son respect et de sa reconnaissance, qui avez-vous épousé?

— La fille d'un laboureur, Sire.

— Encore mieux! exclama le roi. Tous deux, messires vous avez fait d'excellens choix, et en rapport avec les ouvrages que vous avez écrits. Faites-moi bien vite des sujets, Messieurs, et inculquez bien un jour dans l'esprit et dans le cœur de vos enfans qu'il y a autre chose en France plus haut, plus grand, plus durable que l'illustration de la noblesse de sang, c'est l'illustration du courage et de la vertu. Les lettres de cette noblesse-là ne se périment pas, et ne craignent ni l'atteinte des hommes ni l'atteinte des siècles.

Le bon roi Charles V devisa ainsi plus d'une heure dans la Grand'Chambre du Parlement, tantôt avec l'un, tantôt avec l'autre, sans distinction de rang. A dix heures il se retira pour aller dîner à son hôtel de Saint-Paul; mais il invita et emmena au festin royal le premier président du parlement, Arnault de Corbie, Raoul de Presles, Jehan Le Bouteiller et les quatre présidens à mortier. L'astrologue Thomas de Pisan entraîna de son côté l'écrivain Nicolas Flamel, qui faisait habituellement les bonnes heures de la table des familiers de l'hôtel de Saint-Paul par ses contes, ses facéties, et surtout par ses intarissables bons mots.

Le titre de conseiller d'État, dont venait d'être investi le conseiller Jehan Le Bouteiller, n'était pas si vulgaire qu'il l'est devenu depuis deux siècles, et surtout depuis quarante ans. En 1370, il n'y avait que douze conseillers d'État, et tous les hommes, sans exception, qui remplissaient cette charge, étaient distingués également par la pureté de leurs mœurs, l'éclat de leurs lumières, la vaste étendue de leur savoir et l'importance de leurs services.

Aussi Jehan Le Bouteiller, assis à la table du roi, fut-il vivement ému lorsque Bertrand Duguesclin, connétable de France, dont l'humeur libre et franche se faisait jour en tous lieux, s'étant fait verser plein un gobelet de vin de Joigny, s'écria en se levant et en tendant son hanap vers celui du roi :

« Sire, à la grandeur de la France ! à la santé et à la conservation de Votre Majesté ! »

Puis, se retournant vers le conseiller au Parlement :

« Et à l'honneur de l'avocat des laboureurs !

UN JOUR DE RÉVOLTE A PARIS.

1418

Le peuple de Paris n'est pas difficile sur le choix de ses chefs quand il tente de se révolter contre les lois. Au temps du roi Jean, il se passionna pour un agitateur de bas-étage, Simon Goulu, tripier aux grandes Halles, et força le prévôt des marchands Marcel, séditieux lui-même, de compter avec lui. Sous Charles VI, il installa sur le pavois de l'émeute un boucher nommé Caboche, qui eut le triste privilége de donner son nom au ramas de scélérats qui, en 1418, ensanglantèrent la capitale à trois reprises différentes (1). Sous Henri III et sous la Ligue, la populace de Paris choisit encore ses capitaines dans les rangs les plus infimes de la société; c'est un Crucé, garçon orfèvre, dont le fanatisme était poussé jusqu'à la barbarie ; c'est un Claude Lopart, taver-

---

(1) Il est remarquable que les bouchers ont constamment joué un rôle très actif dans nos troubles civils. Sans fouiller dans les tristes annales de nos discordes, et sans remonter aux tempêtes de notre vieille monarchie, on peut constater ce fait. A la Convention nationale, un membre très-fougueux, Legendre, était boucher.

nier, ancien héros de la Saint-Barthélemy, dont la longue barbe, qu'il teignait habituellement du sang de ceux qu'il égorgeait, était, pour ses complices mêmes, un objet d'horreur et de dégoût. Mais la Ligue, comme toutes les révoltes absolues, ne se contentait pas de tuer avec des armes françaises, elle avait fait un appel aux misérables, aux assassins de tous les pays, et cet appel avait été entendu.

Des hommes comme on en voit à toutes les époques, qui n'ont ni patrie, ni famille ; que la honte, que l'infamie, que le crime ont chassés de leurs pays, vinrent se ranger sous les étendards de la révolte. Le poignard espagnol fut, grâce à eux, naturalisé Français, et le stylet florentin et milanais devint désormais l'auxiliaire du couteau de Jacques Clément, de Jean Châtel et de Ravaillac. Les Espagnols et les Italiens surtout, nous inoculèrent en quelque sorte le guet-apens et l'assassinat.

Le parti Bourguignon, vainqueur de la faction Armagnac, avait célébré son triomphe par l'incendie, les massacres et le pillage, dans les premiers mois de l'année 1418. Mais les buveurs de sang, ainsi que les buveurs de vin, sentent augmenter leur soif par l'excès même de leurs libations impies. Ce n'était point assez d'avoir couvert Paris de meurtres et d'assassinats, d'avoir égorgé dans les prisons du

Grand et du Petit-Châtelet, au Louvre, au Temple, à Saint-Éloi, à Saint-Magloire, à Saint-Martin-des-Champs, au Fort-L'Évêque, à la Conciergerie, tous les prisonniers appartenant à la Magistrature, au Barreau, au clergé, à la noblesse et même à la bourgeoisie qui y était renfermés ; il fallait encore de nouvelles hécatombes, de nouvelles victimes au minotaure populaire, que les ambitieux de tous les temps nourrissent de chair humaine pour mieux l'asservir ensuite.

Le 20 août 1418, un attroupement, composé d'hommes de la plus vile populace, se transporta vers le Grand et le Petit-Châtelet, après avoir pillé sur sa route, selon l'usage, les boutiques de fourbisseurs, de boucliers et d'armuriers. Arrivés au Grand et Petit-Châtelet, ces braves émeutiers forcèrent les portes de ces prisons, et y renouvelèrent les massacres du 29 mai et du 12 juin précédent. Puis, s'étant dirigés de là vers le château de Vincennes, ils demandèrent qu'on leur livrât les prisonniers pour en *faire justice*.

Le duc de Bourgogne s'intéressait à ces prisonniers, il défendit l'accès de cette prison d'État, et le flot populaire se retira sans oser rien entreprendre, car il ne mugit pas devant la force véritable. Mais, comme il entrait dans la politique du Bourguignon de ne point trop heurter les caprices de cette multitude ignorante et féroce, il consentit de faire remettre

8

vingt de ces prisonniers entre les mains du prévôt de Paris, pour être jugés selon les formes ordinaires.

Ces infortunés captifs n'eurent pas plus tôt franchi le pont-levis de Vincennes, entourés d'une faible escorte, qu'ils furent assaillis vers le milieu du faubourg Saint-Antoine par ces hordes d'assassins, qui les égorgèrent impitoyablement, malgré la vigoureuse résistance des archers bourguignons, qui laissèrent dix des leurs sur le terrain.

Le boucher Caboche n'était plus l'idole de la populace assommante, incendiante et pillante.

La popularité, toujours fragile et toujours capricieuse, l'avait abandonné, et cinq années avaient suffi pour rejeter cet homme dans la foule des tueurs et des assassins vulgaires. Mais la populace de Paris, en brisant son idole, avait compris qu'un homme tel que Caboche ne pouvait être remplacé que par une créature plus abominable encore : au boucher elle fit succéder un bourreau.

Jean Capeluche, bourreau de Paris, fut en effet le seul maître, le seul magistrat, le seul souverain de capitale depuis le 29 mai jusqu'au 20 août 1418. En l'absence du duc de Bourgogne, en l'absence de toute espèce de gouvernement régulier, ce misérable, incessamment entouré de satellites recrutés parmi la ie la plus immonde de la population, donnait des ordres, ouvrait et fermait les prisons, organisait les massacres, et livrait au pillage les maisons des plus notables personnages du Parlement et du Barreau. L'espèce de garde dont le bourreau Capeluche était environné était digne en tout point de l'horrible métier du dictateur. Cette garde était composée de trois cents hommes, tous gens de sac et de corde, et dont la plus grande partie avait été flétrie par la justice. Ils étaient habillés de rouge, et leurs armes, empruntées à l'arsenal du bourreau, ou volées dans les boutiques des fourbisseurs, formaient de choquantes disparates. Des haches, des arbalètes, des piques, des hallebardes et des coutelas, ternis par le sang, souillés par le carnage, augmentaient, s'il est possible, le dégoût et l'effroi que ces misérables, la plupart du temps ivres de vin autant que de sang, inspiraient à la partie honnête et paisible de la population, qui se laissait intimider par une poignée de scélérats.

Capeluche avait pris une part très-active aux événemens qui avaient suivi la défaite du parti Armagnac ; mais dans les massacres il avait agi plus par ses lieutenans que par lui-même. Il n'en fut pas ainsi dans l'égorgement des prisonniers de Vincennes : on le vit à la tête des assassins, c'est-à-dire à la tête de sa garde, donner le signal du meurtre, et abattre lui-même, de sa formidable hache, douze **des principaux captifs.**

Le duc de Bourgogne, dit un historien, considé-
rant ce dernier excès comme une injure personnelle,
vit bien qu'il était temps de ressaisir l'autorité et de
réprimer le cours d'une insubordination qui pourrait tourner contre lui-même. Il accourut incognito
à Paris, et ne balança pas à se mettre personnelle-
ment en rapport avec l'ignoble instrument de sa politique usurpatrice, avec le bourreau Capeluche.

Il arrive un moment dans les révolutions où il est
nécessaire de briser violemment les rouages aveugles
et sanglans qui ont servi à la perpétration des forfaits et des crimes.

Dans la soirée du 20 août, Jean Capeluche, le
bourreau de Paris, s'était retiré à la grosse tour de
la Conciergerie (1), sa résidence ordinaire depuis

(1) La Conciergerie a trois tours : la tour de César, la plus
proche du Pont-au-Change ; la grosse tour ou la tour Bon-Bec,
plus proche du Pont-Neuf, et non la tour Bombée, comme l'ont
écrit quelques docteurs d'antiquité, et la tour d'Argent, qui tient
le milieu.

La tour de César tire son nom des fondations sur lesquelles
elle a été construite. Lorsque César commandait dans la Gaule,
il fit élever à la pointe de l'île Lutèce un fort qui dominait la
ville, et qui commandait le fleuve en amont ; la tour d'Argent
fut ainsi nommée parce qu'elle renfermait le trésor des rois de
France qui habitèrent exclusivement le palais depuis Hugues-
Capet jusqu'à Philippe-le-Bel ; enfin on appela la grosse tour la
tour Bon-Bec (et non Bombée), parce que c'était dans cette tour
qu'on administrait aux criminels la question ordinaire et extraordinaire. Or les tortures de la question forçaient à parler, et l'épi-

qu'il était maître de la capitale du royaume. La journée avait été bonne, et le bourreau, tout couvert encore du sang des prisonniers égorgés sur la route de Vincennes, se réjouissait au milieu de ses gardes et de ses familiers de l'heureuse issue de l'aventure, et buvait à plein gobelet d'un vin exquis extorqué à l'abbaye de Saint-Victor. De temps à autre, Capeluche se mettait à la petite fenêtre en ogive de l'étage supérieur de la tour, et répondait par des saluts aux cris de *Vive Capeluche! vive notre ami!* que poussaient un millier de bandits armés, qui campaient sur la grève de la Conciergerie (1). Ces acclamations trouvaient un écho sur l'autre rive de la Seine, où l'on voyait s'agiter une multitude d'hommes, de femmes et d'enfans, qui promenaient au bout des piques les têtes des vingt prisonniers de Vincennes.

La nuit était close, et Capeluche, à moitié ivre, allait congédier ses courtisans pour se livrer au som-

thète atroce de Bon-Bec était en parfaite harmonie avec la destination du lieu.

(1) Avant la construction du quai des Lunettes, les tours de la Conciergerie apparaissaient dans toute leur gigantesque hauteur. Elles s'ouvraient toutes par des poternes sur la berge de la rivière. Les fables absurdes et ridicules débitées par tous les compilateurs sur les grilles donnant sur la rivière, qui s'ouvraient pour laisser passer les *victimes* des fureurs royales, n'ont donc aucun fondement. Les oubliettes n'ont jamais également existé à la Conciergerie.

meil, quand un de ses gardes vint lui annoncer qu'un envoyé du duc de Bourgogne voulait absolument lui parler.

— Qu'il attende jusqu'à demain matin, répondit le bourreau; je n'ai juste le temps que de m'en-dormir.

— Impossible, maître, répliqua le sbire; il a déclaré qu'il ne sortirait pas de la tour sans vous avoir vu et parlé.

— Qu'il entre donc! fit Capeluche en assaisonnant son ordre d'un blasphême effroyable; qu'il entre donc... et nous l'entendrons.

Trois minutes après, le prétendu messager du duc de Bourgogne était introduit dans la chambre haute de la grosse tour. Ce messager était un homme court, trapu, vigoureux, dont le visage était presque entièrement caché sous un vaste chaperon. Mais à la raideur de ses gestes, au cliquetis sourd qui accompagnait chacun de ses mouvemens, on pouvait croire que la houppelande et le chaperon cachaient le corselet et les armes d'un soldat.

Deux affidés de Capeluche se tenaient debout, une torche de résine à la main.

D'un geste impérieux le soldat fit connaître au bourreau que ces deux hommes ne pouvaient pas rester témoins de leur entretien.

— Sortez, dit le bourreau à ses gens, mais laissez nous la lumière.

Les bandits se retirèrent, après avoir assujéti leurs torches dans des espèces de chandeliers de fer qui étaient scellés à cet effet dans toutes les chambres des tours et des bâtimens de la Conciergerie.

Quand ils furent seuls, le soldat renversa lentement le chaperon qui lui voilait en quelque sorte les traits; et, s'approchant du bourreau de Paris, il lui dit plus lentement encore :

— Capeluche, me reconnais-tu?

— Monseigneur le duc de Bourgogne! exclama le bourreau, que la vue du prince avait presque complétement dégrisé, et qui se hasarda à se lever de dessus son escabeau pour rendre hommage à son hôte.

— Reste, reste, Capeluche, dit le duc, en lui ordonnant, du doigt et de l'œil, de ne point quitter sa posture; cuve en paix le vin et le sang que tu as bu. Les prévenances et les hommages d'un être tel que toi ne me touchent pas, et si je descends jusqu'à parler à un vil bourreau...

— Bourreau! monseigneur, interrompit Capeluche; mais c'est un office utile...

— Tu as raison, ce n'est pas bourreau que je devais dire, c'est assassin. Mais écoute-moi, Capeluche, écoute-moi bien, continua le duc, car je n'ai que peu d'instans à te sacrifier, et il faut que d'ici à une heure l'ordre et l'empire de la loi soient rétablis dans Paris.

— J'écoute, monseigneur, fit le bourreau.

— J'ai donné jusqu'à ce jour, Capeluche, poursuivit le duc, un libre cours à la férocité de tes instincts...

— Avouez, monseigneur, interrompit insolemment le bourreau, que la férocité de mes instincts, ainsi que vous voulez bien appeler la rigide observance de la justice populaire, n'a point été inutile aux intérêts de votre ambition.

Le duc de Bourgogne dédaigna de répondre à ce reproche, et reprit aussitôt :

— Mais aujourd'hui tu as comblé la mesure de tes cruautés : au mépris de mes ordres les plus précis, au mépris du droit des gens, et surtout de cet honneur que les brigands les plus vils reconnaissent et pratiquent à l'égard de leurs prisonniers, tu as froidement égorgé vingt hommes sans défense, chargés de fers, protégés par ma parole, et qui devaient l'être plus encore par toi, par toi que j'avais chargé spécialement de leur conduite. Capeluche, cette dernière action abolit les services que tu peux avoir rendus à la cause que je sers ; tu dois être puni, tu vas l'être, car ton impunité semblerait me rendre

complice de ton crime, et je répudie cette abominable solidarité.

— Eh! par le coutelas de saint Pierre, monseigneur, répliqua le bourreau, voilà bien du bruit pour
une vingtaine de têtes qui étaient en exécration au
peuple! En mettant ces parlementaires, ces avocats,
ces bourgeois hors d'état de nuire, je n'ai fait qu'a-
vancer la sentence de la justice. J'ai agi au nom du
peuple.

— Non, interrompit le duc de Bourgogne, avec
colère, en frappant de son gantelet de fer la table sur
laquelle gisaient encore les cruches et les amphores de
l'orgie; non, Capeluche, tu n'a pas agi au nom du
peuple, à moins que tu ne décores de ce beau titre
les cinq ou six mille scélérats qui rampent comme
les reptiles dans les fanges de la capitale pendant la
paix, et qui se dressent en sifflant et en répandant
leur venin dans la cité, quand des misérables, tels
que toi, les convient au pillage et au meurtre. Capeluche, il faut que tu paies le sang que tu as si cri-
minellement répandu!.... Je vais te livrer à la justice du prévôt de Paris.... Mais, par un reste de
pitié, j'ai bien voulu t'accorder une dernière grâce :
dis-moi, avant de paraître devant le juge de la terre
et le juge du ciel, ce que tu souhaites.

— Monseigneur, répondit Capeluche, dont la phy-

sionomie prit tout à coup un caractère d'ironique
assurance, vous oubliez que je vous ai servi; vous
oubliez que je suis dans la grosse tour de la Conciergerie ; vous oubliez enfin que, pour me parler ainsi,
tout duc et tout puissant que vous êtes, il pourrait
vous en cuire, si je faisais un signe, un seul signe,
aux braves gens qui m'entourent.

L'outrecuidance de Capeluche acheva d'irriter le
duc, et ouvrant avec violence la croisée qui donnait
sur la rivière :

— Crois-tu donc, misérable, s'écria-t-il, qu'un
soldat tel que moi puisse s'aventurer à la légère dans
une ville, dans un palais où tu commanderais en tyran?... Tiens, regarde, tu n'es plus le maître de
Paris... Le peuple, le vrai peuple, mêlé avec mes
braves troupes bourguignones, salue sa délivrance et
ta chute par des noëls et des acclamations d'allégresse.

Le bourreau regarda par la fenêtre et vit en effet
les bannières des troupes bourguignones flotter sur
toute la longueur des quais, depuis le Parloir-aux-
Bourgeois, jusqu'aux Granges-d'Artillerie (l'Arsenal). Non-seulement la rive droite était couverte de
soldats, mais encore de longues barques, chargées
d'archers et de hallebardiers, descendaient rapidement le fleuve et s'amarraient au pied même de la
Conciergerie.

— Tu le vois, fit le duc, je suis maître de Paris et ton règne est passé. Sus donc à genoux, malheureux, et crie merci à Dieu !

En ce moment la porte de la chambre s'ouvrit avec fracas, et des officiers du duc de Bourgogne apparurent la dague au poing, suivis du prévôt de Paris en personne.

Le duc recouvrit sa figure de son chaperon.

— Par ordre de monseigneur le duc de Bourgogne, s'écria-t-il d'une voix terrible, emparez-vous de cet homme, monsieur le prévôt de Paris, et que bonne et éclatante justice se fasse.

Capeluche, terrifié, était resté à genoux. On le prit et on l'emmena dans les cachots du Châtelet, sans que la populace songeât à le délivrer. Comme l'avait dit le duc de Bourgogne, son règne était passé.

———

La justice du prévôt de Paris était merveilleusement rapide. Quelques jours et souvent quelques heures suffisaient pour instruire un procès. On dressait le réquisitoire, on entendait les témoins, peu ou point de plaidoirie, et la sentence était immédiatement rendue. Quand le prévôt était un homme intègre, in-

terprétant consciencieusement la loi et craignant
Dieu, cette rapidité devait tourner au profit de la société, car les scélérats pris les armes à la main étaient
seuls justiciables de cette juridiction ; mais lorsque ce
magistrat, et l'histoire en offre plus d'un exemple,
était l'esclave d'un parti ou de ses propres passions,
la célérité de cette justice touchait à la cruauté, et la
manière expéditive avec laquelle ses arrêts étaient
exécutés ne laissait aucune planche de salut à l'homme
injustement condamné.

Telle n'était point la situation de Capeluche et des
deux capitaines de quartier, que le duc de Bourgogne avait cru devoir livrer à la juridiction prévotale.
Il était avéré que ces trois monstres, chefs du mouvement populaire du 20 mai 1418, avaient, de sang-
froid, avec calcul et préméditation, assassiné des prisonniers sans défense. Il fut prouvé jusqu'à l'évidence que la populace de la capitale avait été soule-
vée, poussée, sollicitée par les prédications des agens
de Capeluche, et que celui-ci, par son exemple,
acheva ce que ses amis avaient commencé par leurs
discours incendiaires. Capeluche fut donc condamné
avec ses deux complices à avoir le poing coupé aux
halles de Paris, puis à être décapité et son corps
pendu au gibet de Montfaucon. Pendant tout le cours
des débats, qui durèrent trois jours, le bourreau

Capeluche ne fit paraître aucun signe de faiblesse; il se défendit avec une grande présence d'esprit, avec un aplomb imperturbable, et cette nonchalance, ou plutôt cette impassibilité, qu'on avait été à même de remarquer chez lui, quand, tout dégouttant de sang, il trônait sur l'échafaud, théâtre ordinaire de sa funeste profession, ne l'abandonna pas un seul instant durant la lecture d'une sentence longuement motivée (1).

La veille au soir du jour désigné pour son supplice, Jean Capeluche demanda au prévôt de Paris la permission de se faire amener sa fille Marcine. Cette enfant, âgée de seize ans à peine, composait à elle seule toute la famille du bourreau, qui, devenu veuf de bonne heure, n'avait jamais voulu se remarier par intérêt et par tendresse pour sa fille. Marcine était d'une grande beauté, et une raison précoce semblait l'avoir mise en garde, dès les premiers jours de

---

(1) Il faut lire, dans les archives poudreuses de l'ancien Châtelet et prévôté de Paris, l'interrogatoire des principaux scélérats de cette époque mémorable pour se former une idée du fanatisme brutal, de la jactance effrontée de ces malheureux, qui ne s'apercevaient pas, dans leur fièvre d'orgueil et d'innovation, qu'ils n'étaient que les stupides instrumens d'ambitions plus hautes et plus vastes. On peut, toutefois, excepter Capeluche de cette foule de niais atroces et ridicules. Le bourreau de Paris savait fort bien ce qu'il faisait et pourquoi il travaillait; mais son zèle et sa soif de sang l'entraînaient au-delà de son but.

son adolescence, contre les dangers de sa propre beauté et contre les périls non moins grands que l'humeur ou l'ambition de son père attirait sur sa tête. Elle avait cherché à détourner Capeluche, autant qu'elle avait pu, de sa coopération active à la révolte du 20 mai 1418, et elle avait eu la douleur de voir, pour la première fois, son père mépriser ses larmes, rejeter ses prières et rire même des prophétiques paroles que son amour filial et sa perspicacité peu commune lui inspiraient. Marcine, avait répondu le bourreau en prenant congé de son enfant, c'est pour toi plus encore que pour moi que je vais *travailler*. Tu es si belle qu'il m'est impossible de songer à t'allier à un bourreau sans frémir... La honte et l'ignominie doivent être héréditaires dans mon fatal métier... Je prétends briser le préjugé ou quitter pour toujours l'échafaud.

— Et vous le rencontrerez encore, répliqua Marcine, car on ne brise point par des séditions et des révoltes les mœurs et les lois d'une nation. Croyez-moi, mon père, ne tentez plus le sort d'une guerre civile, et renfermez-vous désormais dans vos pénibles et tristes fonctions, et aussi dans les occupations consolantes du père de famille. Contentez-vous de la popularité que vous avez acquise, de la suprématie politique que vous avez obtenue. Abstenez-

vous, il en est temps encore, de présider à de nouvelles tempêtes ; elles vont cesser, car Dieu se lasse à
la fin de la perversité des hommes, et il envoie aux
peuples qui méconnaissent les droits de sa puisance
et de sa justice, des anges exterminateurs sous le
nom de conquérans ou de restaurateurs des libertés
publiques.

Mais la voix de Marcine, comme celle de Cas-
sandre, n'avait point trouvé d'écho dans l'âme de
Capeluche. Emporté par la fatalité ou plutôt encore
par ces pressions violentes qui enlèvent aux chefs de
partis, non seulement leur liberté d'action, mais
encore leur libre arbitre, il se mit encore à la tête de
la révolte du 20 mai. Les pressentimens de Marcine,
on l'a vu, ne tardèrent pas à se vérifier, et les hordes
indisciplinées de l'insurrection vinrent se rompre
devant les troupes bourguignones.

Lorsque Marcine entra dans le cachot de son père,
Capeluche, chargé de chaînes, était étendu noncha-
lament sur le large escabeau de pierre qu'on remarquait dans toutes les cellules du Grand-Châtelet. A la
vue de sa fille, une espèce d'émotion se manifesta
sur les traits du bourreau ; mais, toujours maître de
ses sensations, même les plus intimes, il la réfréna
aussitôt, et, sans proférer une parole, il fit signe à
Marcine de s'asseoir sur l'escabeau de bois qui com-

plétait l'ameublement de la prison, et au dessus duquel brûlait dans une niche, pratiquée dans l'épaisseur du mur, un gros cierge de bougie jaune, qu'on appelait alors le *lumignon des agonisans.*

Après un silence de quelques instants, employés par Marcine à serrer pieusement la main que son père lui avait abandonnée, le bourreau dit d'une voix grave et sonore :

— Service de grand n'est pas héritage, Marcine... Je vais mourir, et j'ai la douleur de te laisser presque aussi pauvre qu'avant les troubles de Paris. J'ai servi, j'ose le dire, monseigneur le duc de Bourgogne avec un dévouement et une fidélité sans bornes, et si j'ai péché, ce n'a été que par excès de zèle pour sa cause... et voilà que le duc m'abandonne ; que dis-je ? il a dicté lui-même le sentence de mort, en me chargeant de crimes vrais ou imaginaires, mais se réservant toutefois le bénéfice de ces crimes et de ces forfaits qu'il va me faire expier demain sur la place de Grève... si le peuple le permet.

— Hélas ! mon père, répondit Marcine, ne vous abusez pas touchant le peuple, comme vous vous êtes si longtemps abusé touchant les grands. Le peuple est un grand à mille têtes, et il est ingrat et oublieux comme les grands qui n'en ont qu'une.

Mais, dites-moi, mon père, ne me permettrez-vous pas, dès cette nuit, d'aller implorer la clémence de monseigneur le duc de Bourgogne, qui se trouve à Vincennes?... Cette démarche, je l'eusse déjà faite, mon père, si je n'avais écouté que mon amour pour vous; mais j'ai craint d'encourir votre courroux.

— Implorer ma grâce de monseigneur de Bourgogne! ma grâce à moi, fit Capeluche d'une voix tremblante de colère! Mais est-il donc de mode qu'un assassin demande sa grâce à un autre assassin? Non, Marcine, non, reprit Capeluche, après un moment de silence, tu as bien fait de ne pas aller prostituer ta douleur et tes larmes au donjon de Vincennes; car tu aurais été repoussée, et j'en aurais été pour la honte de mendier une vie dont, depuis longtemps, j'ai fait le sacrifice. Toi, si remplie de raison et de réflexion, ne sais-tu donc pas, ma fille, que de certains hommes doivent disparaître à des époques données dans la marche des révolutions? Moi, Capeluche, le bourreau de Paris, j'ai été l'idole de la capitale; j'avais succédé à Caboche, Caboche à Marcel, Marcel à Huguelot En vertu de cet héritage fatal, monseigneur de Bourgogne me succèdera, et de révolte en révolte, de sédition en sédition, d'émeute en émeute, nous aurons ainsi, tous tant que nous sommes, des successeurs qui boiront le sang et les

9

richesses de la France jusqu'à ce qu'elle ait disparu tout à fait de la liste des nations.

Capeluche se tut pendant quelques instants ; puis, prenant doucement les mains de sa fille, qu'il serra dans les siennes, il ajouta : « J'ai voulu te voir encore une fois, Marcine, non pour me livrer à ces lâches adieux qui ne tendent qu'à émouvoir le cœur et à faire trembler le corps, mais pour te donner mes derniers conseils, et assurer, s'il se peut, ton bonheur. Tu es une fille sage, prudente et courageuse, et chez toi le sexe faible n'apparaît que par la beauté du visage et les charmes splendides du port. Tu vas donc juger si mes propositions sont de nature à assurer ton bonheur à venir. Ecoute-moi donc, mon enfant. »

Le bourreau se mit sur son séant, et le cliquetis de ses chaînes, qui résonnaient sous la voûte sombre et humide du cachot, fut le trait-d'union entre ses deux discours.

— Quand j'étais le confident et l'ami de monseigneur de Bourgogne, oui, l'*ami*, ajouta-t-il avec une espèce d'orgueil sauvage, il me fit compter, par un juif de Paris, nommé Isaac Bergoudac, une somme de cinq mille écus d'or en espèces bien trébuchantes pour les nécessités de la cause dudit duc, c'est-à-dire pour corrompre, embaucher et armer

des milliers de mercenaires que Paris renferme, et
qui sont tout prêts, pour un écu, à vendre leur âme
au diable, et leurs bras au premier ambitieux turc
ou chrétien qui s'abaisse jusqu'à marchander leurs
services infâmes!

Marcine fit un geste de dégoût; Capeluche s'en
aperçut.

— Ah! ma fille, dit-il, c'est que les révolutions se
font plus encore avec l'argent qu'avec le fer! L'or,
pour la fange humaine qui sert de fascine aux séditions, a plus de poids que le trèfle des hallebardes
et l'acier des dagues et des espontons.

— Je le crois, mon père, répartit Marcine. Les
auxiliaires de toute guerre civile sont les paresseux,
les fainéans, ou plutôt les sept péchés capitaux en
personne. L'or qui satisfait toutes les passions doit
avoir plus de prix à leurs yeux que le fer, symbole
de la vaillance véritable et de la pureté du cœur.

— Or donc, reprit Capeluche, sur cette somme de
cinq mille écus d'or, il me reste à peu près mille
écus que j'ai enfouis dans le jardin de notre maison
de la rue des Ménétriers. Déterre-les, ma fille, et
garde-les pour te marier ou pour t'établir; je crois
les avoir suffisamment gagnées par les travaux de
ma vie et les angoisses de ma mort. Oui, ajouta le
bourreau, avec cette somme tu pourras te marier

loin de Paris à quelque hobereau ruiné qui ignorera ton origine, et qui se trouvera heureux de rétablir son colombier et de nettoyer son blason à l'aide de ce trésor. Tu deviendras alors dame de paroisse, tu seras heureuse, et partant, tu ne maudiras pas trop la mémoire de celui qui t'a donné le jour, puisque, outre tes attraits et ta sagesse qui peuvent faire de toi une autre reine de Saba, il t'a octroyé les bienfaits inestimables d'une éducation chrétienne, dont, au surplus, tu as profité avec tant d'éclat.

— Mon père, répondit laconiquement Marcine, je déterrerai le trésor, et... j'irai le remettre à Mgr le duc de Bourgogne.

— Il ne voudra pas le reprendre, et il te le rendra, Marcine, interjeta Capeluche ; car l'acceptation de cet or clouerait son nom au même pilori que le mien. Oui, il te le rendra.

— Et moi je le refuserai, exclama fièrement la jeune fille ; cet or me brûlerait les mains, et, en le comptant, je croirais voir des gouttes de votre sang s'échapper de chaque pièce. Non, mon père, ma résolution est prise ; je n'ai besoin désormais de rien. Dès l'instant où vous aurez cessé de vivre, je vendrai notre chétive maison de la rue des Ménétriers, et la somme que j'en retirerai suffira pour payer ma dot dans un couvent.

— Comment, Marcine, toi si belle, si noble, si intelligente, tu veux te faire religieuse! renoncer au
monde, qui t'adopterait malgré le hideux métier et
les... fautes de ton père? s'écria Capeluche presque
ému d'admiration.

— C'est là ma résolution, et elle est irrévocable,
répliqua la jeune fille, dont le regard flamboyait dans
cette obscurité comme la prunelle d'un basilic. Je
reste seule sur cette terre... Seule je vous ai aimé...
Ne faut-il pas que je prie pour vous... longtemps...
toujours!

Le bourreau, attendri, laissa tomber sa tête sur sa
poitrine ; puis, la relevant presque aussitôt et comme
honteux de cet instant de faiblesse, il dit d'une voix
lente et presque solennelle :

— Ma fille, j'étais fier de toi... et peut-être cette
tendresse excessive a-t-elle dominé bien des circonstances de ma vie... Aujourd'hui, je suis plus que fier,
je suis glorieux. Marcine! Marcine! ma fille, mon
enfant chérie! ajouta-t-il en la pressant dans ses bras
avec une effusion infinie, si tu as à rougir de ma vie,
du moins tu n'auras pas à rougir de ma mort. Capeluche mourra en chrétien, mais mourra aussi en
honnête homme.

Puis, comme pour couper court à de nouvelles
étreintes : Adieu, Marcine, fit-il en la repoussant

doucement, adieu, ma fille; que le ciel répande sur toi ses bénédictions, et qu'il me pardonne comme je le bénis.

A un cri poussé par Capeluche, le geôlier vint armé de sa lanterne. Le condamné déposa un dernier baiser sur le front de sa fille, pâle et muette de douleur, souffla le *lumignon des agonisans* qui brûlait encore dans la niche, et dit d'une voix forte au geôlier : Emmenez-moi cette enfant, et avertissez le Gardien des Cordeliers que le bourreau de Paris veut, à l'aube du jour, se confesser à lui.

Capeluche subit le lendemain sa sentence sur la place de Grève. Dans la poignante cérémonie de son supplice, il ne démentit pas un seul instant son caractère de résolution et de fermeté (1). On lui coupa d'abord le poing, puis on le décapita, et son corps, ainsi que ceux de ses complices, fut attaché au gibet.

(1) Capeluche fut exécuté par son valet, qui avait obtenu la survivance : « Et ordonna le bourreau la manière au nouveau bourreau comment il devait copper teste, et fust délié, et ordonna le trancher pour son col et pour sa face, et osta du bois au bout de la doulouère (hache) et à son coustel ; tout ainsi s'il volait faire ladicte office à ung autre, dont tout le monde estait ébahi. »   (*Journal de Paris.*)

Il faut lire les détails de ce procès et de cette exécution dans les procès du quinzième siècle, qui occupaient dans la Sainte-Chapelle les cases 7, 11, 13 du nord de l'édifice. Le fond de cette étude a été puisé dans ces documens peu connus.

Ce qui fut exécuté, observe judicieusement un historien, avec beaucoup de calme et sous les yeux d'une
populace, qui n'est à craindre que pour ceux qui ne
savent pas s'en faire redouter.

Quant à la belle Marcine, la belle et pudique fille
du bourreau de Paris, elle vendit et quitta sa maison
de la rue des Ménétriers, huit jours après la mort de
son père, et se rendit à l'abbaye de Maubuisson, où
elle ne tarda pas à prendre le voile et à faire profession. Ce qu'il y a de singulier, c'est qu'elle parvint
dans cette abbaye, dont la supérieure appartenait
ordinairement aux familles les plus illustres de
France, à un rang fort élevé, celui de sous-supé-
rieure et directrice des novices. Devait-elle cette
haute position à son intelligence et à ses talens, ou
bien au patronage du duc de Bourgogne? c'est ce
qu'on ignore. Quoi qu'il en soit, Marcine Capeluche,
en religion sœur Marcine de la Rédemption, vivait
encore dans l'abbaye de Maubuisson en 1411, sous
le règne de Louis XI.

JACQUES COICTIER,

CONCIERGE ET BAILLI DU PALAIS.

1477

Dans la nuit du 8 janvier 1477, deux hommes cheminaient lentement sur la berge plantée alors de chênes séculaires qui bornaient la partie orientale de l'île du Palais. Il faisait un froid très-vif et la bise soufflait avec violence, mais une lune splendide et éblouissante dardait ses rayons pâles sur la terre couverte de neige durcie par le vent du nord. Le silence régnait partout, et n'était interrompu que par les voix graves des horloges paroissiales et abbatiales de Paris et de ses faubourgs. Sur le fleuve, qui roulait impétueusement des glaçons larges et épais, on voyait çà et là glisser quelques barques de hardis pêcheurs du port Saint-Landry, qui, sans autre fanal qu'une petite chandelle fichée à la proue de leurs

embarcations, allaient jeter leurs filets à la pointe
de l'île Notre-Dame (aujourd'hui l'île Saint-Louis),
ou sous les arches de bois du Pont-Rouge. L'œil
suivait avec anxiété ces points lumineux qui rasaient
la surface des eaux comme des feux follets sur des
plaines marécageuses; mais si les regards se diri-
geaient vers le firmament, un spectacle admirable se
déroulait à la vue : des milliers d'étoiles scintillaient
comme des escarboucles sur les voûtes bleues de
l'infini, et les grands monumens de la capitale,
couverts de linceuls de neige, se dressaient, avec
leurs pierreries de stalactites, ainsi que des fantômes
sur tous les points de l'horizon. On pouvait contempler tour à tour au couchant le haut clocher de l'abbaye de Saint-Germain-des-Prés, la tour de Nesle
et le vieux Louvre avec sa formidable citadelle, les
deux clochetons de Saint-Germain-l'Auxerrois, et
les guérites aériennes du somptueux hôtel de Nevers; au nord, les toits élevés et pointus du *Parloir
aux Bourgeois* (l'Hôtel-de-Ville), les tourelles sveltes
et mignonnes de l'hôtel de Sens, et l'énorme clocher
de l'église de Saint-Paul; dans l'île même du Palais, les yeux se reposaient également avec un indicible orgueil, et sur cette charmante Sainte-Chapelle
qui réunit les grâces de l'architecture arabe à la
gravité des mystères de la foi chrétienne, et sur cette

vénérable Conciergerie, palais de Hugues-Capet, où les rois de France logèrent depuis avec eux la justice, et sur cette basilique de Notre-Dame, splendide et glorieux vaisseau qui n'était pas alors tout à fait achevé, et que son principal maçon, Pierre Gruget, s'occupait alors à orner des sculptures et des paraboles de pierre qui ont fait si longtemps le désespoir des alchimistes, des philosophes et des archéologues.

Les deux promeneurs s'arrêtaient de temps à autre pour jouir de ce ravissant point de vue. Tous deux paraissaient y apporter une curiosité différente, mais tous deux gardaient un silence étrange, et qui aurait dérouté les plus indiscrets.

Le plus âgé des deux promeneurs nocturnes était maigre, d'une stature moyenne et légèrement voûté. Il était vêtu simplement : un surcot de tiretaine avec des hauts de chausses de la même étoffe était recouvert par une ample robe de peau de renard moscovite à retroussis de velours bleu ; une lourde chaîne d'argent, à laquelle était suspendue une médaille frappée en l'honneur de *Monsieur saint Michel,* descendant jusque sur la poitrine, et un chapeau de forme pointue, mais à grands bords, et orné de plusieurs images de saints en plomb et en argent, était rabattu sur ses yeux vifs et étincelans comme ceux d'un furet ou d'un chat sauvage.

Le second promeneur était un homme gros, court
et épais, qui pouvait bien avoir cinquante ans, et
dont la figure, encore plus que l'embonpoint, déno-
tait suffisamment le caractère. De grosses joues, de
grosses lèvres, un nez emperlé des grappes de Bac-
chus, un œil où passaient tour à tour la luxure, l'a-
varice, l'ambition, la gourmandise et le scepti-
cisme, étaient en quelque sorte l'enseigne de ce
cabaret vivant. Le compagnon était vêtu, comme les
physiciens du temps (c'est ainsi qu'on appelait alors
les médecins), d'une espèce de soutanelle de serge
noire, qui lui allait jusqu'à mi-jambe, et d'une robe
d'étamine de la même couleur, doublée de peaux
d'écureils et de lièvres de Hongrie.

Le premier de ces deux hommes s'appelait Louis
onzième du nom, roi de France ; le second, Jacques
Coictier, physicien ou médecin du roi.

Jacques Coictier, qui osait tout avec son illustre
malade, s'ennuyant de la muette contemplation des
astres et des édifices de la grande capitale, se déter-
mina à rompre le premier le silence.

— Eh bien ! Sire, fit le médecin, comment Votre
Majesté se trouve-t-elle de notre promenade après le
couvre-feu (1).

(1) Le couvre-feu se sonnait à neuf heures en été, et à six
heures en hiver sous Louis XI. Passé cette heure, il n'était plus

— Pas trop mal, maître Jacques, pas trop mal,
répondit le roi en toussant avec affectation ; il fait
bien froid, mais cependant je sens que mes pauvres
poumons se dilatent mieux que dans ma chambre
de Saint-Louis.

— La promenade est salutaire à Votre Majesté,
reprit Coictier, et il n'est pas sain de rester claque-
muré comme vous faites dans votre chambre. A ce
compte-là les hibous des clochetons de la Sainte-
Chapelle sont plus heureux que vous.

— Maître Jacques, les soins du gouvernement m'y
contraignent, répliqua Louis en regardant oblique-
ment son interlocuteur pour démêler sa pensée, et
il ne faut pas croire que le métier de roi puisse se
faire honnêtement en courant par monts et par vaux,
et au milieu des ébats de la chasse, des assemblées
et des festins.

— Cela est vrai, Sire ; mais le repos et la récréa-

permis de marcher par la ville sans un ordre du prévôt de Paris.
Cependant les médecins et les chirurgiens, les sages-femmes,
es apothicaires, les boulangers, les pêcheurs et les bouchers,
avaient le droit de circuler dans les rues de la ville, pour les nécessités de leur profession. Le couvre-feu a duré jusqu'aux dernières années du règne de François I". A cette époque, le commerce, les arts et les mœurs s'étant considérablement modifiés,
on ne sonna plus le couvre-feu, qui fut relégué dans les places
de guerre.

tion sont nécessaires à l'homme pour travailler avec
plus d'ardeur. Or, les rois n'étant que des hommes,
il est urgent qu'ils prennent du plaisir et de la dis-
traction de temps à autre.

— Cela est bien facile à dire, maître Jacques, riposta Louis en laissant échapper un soupir hypocrite du fond de sa poitrine, mais dire et pouvoir
sont deux. Enfin, n'importe, j'ai la ferme confiance
que, grâce à vos soins et surtout à la généreuse et
puissante intercession de Notre-Dame d'Embrun,
je parviendrai à rétablir tout à fait ma santé, si utile,
je crois, à mon royaume et au bien de l'Europe en-
tière.

En disant ces paroles, le roi avait détaché du re-
bord de son chapeau une petite image de plomb de
Notre-Dame d'Embrun, et l'avait dévotement portée
à ses lèvres. Ce geste, qui n'avait point échappé au
physicien, le fit sourire de pitié, et il dit en haussant
imperceptiblement les épaules :

— Je ne sais, Sire, quelle part aura au juste Notre-
Dame d'Embrun dans votre guérison, mais je sais
fort bien que je mets, pour vous rendre la santé, tout
ce que la science et l'expérience de vingt années de
pratique m'ont donné de lumières.

— J'en suis convaincu, maître Jacques, mon ami,
répliqua Louis en se rapprochant instinctivement de

son médecin, comme un enfant craintif près de sa gouvernante, et vous me rendrez la justice d'avouer que vous êtes du petit nombre de gens que j'aime et que je comble des témoignages de ma confiance. Olivier le Daim, mon compère Tristan et vous, voilà à peu près toute ma cour et tous mes courtisans.

Coictier ne parut que médiocrement flatté de cette préférence, en si mauvaise compagnie, et pour changer le sujet de l'entretien, il se prit à dire :

— Mais, Sire, j'y pense; savez-vous que si les partisans de M. le connétable de Saint-Pol ou les amis de monseigneur le duc de Bourgogne apprenaient que le roi de France se promène sans gardes et sans suite, avec son médecin, sur les bords de la Seine, à huit heures du soir... ils pourraient nous faire un mauvais parti?...

— Je ne crains rien, absolument rien, maître Jacques, interrompit le monarque, en se redressant de toute sa hauteur ; les scélérats sont rares et les arbalètes ne font pas trébucher facilement une couronne!... D'ailleurs, Coictier, mon ami, ne suis-je pas le roi des bourgeois et des artisans ?

— Les bourgeois sont ingrats, et les artisans, quoi que vous puissiez faire pour eux, ne vous en auront pas beaucoup plus d'obligation, car, peu éclairés, ils ne savent pas discerner ceux qui les servent de

ceux qui les trompent. Le peuple aime la flatterie
comme les rois, et il se laisse enivrer volontiers par le
nectar et l'ambroisie de ses empoisonneurs ordinaires. Ne comptez donc pas, Sire, sur l'attachement
des bourgeois, c'est un fil de soie qui se rompt au
moindre choc; encore moins sur la gratitude des
artisans : c'est une toile d'araignée que le moindre
vent agite, et que la moindre pierrette perce à jour.

— Eh bien! répliqua Louis, si les bourgeois, si le
populaire ne me rendent pas justice de mon vivant,
l'impartiale histoire, du moins.....

— L'histoire, Sire! interrompit brusquement Coïctier, eh! mon Dieu! elle ne vous sera pas plus favorable. Cinq ou six hommes par siècle, tout au plus,
se donnent libéralement à eux-mêmes la mission de
juger les rois et les événemens, et Dieu sait comme
ils s'en acquittent! Celui-ci écrit sous l'inspiration
d'une famille; celui-là sous l'influence d'une faction ; tous d'après leurs passions, leurs intérêts ou
leur cupidité. Leur table à écrire est, disent-ils, la
margelle du puits de la vérité; c'est possible ; ils se
servent de la pierre, mais ils laissent la vérité dans
la citerne, et nul n'essaie à l'en retirer.

— Ce que vous dites là, maître Coictier, est spé-
cieux, mais les grands rois ont autour d'eux des actes
qui les défendent contre la calomnie, la malice et

l'envie. Sans avoir la folie de me ranger parmi les grands monarques de notre France, j'ose croire cependant que mon règne ne sera pas regardé comme un règne stérile. J'ai fondé les postes, qui mettent, en quelque sorte, les centaures rapides de la Fable au service de la pensée et des affections humaines ; j'encourage, et j'encourage en roi de France le nouvel art, inventé à Mayence, l'imprimerie, qui doit un jour répandre sur la terre, comme un autre soleil, les mille rayons de l'intelligence. Voilà des bienfaits que je ne léguerai pas seulement à la France, mais au monde entier. Pour ce qui touche aux grands intérêts des peuples de mon royaume, je crois avoir fait aussi mon devoir de maître et de roi : j'ai humilié, par les défaites et par l'échafaud même, les tyrans du peuple ; j'ai fait une guerre acharnée à tous ceux qui prélevaient une dîme impie sur les sueurs et sur les pénibles travaux du laboureur et de l'ouvrier. Enfin, si ma sévérité paraît souvent excessive à l'endroit des grands seigneurs, des gros abbés et de ces pasteurs qui s'intitulent orgueilleusement princes de l'Eglise, on n'oubliera pas la sollicitude que j'ai eue sans cesse pour le villageois, pour le soldat et pour l'artisan, et la postérité me saura quelque gré d'avoir dit devant les premiers personnages de ma cour, dans une circon-

stance solennelle, que j'aimerais mieux *perdre dix
mille écus* que risquer la vie d'un archer. Si on se
plaît, Coictier, à me décerner les titres de tyran, d'a-
vare, d'implacable, on aura du moins bien de la
peine à trouver une semblable parole dans la vie de
Néron, de Domitien ou d'Héliogobale (1).

— On ne vous tiendra pas compte de tout cela,
Sire, et quelque moine de votre abbaye de Saint-Denis ou de la congrégation de Saint-Maur, quelque
enregistreur de chronique, peut-être bien même
quelques-uns de vos favoris, feront passer à la postérité les traits de Votre Majesté sous des couleurs
qui n'auront rien de bien séduisant. Oui, Sire, poursuivit Coictier, on vous peindra comme un tyran,
comme un nouvel Hérode, comme un ogre cou-
ronné.... Votre justice sera taxée de barbarie, et le
sang que vous avez fait verser pour la liberté du

---

(1) Louis XI, étant au château de Compiègne, était pressé par
plusieurs seigneurs de sa cour de déclarer la guerre à l'Espagne
pour un motif assez futile. « Messieurs, dit-il, point de guerre,
la France n'en a pas besoin pour être la plus forte, la plus vaillante et la plus noble nation du monde ; elle a fait ses preuves. »
Et comme les partisans de la guerre ajoutaient que l'expédition
ne coûterait qu'un petit nombre de soldats, Louis prononça le
mot qui vient d'être dit, et ferma ainsi la bouche aux conseillers
belliqueux. Ce mot est en effet un des plus beaux prononcés par
un roi de France, et un Vincent de Paule ou un Franklin sur le
trône n'en aurait pas proféré d'autres dans une circonstance
identique.

trône et la liberté du peuple éclaboussera votre manteau royal et y fera tache jusqu'au dernier jour du monde. Je vous le répète, Sire, ni la bourgeoisie, ni le peuple ne vous auront obligation de ce que vous avez fait pour eux aux dépens de votre honneur et de votre charité de chrétien.

Louis XI tressaillait en écoutant le langage étrange de son médecin. L'œil fauve du roi s'arrêtait de temps à autre, fixe et étincelant, sur le physicien, et quand Coictier eut proféré ces dernières paroles, Louis saisit avec une espèce de frénésie dans la pochette de son surcot un chapelet, comme pour chasser par ce saint attouchement les pensées de vengeance qui lui venaient à l'esprit.

Maître Jacques s'aperçut de ce mouvement du roi; mais, fort de l'influence magique qu'il exerçait sur son malade, il n'y fit qu'une médiocre attention, et continua ainsi :

— Et moi-même, Sire, moi qui prolonge les jours de Votre Majesté par les secrets de mon art, je passerai peut-être pour le complice et le satellite mystérieux de Votre Majesté : vous serez le Néron, et moi je serai le Narcisse. Déjà vos ennemis et les miens font accroire aux badauds de Paris (1) que j'égorge

---

(1) Il ne faut pas croire que le mot *badaud* soit une injure : badaud vient du mot celtique *badewr*, qui signifiait batelier. On

des enfans pour vous en faire boire le sang et renou-
veler le vôtre (1)...

— Est-ce possible? maître Jacques! exclama
Louis XI.

— Très-possible, Sire, et très-vrai. Vous ignorez
donc jusqu'où peut aller la stupide crédulité du peuple?... Mais vous devez bien un peu vous en douter,
car vous êtes, Sire, ne vous en déplaise, un tantinet
superstitieux et crédule.

— Moi, maître Jacques? fit le roi, en s'arrêtant
tout court.

— Marchez donc, Sire, marchez donc, et ne vous
arrêtez pas ainsi; le froid vous gagnerait par les
pieds... Oui, poursuivit Coictier, vous êtes d'une
grande et robuste crédulité.

— Appelez-vous superstition et crédulité, maître

sait que les premiers bourgeois de Paris étaient bateliers ou tra-
fiquans sur l'eau.

(1) La sottise populaire avait propagé ce bruit absurde, et l'on
allait même jusqu'à dire que l'hôpital des Enfans-Rouges (une
rue porte encore ce nom aujourd'hui) avait été fondé par Louis XI
pour conjurer la malédiction divine. L'hôpital des Enfans-Rouges
ne fut fondé qu'en 1534, c'est-à-dire plus de quarante ans après
le règne de Louis XI, par Marguerite de Valois, reine de Navarre
et sœur de François Ier. François Ier voulut que ces enfans por-
tassent des robes rouges, pour marquer qu'ils subsistaient par
les aumônes des fidèles, qui doivent avoir pour principe la charité, représentée dans l'Écriture sous la couleur rouge et de feu.
On voit par là que la prétendue fondation de Louis XI, pour des
enfans égorgés, est une pure fable.

Jacques, ma croyance aux saints enseignemens et commandemens d'une Église dont je suis, en ma qualité de roi de France, le fils aîné?

— Je m'entends, Sire, et cela suffit ; vous me permettrez de n'en pas dire davantage... Je ne voudrais pas que mes paroles trouvassent ici un écho ; car nous nous trouvons en terre papale, puisque nous sommes dans l'enceinte de la Sainte-Chapelle, où les murs peuvent avoir des oreilles. Car, Sire, ajouta le médecin d'un air patelin qui masquait la malice de son expression, je craindrais plus un évêque, voire même un chanoine, que Votre Majesté, quoiqu'à vrai dire vous ne soyez pas toujours des plus doux.

— Je suis un bonhomme, maître Jacques, dit le roi en s'appuyant amicalement sur le bras du médecin ; oui, je suis un bonhomme.

— Bonhomme, si vous voulez, Sire, répartit Coictier, qui, pour arriver au but qu'il s'était proposé dès le commencement de la promenade, avait été obligé de s'aventurer dans les méandres d'une conversation délicate ; mais les bontés de Votre Majesté, car le mot bonhomme, Sire, implique un caractère enclin à semer des bienfaits, prennent souvent une direction contraire à celle qu'elles devraient prendre naturellement.

— Qu'entendez-vous par ces paroles, maître Jacques? demanda le roi d'une voix aigrelette, symptôme ordinaire de ses colères muettes et terribles.

— J'entends, répartit le médecin avec un aplomb imperturbable, que vous avez toujours la main ouverte pour cinq ou six coupe-jarrets qui vous entourent, et que vous avez la main toujours fermée pour récompenser le zèle et les soins de ceux qui se dévouent corps et âme à votre service.

— Oh! oh! oh! maître Jacques, mon ami, vous allez bien loin, dit le roi d'une voix creuse et presque éteinte, et en roulant dans ses doigts le chapelet qu'il n'avait pas quitté.

La tempête était arrivée à son apogée, Coictier en avait calculé tous les degrés, et il ne s'était pas trompé dans ses prévisions. Un souffle, une parole devait l'apaiser. Comme le Neptune de l'Énéide, le médecin de Louis XI avait son *quos ego* pour ramener le calme.

— Je sais bien, Sire, dit-il froidement et en fixant ses gros yeux de faune sur l'œil terne du roi, comme pour le fasciner, je sais bien que vous m'enverrez comme vous faites à d'autres... des *fillettes* du roi, je tomberai dans les *surplis* de Tristan (1). Mais pre-

_____

(1) On appelait communément les chaînes qui suivaient le roi

nez-y garde, vous ne me survivrez pas huit jours;
moi seul, entendez-vous bien, Sire? moi seul je puis
vous sauver des vers du sépulcre qui vous attend à
Saint-Denis.

— Ah! fit Louis, terrifié de l'image funèbre qui
lui était offerte.

— Il y a des rois, continua le médecin, qui don-
neraient la moitié de leur couronne pour conserver
ce qui vaut mieux qu'une couronne, la santé et la
vie... Pour vous, Sire, vous ne donnez rien, et pourtant vous redoutez la mort. J'ai quitté pour Votre
Majesté amis, parens, serviteurs; j'ai quitté une
clientèle nombreuse et solide de bons bourgeois qui
me payaient rubis sur l'ongle; j'ai quitté ma maison,
mes pénates, pour venir me sequestrer dans votre
palais. Que dis-je! dans votre chambre! J'ai fait et
je fais auprès de vous l'office de médecin, de chirur-
gien, d'apothicaire... Je suis, à la honte de mon
bonnet de docteur, votre premier serviteur... L'excès
de mon dévoûment me fait oublier l'intempérance
de mon humilité. Eh bien! qu'ai-je gagné à tout
cela? Celui qui a inventé les cartes pour votre aïeul

et qui faisaient partie de ses bagages, les fillettes du roi; les
surplis de Tristan, bourreau de confiance de Louis XI, étaient
des sacs où l'on enfermait ceux que l'on jetait à l'eau par ordre
du roi.

Charles VI, celui qui élevait des faucons pour votre père Charles VII ou pour la gente Agnès Sorel, sa maîtresse, ont plus gagné d'argent en six mois que je n'en ai gagné en six ans avec Votre Majesté. Et quand je me vois négligé, oublié par celui qui devrait me regarder, après Dieu, comme son créateur et son nourricier, quand au sein de la Cour, c'est-à-dire au milieu des prodigalités de toute espèce et des jouissances de toute sorte, je me considère plus pauvre, plus mal équipé que je n'ai jamais été, j'ai le plaisir de voir les grâces et les bienfaits de Votre Majesté tomber sur la tête d'une demi-douzaine de favoris obscurs qui n'ont d'autre mérite probablement aux yeux de Votre Majesté que de savoir obéir en esclave et frapper en assassin.

— Ah! ah! maître Coictier! fit langoureusement le roi.

— Non! non! Sire, il faut que j'épanche ma bile; il y a trop longtemps que je souffre et que je ronge mon frein!

— Maître Jacques!

— Eh bien! Sire!

— Avez-vous bien le courage de m'accuser d'ingratitude? N'ai-je pas comblé votre famille et vous-même de marques d'estime et de considération? Votre neveu...

— Ah! oui, je l'avoue, vous avez fait mon neveu,
un bien brave homme, Pierre Versé, évêque d'A-
miens.

— Mais un de vos cousins encore.

— Oui , interrompit encore Coictier , Claude
Grand, mon cousin, a été, grâce à votre recommandation toute-puissante, nommé archidiacre d'Orléans.

— Mais vous-même, maître Jacques, reprit Louis
d'un ton piteux, n'avez-vous pas ressenti, en plus
d'une occasion, les effets de ma gratitude?

— Vous m'avez donné, à la vérité, la seigneurie
de Poligny, ma pauvre petite ville natale ; mais, en
conscience, Sire, tout cela vaut-il tout ce que je fais
pour vous? Y a-t-il équilibre entre mes soins, mes
travaux, mes veilles de chaque jour, et ce que vous
venez de me reprocher là?...

— Mais, Coictier, mon ami, je ne vous reproche
rien ; c'est vous, au contraire, qui ne cessez de m'ac-
cabler de reproches depuis une heure, à faire perdre
la patience à un saint.

— Pardonnez-moi, Sire, Votre Majesté m'a re-
proché...

— Mais non! non! non! interrompit le roi.

— Si, si, si, cria le médecin, et je dis donc qu'il
n'y a pas balance suffisante entre les services et les

rémunérations. Ne perdez pas de vue, s'il vous plaît,
Sire, que je suis sur pied nuit et jour pour le service
de Votre Majesté ; les archers de votre garde écossaise
dorment plus que moi, et vos pages font beaucoup
moins de pas pour vous servir que je n'en fais pour
vous soigner. Le matin, je cours les jardins de Votre
Majesté pour recueillir les plantes médicinales ; au
midi, je fais les élixirs, les potions et les cordiaux ; le
soir, je vous promène par les chambres du Louvre,
de l'hôtel Saint-Paul ou du palais, et, là nuit, je vous
veille comme une mère veille son enfant... Pour tout
cela, je suis seigneur de Poligny, gros comme le bras.
Mais daignez donc considérer, Sire, que je ne puis
mettre le pied dehors, ainsi que j'avais l'honneur de
vous le faire observer tout à l'heure. Je suis littéra-
lement prisonnier, sur parole, dans votre palais. J'ai
abandonné, sans retour, ma clientèle superbe de bons
bourgeois, qui ne regardaient pas à l'argent comme
vous faites, tout roi de France que vous êtes, et avec
cela nulle responsabilité, nul ennui, nulle inquié-
tude, ingrédiens qui se trouvent rarement sous les
lambris des rois.

— Mais, Coictier, mon ami, où voulez-vous en
venir ? fit le roi, qui était redevenu, après sa colère
rentrée, homme malade, et enfin homme politique.

— Où j'en veux venir, Sire ?

— Oui, Coïctier !... Est-ce à une rupture ? fit Louis timidement.

— Oh ! je vous aime trop pour vous abandonner, Sire, dussiez-vous continuer à me payer d'ingratitude.

— Eh bien ! Coïctier, mon ami, dites donc ce que vous exigez de moi pour acquérir la preuve que je ne suis pas un ingrat.

Les deux promeneurs, pendant cet entretien, avaient remonté la berge jusqu'au pont Saint-Michel, et se trouvaient alors dans l'enclos de la Sainte-Chapelle, d'où l'on apercevait les tours sombres de la Conciergerie et les piliers trapus et noirs du péristyle du Palais.

— Je n'exige rien de Votre Majesté, repartit le madré disciple de Galien ; si pourtant, Sire, vous souhaitez à toute force me donner un gage de votre affection... Pardonnez-moi l'expression, Sire...

— Si, si, Coïctier, mon ami, de mon affection, c'est le mot.

— Eh bien ! Sire, vous venez tout récemment de gagner votre procès (1) contre Jean Luillier, con-

---

(1) Louis XI ne fuyait pas les combats judiciaires, ou, pour mieux dire, il aimait assez les procès, et, chose remarquable, malgré sa réputation, il les perdait quelquefois. Celui qu'il intenta à Jean Luillier, concierge et bailli du Palais, fut plaidé en la Grand'Chambre et gagné par le roi. Jean Luillier avait résigné

cierge et bailli du Palais ; il va déguerpir, et sa charge
va tomber entre les mains de Votre Majesté... Oc-
troyez-moi ce poste honorable, qui me permettra de
ne pas m'éloigner de vous et qui me mettra à l'abri,
pour le reste de mes jours, des caprices de la fortune.

Et comme Louis XI ne se pressait pas de répondre,
le médecin ajouta :

— Ne le voulez-vous pas, Sire ?

— Bon Dieu, fit le roi en se grattant l'oreille, je
voudrais bien, Coictier, mon ami, obtempérer à
votre désir ; mais, depuis le gain de mon procès, j'ai
presque promis la place à mon compère Tristan, qui
me l'a demandée pour son neveu, Gaspard Bouti-
gny, sous-argentier du dauphin.

— Oh ! du moment que vous avez promis cette
charge à votre compère Tristan, Sire, il n'en faut
plus parler, répliqua Jacques Coictier avec une amer-
tume railleuse ; je ne céderais point le pas aux Mont-
morency, aux Xaintrailles, aux Dunois, aux Rohan et
aux d'Arc, et j'accepterais volontiers le combat ; mais
avec votre compère Tristan, c'est bien différent ; la
lutte est impossible, et je me déclare vaincu d'avance.

---

sa charge entre les mains du roi, en faveur de son fils Philippe
Luillier, et ce fut en cette circonstance que s'éleva le débat. Hâtons-nous d'ajouter que le bon droit, le bon sens et la justice
étaient du côté du roi.

— Eh! eh! Coictier, mon cher Coictier, vous pi-
quez au vif.

— Point du tout, Sire... mais vous m'accorderez
la liberté, j'ose l'espérer, de quitter ma condition
présente, si, par fortune, on me propose une place
plus lucrative que celle où je suis fatalement attaché.
L'ambassadeur du roi de Hongrie m'a déjà fait des
ouvertures de la part de son maître; s'il les réitère,
je lui prêterai l'oreille, Sire, je vous en avertis.

— Ah! Coictier, mon ami, vous n'aurez pas ce
cœur-là! vous ne consentirez pas, de gaîté de cœur,
à abandonner votre roi pour aller soigner et diriger
la santé d'un monarque étranger. Coictier, mon
ami, vous êtes injuste, et mal à propos vous me rendez responsable d'une impossibilité.

— Sire, le mot impossible n'est pas français, et
surtout dans la bouche du roi de France... Mais bri-
sons là-dessus, je vous en supplie, et ne songeons
pour le moment qu'à aller nous coucher.

Le médecin achevait à peine sa phrase, qu'un
homme, qui portait à la main une petite lanterne
sourde, apparut comme un spectre sur l'escalier qui
conduisait des galeries du Palais à la porte basse de
la Sainte-Chapelle souterraine (1).

_____

(1) Cet escalier, qui existait encore il y a quelques anuées,

— Si mes yeux ne me trompent pas, Sire, dit Coictier, je crois que voilà votre cher et féal barbier Olivier-le-Daim qui vous cherche, armé de son éternelle lanterne (1).

C'était, en effet, Olivier-le-Daim en personne, qui,
ayant enfin aperçu le roi et son médecin, se hâta de
descendre quatre à quatre les degrés de l'escalier

— Eh! Sire, dit le barbier à voix basse et d'un ton
doucereux, voilà une grande heure que je suis en
quête de Votre Majesté...

— Et vous n'êtes pas plus heureux que Diogène
avec sa lanterne, interjeta le caustique Coictier; vous
n'avez pas trouvé l'homme que vous cherchiez.

— Qu'y a-t-il, petit Olivier? demanda le roi.

— Il y a, Sire, qu'un courrier arrivé ventre à terre
de Nancy à Paris, répondit Le Daim, vient d'entrer

reliait le Palais à la Sainte-Chapelle. La fureur de démolir et de
décaractériser les monumens les plus vénérables et les plus au-
gustes a fait commettre cette lourde bévue. Les iconoclastes et les
Erostrates sont de toutes les époques.

(1) Olivier-le-Daim avait coutume de se promener seul et muni
d'une lanterne sourde dans les châteaux et maisons de plaisance
que Louis XI habitait. La vigilance de cet homme était remar
quable, et Philippe de Commines, dans ses Mémoires, assure que
le zèle d'Olivier-le-Daim ne s'était jamais démenti. Quel était le
but de ces courses nocturnes? Etait-ce pour veiller à la sûreté du
roi ou pour espionner les gens et les gardes même du roi? Commines semble pencher vers cette dernière hypothèse. Quoi qu'il
en soit, Olivier-le-Daim et sa lanterne étaient populaires en 1477.

au Palais chargé d'une dépêche pressée pour Votre
Majesté. J'ai pensé que la missive contenait la nouvelle d'un événement grave et important ; je m'en
suis emparé, et je vous l'apporte à l'insu de votre
chancelier et de votre capitaine des gardes, qui ja-
sent ensemble comme des pies borgnes dans l'avant-
cabinet de Votre Majesté.

— Tu as bien fait, petit Olivier, fit Louis, en accompagnant sa parole d'un sourire plein de malignité ; donne-moi la dépêche, et suis-nous.

Louis XI, suivi de Jacques Coictier et d'Olivier-le-
Daim, se dirigea vers le porche de la Sainte-Chapelle
et s'arrêta dans un angle du portail. Là il se mit à
genoux, tournant le dos à la cour, fit ouvrir la lanterne à Olivier et se mit à lire le contenu de la dépêche.

A mesure que Louis XI lisait, ses yeux brillaient
d'un éclat surnaturel. La joie, la convoitise, la vengeance satisfaite, tous les sentimens de haine et de
vindication longtemps endormis dans son âme em-
pourpraient son visage et faisaient rayonner son front
blême tout à l'heure d'une clarté infernale. Il s'était
mis péniblement à genoux ; il se releva avec la vivacité d'un jeune homme et d'un homme bien portant.

— Ah ! quelle nouvelle ! maître Jacques, mon ami,

dit-il à Coictier en l'attirant à lui par un geste affectueux, quelle nouvelle ! Cette dépêche m'apprend
que mon beau cousin de Bourgogne vient de perdre
une grosse bataille sous les murs de Nancy ; il n'a
pas voulu survivre à sa défaite... Le pauvre homme
s'est fait tuer... C'était un grand guerrier et un habile homme, Coictier !... Allons, allons, continua
Louis XI en prenant le bras du médecin, ne perdons
pas de temps ; hâtons-nous d'aller prendre les me-
sures que ce grand événement doit nous suggérer...
Oui, ajouta Louis en laissant échapper un soupir
hypocrite, allons prier pour le repos de l'âme de ce
pauvre duc de Bourgogne, et travaillons de toutes
nos forces pour que cette catastrophe tourne au profit de notre couronne et à l'honneur de notre chère
et belle France !

Le profond politique, le grand roi, le rusé diplo-
mate avait déjà vu à travers les limbes du présent le
riche et splendide duché de Bourgogne se souder
pour l'avenir au noble royaume de France. La chute
d'un vassal rebelle, d'un traître qui avait osé enchaîner la liberté de son souverain, rapportait plus
à la France que trois batailles gagnées, et cicatrisait
les plaies faites à la patrie par la perte de la bataille
d'Azincourt.

— Réjouissez-vous, Coictier, mon ami, réjouissez-vous, fit le roi en serrant le bras de son médecin contre son bras (1).

— Je me réjouis en bon Français, Sire, de la dé-faite du duc de Bourgogne, car je n'ai point oublié les mauvais procédés dont il a usé dans l'entrevue de Péronne avec Votre Majesté, répartit Coictier ; mais je ne puis pourtant me défendre d'accorder un regret à sa mémoire, car monseigneur de Bourgogne était brave, généreux et intrépide.

— Les batailleurs ne sont pas ceux qui fondent les royaumes et qui les font fleurir par les arts et la paix, Coictier, mon ami. Les peuples ne sont véritable-ment heureux que sous un roi pacifique comme moi. Sous mon gouvernement, le laboureur est sûr de ré-colter les épis qu'il sème ; le commerçant, de vendre les marchandises qu'il a achetées au-delà des mers ; l'artisan, de retirer de son marteau le salaire utile à l'existence de sa famille.

— Quant aux médecins, interrompit Coictier brus-quement, ils ont la permission de mourir de faim.

— Allons, Coictier, mon ami, je veux faire ma paix avec vous, et je prétends que vous vous ressen-tiez aussi des bonnes chances de la France : je vous

---

(1) La bataille de Nancy fut donnée le 5 janvier 1477. Le duc de Bourgogne perdit la vie dans cette fameuse journée, après avoir fait des prodiges de valeur.

donne dès à présent, et pour entrer immédiatement en fonctions, la charge de concierge-bailli de mon Palais-de-Justice.

— Grand merci, Sire! mais le compère Tristan, que dira-t-il, Sire?

— Il dira ce qu'il voudra ; au surplus, j'ai un poste tout prêt pour son neveu : je vais l'expédier en Bourgogne pour y revendiquer les droits de ma couronne sur ce duché, qui n'a qu'une fille pour héritière.

— Eh bien! Sire, les choses s'arrangeant ainsi le mieux du monde, votre compère Tristan ne perdra rien au change, et votre médecin, devenu concierge et bailli de l'une de vos plus chères résidences, puisque la justice y habite avec vous, trouvera le moyen d'accomplir avec un zèle égal ses devoirs de magistrat et de médecin du roi.

— Et le magistrat et le médecin, dit Louis XI en souriant, seront toujours surs de rencontrer dans le roi de France un ami toujours prêt à les obliger.

Jacques Coictier fit au roi une profonde révérence, et Louis XI rentra avec ses deux familiers dans l'intérieur de ses appartemens.

Qui m'eût dit, exclama Jacques Coictier quand il fut seul, qu'une bataille perdue par un duc de Bourgogne, sous les murs d'une ville de Lorraine, me

vaudrait le poste que je convoite depuis si longtemps... la place éminente de concierge-bailli du
Palais-de-Justice de Paris?

Les avantages attachés à la place de concierge-
bailli du Palais étaient assez considérables pour al-
lumer la convoitise et la cupidité d'un avare et d'un
ambitieux tel que maître Jacques Coictier. Outre
l'honneur d'être en quelque sorte l'unique magistrat
d'un palais qui était alors le sanctuaire de la justice
et une résidence royale, les profits et les bénéfices de
cette double autorité montaient chaque année à des
sommes fort importantes. Chaque tonneau de vin
vendu dans les maisons de la rue de la Calandre, la
place Saint-Michel et la rue de l'Orbérie, et chaque
muid d'avoine lui payait un droit de quatre deniers
parisis. Tous les marchands s'établissant dans l'enclos du Palais, et le nombre en était grand, lui devaient des présens. Chaque nouveau boucher, ouvrant un étal à la grande boucherie, lui donnait
trente livres et demie et quelque chose de plus de
viande, moitié bœuf, moitié porc, avec un demi-cha-
pon plumé, un demi-setier de vin et deux gâteaux.
Le bailli du Palais avait le droit de disposer de
tous les arbres qui se trouvaient sur les chemins
royaux de la prévôté et vicomté de Paris, ainsi que

le gruage de la forêt d'Yveline, et de tous les voitu-
riers de charbon et d'écorce. Il jouissait encore d'une
foule de mêmes droits dont l'origine se perdait dans
la nuit des temps ; c'est ainsi qu'il touchait trois sous
par jour sur la recette de l'octroi de Paris, deux sous
par tête de singe, ours, marmotte, cerf ou autre bête
rare et curieuse qui étaient amenés dans la capitale ;
qu'il avait un muid de blé à prendre aux greniers
royaux des halles de Paris, et un minot de sel dans
les magasins des sauniers, chaque année, à la chan-
deleur.

Les droits du concierge-bailli et sa juridiction s'é-
tendaient dans l'enceinte du Palais et ses dépendances. Il exerçait ou faisait exercer par ses officiers la
justice basse et moyenne ; la haute justice lui était
cependant interdite. Quand le châtiment corporel
était ordonné, le concierge-bailli du Palais ou ses
officiers devaient livrer le criminel, s'il était laïque,
au prévôt de Paris, et, s'il était ecclésiastique, à
l'official de Paris ou à d'autres juridictions ecclésiastiques. La remise du malfaiteur se faisait alors hors
de la porte du Palais, et les archers de la prévôté ou
les huissiers de l'officialité s'emparaient du coupable
et l'écrouaient, soit au Châtelet, soit à la prison de
l'official.

Le concierge-bailli avait son tribunal dans la

grande salle et y évoquait les causes, soit d'office,
soit sur requête, contre qui que ce fût, nobles ou roturiers, trouvés en faute dans l'enclos du Palais ou
dans les limites de sa juridiction. Il pouvait avoir
des ceps (fers qu'on appelle aujourd'hui menottes et
entraves), et des prisons pour les malfaiteurs ; mais
nul n'avait au Palais cour et juridiction, excepté le
Parlement, les requêtes du Palais, les maîtres des
requêtes de l'hôtel, tant que le roi était au Palais, et
la Chambre des comptes.

Mais, à part cette atteinte extrêmement rare à ses
attributions ordinaires, l'autorité du concierge-bailli
du Palais était solidement établie dans sa petite mais
populeuse juridiction. Il pouvait arrêter et punir
ceux qui s'injuriaient et se battaient dans les cours
et salles du Palais. Les épaves et objets de toute nature qui s'y trouvaient devaient tourner à son profit.
Il avait connaissance des contrats et marchés qui se
faisaient entre les marchands, artisans ou autres qui
habitaient le Palais.

Il arrêtait les voleurs, les perturbateurs, les bandits,
qui venaient volontiers au Palais essayer leurs talens divers, et leur imposait une amende à son profit ; il arrêtait et condamnait également à l'amende
ceux qui contrefaisaient les sceaux, timbres ou ca-
chets, quand cette fabrication criminelle avait lieu

dans l'enceinte du Palais. Il saisissait et faisait brûler
les fausses denrées apportées au Palais ou dans ses
limites par des marchands étrangers. Une foule
d'autres prérogatives enflaient encore les revenus de
ce magistrat, qui rivalisait de splendeur en luxe et
en influence avec le prévôt de Paris lui-même. Ajoutons, pour couronner cette serie nombreuse, quoiqu'incomplète, des profits du concierge-bailli du
Palais, qu'il recevait encore lorsque le roi résidait
au Palais, un setier de vin, douze pains de cour, un
de bouche, deux poules, deux morceaux de viande,
des chandelles pour se coucher, chaque jour ouvrable, et le dimanche, une tête de mouton ou de
porc, au choix, et un fromage de Brie entier. Au départ du roi, le concierge-bailli pouvait prendre tout
ce qui restait de bois, charbon, paille, foin et avoine,
ainsi que les cendres des cheminées ou les fleurs qui
s'y trouvaient l'été, selon l'usage du temps, à la
place du combustible.

Maître Jacques Coictier n'était pas homme à laisser péricliter ces droits, ces immunités et ces prérogatives. Loin de là, au contraire, une fois installé
dans ses fonctions si nouvelles pour lui, et jusque-là
si étrangères à ses études et à ses mœurs, il chercha
à augmenter ou à fortifier les priviléges du bailliage. Il augmenta, de trois portiers à masse, la

garde du Palais ; il fit construire, dans la galerie de
la cour du Mai, qui faisait suite à la galerie Mercière,
douze nouvelles boutiques, qu'il loua à son profit.
Non content de ce petit surcroît d'émolumens, il exi-
gea des marchands qui tenaient les boutiques de la
grande galerie des Merciers des baux pour chacun
de leurs locaux, et il préleva un pot de vin de trois
sous d'argent sur chaque bail. Il rédigea et fit affi-
cher, dans l'enceinte du Palais, un règlement en
soixante-cinq articles sur la police des cours, de la
grand'salle, des galeries et des escaliers qui étaient
alors encombrés de boutiques : usage beaucoup
moins barbare, il faut en convenir, que la récente
construction sur l'imposante façade du Palais-de-Justice, d'un couloir ignoble. Dans ce règlement, où
tous les cas de rixe, de dispute, de vol, de filouterie,
de violence et de duel étaient prévus, on lisait que
les délinquans, selon la gravité des délits, seraient
punis de la prison et d'une amende arbitrairement
imposée par le concierge-bailli du Palais (1).

(1) Le règlement de la police du Palais se trouve écrit de la
main même du médecin de Louis XI, dans les archives nationales.
Le savant et vénerable Daunou, qui fut longtemps à la tête de ce
précieux dépôt, et qui voulait bien entourer nos études d'anti-
quités judiciaires de quelque sympathie, nous l'a montré il y a
quelques années. C'est une pièce d'une grande valeur historique ;
nous en reparlerons un jour.

Les crimes de rapt, de viol et d'homicide étaient réservés, et le règlement ne s'expliquait pas sur la pénalité qui devait leur être appliquée, puisque cette juridiction ne jouissait pas de la *haute justice ;* mais il était sous entendu que les hommes coupables, ou seulement accusés de ces forfaits, devaient être d'abord enfermés dans les cachots du bailliage. Maître Jacques Coictier se montra, en un mot, dans sa nouvelle profession aussi bon magistrat de plume que d'épée, et à le voir si actif à la chasse des rôdeurs et des bretteurs du Palais, si âpres à la pêche des cagoux, des faux plaideurs, des pages turbulens, des basochiens indisciplinés, et des valets querelleurs, assemblage de créatures qui formaient le noyau des émeutes et des révoltes du vieux Paris, on eût juré que le médecin de Louis XI n'avait fait autre chose de sa vie, et qu'avant de méditer sur les maladies du corps, il avait profondément sondé les plaies morales d'une société qui commençait à se transformer.

Mais la sévérité du nouveau bailli du Palais n'était pas toujours impitoyable. L'avarice de Jacques Coictier s'associait merveilleusement à l'indulgence et aux joies du Salomon de la Conciergerie ; la richesse ou la générosité d'un délinquant était presque toujours suffisante pour le faire absoudre : à qui pouvait payer la rançon d'une faute, le bailli se relâchait volontiers de son austère réglement ; les misérables seuls, les perturbateurs sans famille, sans argent et sans ressources, trouvaient en lui un juge inexorable.

Cependant, guidé par son astuce et sa cupidité, Jacques Coictier déployait souvent une rigueur excessive et savait résister à l'appât de l'or et à l'attrait même des plus hautes recommandations. Mais cette inébranlable résolution du magistrat était chez lui l'effet d'un calcul et d'une combinaison égoïste. Son amour de l'argent cédait alors le pas à son ambition et à son orgueil.

L'aventure qui se passa quelques mois après son entrée en fonctions, prouvera jusqu'à l'évidence combien ce nouveau magistrat était digne d'être de l'école politique de Louis XI.

Un jeune gentilhomme du Poitou, qui se nommait Jean de Belleronde, vint à Paris pour assister aux débats d'un procès que sa famille soutenait au Parlement de Paris. Le gentilhomme perdit son procès, et, rencontrant, au sortir de la Grand'Chambre, le clerc de son rapporteur qu'il soupçonnait avoir communiqué des pièces importantes de son dossier à la partie adverse, il le maltraita cruellement. Les gardiens du Palais, attirés par les cris des assistans, accoururent, arrêtèrent le jeune de Belleronde, et le conduisirent devant maître Jacques Coictier, qui,

après un interrogatoire sommaire et l'audition de
quelques témoins, le fit conduire immédiatement en
prison, malgré les réclamations de l'offenseur qui
prétendait que sa qualité de gentilhomme devait le
soustraire à la juridiction du bailli du Palais. Jacques
Coictier ferma l'oreille à toutes ses remonstrances
débitées peut-être avec une vivacité trop juvénile, et
déclara que, non-seulement le chevalier de Belleronde irait en prison pour avoir voulu transformer
le temple de la justice en arène de pugilat, mais encore pour avoir osé insulter le bailli dans l'exercice
de ses fonctions. Il n'en était rien cependant ; le chevalier avait, à la vérité, protesté avec chaleur contre
la mesure arbitraire de son arrestation ; il avait invoqué à tort ou à raison une autre juridiction que
celle du bailliage du Palais ; il avait argué de sa qualité de noble pour ne pas être soumis à une déten-
tion préventive, mais il n'avait en aucune façon in-
sulté le juge dans l'exercice de ses fonctions. Jacques
Coictier, en fin renard qu'il était, avait compris tout
le parti qu'il pouvait tirer d'une telle capture, et la
bonne mine, la fortune, l'illustre maison du chevalier de Belleronde lui avaient suggéré une idée qu'un
homme aussi malicieux que lui pouvait seul mettre
à exécution.

Quoi qu'il en soit, le bruit de la captivité du chevalier de Belleronde ne tarda pas à se répandre dans Paris. Le comte de Gisors, grand pannetier de France, et le duc de Nevers, qui étaient alliés à la famille du chevalier, vinrent eux-mêmes prier Jacques Coictier de ne point pousser plus loin l'instruction de l'affaire et d'élargir leur parent. Le bailli demeura inflexible. Le prévôt des marchands, député par le comte de Gisors, vint proposer au médecin du roi cinq cents écus d'or pour la rançon du chevalier, et il fut vertement rabroué. Coictier, dans son accès de justice, alla même jusqu'à menacer le premier magistrat de la cité d'apprendre au roi les tentatives de corruption dont lui, Coictier, avait été l'objet.

— Le roi serait moins surpris de mon offre que de votre désintéressement et de votre vertu, répondit finement le prévôt des marchands ; au surplus, monsieur, le comte de Gisors mettra avec impartialité sous les yeux du roi la faute du chevalier de Belleronde et le châtiment que vous avez cru devoir lui infliger, et Sa Majesté jugera.

— Je ne crains pas la sentence que Sa Majesté portera, répartit Jacques Coictier d'un ton superbe ; la justice est au-dessus de l'appréciation des rois ; la voix de ma conscience de juge suffit à mon bonheur. Respectez-le.

Le bailli du Palais garda sa proie. Vainement le

clerc du rapporteur, généreusement désintéressé par la famille du chevalier, présenta-t-il lui-même une requête au bailliage pour l'élargissement du prisonnier, vainement les maîtres des requêtes de l'Hôtel du roi s'efforcèrent-ils d'évoquer l'affaire par droit de *committimus*, Jacques Coictier tint bon et ne consentit pas à relâcher son captif.

Hâtons-nous d'ajouter que le médecin-bailli s'était appliqué à rendre le séjour du chevalier de Belleronde dans les prisons du Palais le moins désagréable possible. Le chevalier habitait une petite chambre qui donnait sur la cour du Mai, et de sa fenêtre, qui n'était point déshonorée par d'ignobles barreaux de fer, il pouvait voir incessamment cette foule de plaideurs de tout costume et de toute couleur, ces essaims de clercs, de pages, de laquais, d'oisifs, de filous, de brelandiers et de suppôts du Parlement qui assiégeaient dès l'aube du jour toutes les issues du Palais. Mais Jacques Coictier ne s'était pas contenté de permettre ces distractions de toutes les heures à son prisonnier; il avait voulu encore qu'une table presque somptueusement garnie et parée des meilleurs vins fût au dîner et au souper, à dix heures et à quatre heures du soir, mise à la disposition du chevalier de Belleronde. Si vous joignez à cela quelques vieux romans français, la *Divine*

Comédie du Dante, dont Belleronde connaissait à fond la langue, un rebec et un luth pour abréger la longueur des nuits, des fleurets pour faire assaut contre le mur, et les visites fréquentes et presque cérémonieuses du bailli lui-même, vous penserez que le jeune gentilhomme était plutôt retenu en chartre privée que captif dans toute la hideuse acception du mot.

La liberté est pourtant chose si naturelle et si douce que, malgré toutes les délicates attentions de son geôlier, le chevalier se prenait souvent à envier le sort des clercs de procureurs et des pages à peine vêtus qui couraient la bague le soir dans la cour du Mai, ou qui jouaient à la *rondarde* (1) sur les marches mêmes du Palais, bravant les coups de fouet des gardiens et les injures des passans arrêtés dans leur course. Le jeune homme soupirait, et, se rappelant les tourelles, le grand parc, le gai préau, les sombres bois du manoir paternel, il s'étonnait pour la première fois que les oiseaux pussent chanter dans leurs cages, quand l'homme, avec toute sa

---

(1) La *Rondarde* était une espèce de toupie que les clercs de la basoche, les écoliers, les pages et les laquais faisaient rouler à grands coups de fouet dans les cours du Palais et jusque dans la salle des Pas-Perdus, au grand scandale et au grand détriment des passans.

raison, languit, se désespère et meurt dans la captivité.

— N'ai-je pas accompli une assez rude pénitence,
messire Jacques Coictier? dit le chevalier au bailli,
qui était venu le visiter; voilà près de trois semaines
que j'expie dans cette triste chambre une bagatelle
qui aurait fort bien pu s'apaiser en une heure avec
deux ou trois écus d'or.

— Une bagatelle! vous appelez battre un homme,
et battre un homme dans le sanctuaire même de la
justice, une bagatelle, monsieur le chevalier? répondit Jacques Coictier; diable! vous autres nobles,
vous avez une manière d'envisager les choses qui
n'est ni tout à fait chrétienne ni tout à fait philoso-
phique.

— Quand me donnerez-vous enfin la clef des
champs, messire Coictier? reprit le jeune homme,
qui ne jugea pas à propos de répondre au petit trait
de satire du médecin. Puisque ma famille et mes
amis de Paris m'abandonnent, vous, messire, ne
m'abandonnez pas.

Le chevalier ignorait complétement les démarches
faites pour son élargissement par le grand pannetier
de France, le duc de Nevers, et le prévôt des marchands.

— Hélas! mon cher chevalier, répliqua Coictier

avec un soupir hypocrite, s'il ne tenait qu'à moi, vous seriez déjà libre, car j'ai été jeune, et je sais faire la part de la fougue du sang et de l'entraînement de la jeunesse... mais nous avons un roi qui ne badine pas avec les lois, et ceux qui les transgressent ont en lui un ennemi capital... Je n'oserais pas prendre sur moi d'abréger votre captivité d'une heure... Mes devoirs sont grands et pénibles... mais l'honnête homme ne sait pas transiger avec eux.

— Mais je ne suis pas jugé, interrompit le chevalier ; aucun arrêt, aucune sentence ne m'a condamné... On me refuse d'être entendu par mes juges naturels, et vous me retenez en prison... Cela est inique...

— Patience! mon cher chevalier, patience! interrompit à son tour le bailli : le roi va bientôt revenir de son château de Loches, où, grâce à mes soins, sa santé lui a permis de faire une excursion. Aussitôt son retour, je lui parlerai de votre affaire, et, si le bailli du Palais est obligé de vous charger, le médecin du roi se fera un plaisir de plaider votre cause, et il a presque la certitude de la gagner : la sévérité du roi cédera, j'en suis sûr, à l'indulgence, quoique, à vrai dire, la mansuétude et l'oubli des injures ne soit pas sa vertu favorite.

Le chevalier de Belleronde se paya de ces doucereuses promesses, et en attendit l'effet avec confiance.

Louis XI était allé, en effet, au château de Loches, sous le prétexte de voir le dauphin, mais en réalité pour s'entendre avec quelques seigneurs bourguignons qui voulaient se soustraire à la domination de Marie de Bourgogne, fille de Charles-le-Téméraire, et unique héritière du duché.

A son arrivée à Paris, après un mois d'absence, Louis n'eut rien de plus pressé que d'aller visiter son médecin. Le monarque était curieux d'apprendre de quelle manière son physicien s'était métamorphosé en magistrat, et, bien que la gravité d'un disciple d'Esculape soit proche parente de la gravité d'un juge, il n'était pas fâché de voir par ses propres yeux la mine de Jacques Coictier sous la robe austère de magistrat. Louis XI connaissait profondément les hommes, et, tout aveugle qu'il se faisait, volontairement et par intérêt personnel, sur ses plus chers familiers, il n'ignorait ni les vices de leurs cœurs ni la bassesse de leurs instincts. L'avarice, l'orgueil, l'ambition, les appétits de Jacques Coictier lui étaient connus; il s'agissait de savoir si quelques filets de ces eaux corrompues ne suintaient pas à travers la simarre du juge.

Louis XI, suivi d'un seul archer de sa garde écossaise, quitta donc, dès le lendemain matin de son arrivée, la tour du Louvre, qu'il préférait à toutes les résidences qu'il avait à Paris, et s'achemina vers le Palais-de-Justice.

Jacques Coictier reçut son maître et son malade avec tous les témoignages de respect possible. Il félicita Louis XI sur l'amélioration visible de sa santé et lui demanda s'il avait suivi avec exactitude les prescriptions de la Faculté.

— Je suis un malade timoré, maître Jacques, répondit le roi, et je ne me serais pas permis de changer un *iota* à vos ordonnances. Je dois vous confesser que je m'en suis bien trouvé, et, si le mieux continue, je ne vois pas pourquoi je ne pousserais pas ma carrière aussi loin que Philippe-Auguste.

— C'est mon souhait le plus ardent, Sire, et je ne cesserai d'y travailler avec le zèle et le dévouement que vous me connaissez. Ma vie et celle de Votre Majesté, c'est tout un, et le roi de France ne saurait vivre sans son médecin, comme Jacques Coictier ne pourrait vivre sans le roi de France.

Un sourire malicieux vint légèrement arquer les lèvres de Louis XI, qui se prit à dire aussitôt en regardant la splendide salle où le bailli tenait ses audiences et recevait ses cliens :

— Vous trouvez-vous bien du poste que je vous ai confié, Jacques, mon ami?

12

— Très-bien, Sire, quoiqu'à vrai dire le fardeau d'une magistrature aussi compliquée que celle-ci soit un peu lourd pour des épaules qui n'ont jamais porté que la chausse de docteur.

— Hum! hum! hum! fit le roi.

— Mais les médecins, poursuivit Coictier, ressemblent, à révérence parler, à l'humble compagnon de saint Antoine : ils sont bons à toutes sauces. Un médecin peut être également sage ministre, grand capitaine, magistrat intègre, orateur éloquent, conseiller fertile en ressources et en expédiens.

Louis XI fit un signe de tête dubitatif.

— Les grands médecins de l'antiquité, continua Coictier, ont tous été mêlés au gouvernement de leur pays. Les fondateurs de plusieurs républiques grecques avaient étudié à Épidaure. Chez les Perses, chez les Juifs, chez les Mèdes et chez les Macédoniens, ils tenaient le haut du pavé dans les conseils de la nation. Mardochée, le ministre d'Assuérus, était médecin, et je ne rappellerai pas à Votre Majesté que le médecin Philippe vivait dans l'intimité d'Alexandre-le-Grand, comme un certain Jacques Coictier à l'honneur de vivre avec un autre Alexandre.

Coictier, peu habitué à manier le langage de la flatterie, avait dépassé le but au lieu de l'atteindre. Cette ridicule et grotesque comparaison ne plut pas au roi.

— Je ne suis pas et je n'ai jamais ambitionné la gloire d'être un Alexandre, répliqua sèchement Louis XI ; si l'aduiation ou l'amitié veulent me chercher des points de ressemblance avec les grands personnages de l'antiquité, il faut opter entre Auguste, Titus ou Marc-Aurèle.

Ce fut cette fois à Jacques Coictier de faire la grimace, Louis XI se mettant sur la même ligne que trois princes renommés pour leur humanité, leur clémence et leurs vertus. C'était une scène digne d'Aristophane où de Plaute. Le bailli eut pourtant assez d'empire sur lui pour ne pas laisser échapper une exclamation de surprise, et poursuivit ainsi :

— Je passerai sous silence, Sire, les médecins arabes, maures, chaldéens et bretons, qui ont fleuri dans ces huit derniers siècles. Tout le monde sait qu'ils jouèrent tous un rôle important dans les affaires de leur patrie. Le dernier ministre des Abencerrages de Grenade, Misul-Osman, aussi grand médecin que grand jurisconsulte et grand politique, et le Breton Alcuin, l'ami et le commensal de notre Charlemagne, a coopéré plus que Roland lui-même à la gloire future de la France en fondant l'Université de Paris.

— Eh ! fit Louis XI avec une feinte bonhomie, vous oubliez, messire, le plus célèbre et le plus glorieux des médecins, Hippocrate, qui s'est acquis une immortelle réputation, non-seulement par sa science, mais encore par sa probité et son patriotique désintéressement.

La pensée du roi n'échappa point à Coictier; il comprit que son auguste malade, en vantant le mépris qu'Hippocrate avait pour les richesses, dirigeait contre lui une satire d'autant plus amère qu'elle était vraie.

Il rongea son frein, et reprit :

— J'ai oublié, à dessein, Hippocrate, Sire; ce médecin était, j'en conviens, un fort habile praticien, un fort illustre personnage; mais sa philosophie n'était pas à la hauteur de sa science médicale. Il fit l'acte d'un fou en refusant stoïquement les trésors que le roi de Perse lui faisait offrir. On doit tout accepter d'un roi, même d'un roi ennemi, qu'on oblige. L'argent n'a point d'opinion, et les talens d'or de la Perse d'autrefois, pas plus que les écus de France d'aujourd'hui, n'ont pas d'autre signification, à mon avis, que celle que la sagesse des peuples leur a donnée depuis six mille ans. Il est donc convenable, Sire, d'accepter, dans de certaines conditions; avec de l'argent on peut tout faire, de la vertu, de la liberté, du patriotisme. On aide sa patrie, on aide ses concitoyens, on fonde des écoles et on perpétue le culte des sciences, des lettres et des arts. L'homme

enivré d'un fol mépris de l'or n'est bon à rien, et le
dissipateur qui fait litière de ses ducats, l'avare même
qui entasse son argent est plus utile à la république
que tous les fanfarons de désintéressement, pitoya-
bles singes d'Hippocrate et de Cincinnatus. Or, pour
en revenir à notre sujet, Sire, je disais donc à Votre
Majesté que les médecins n'étaient déplacés nulle
part ; je vous donnerai, Sire, une nouvelle preuve de
la vérité de cet axiome en tenant d'une main ferme le
petit bout d'autorité que vous avez daigné me confier.

— Je n'en doute pas, messire Coictier, répartit le
roi, et pourtant votre nomination à la place de concierge-bailli du Palais a élevé des tempêtes autour
de moi. Des gens, et des plus huppés de ma cour,
m'ont fait une espèce de crime d'avoir recouvert la
soutane de mon physicien de la robe du magistrat.
Tout le monde, au surplus, a été étonné.

— Étonné, et de quoi, Sire ? Si vous avez fait votre barbier, maître Olivier-le-Daim, ministre, il me
semble qu'il vous était permis de faire votre médecin
bailli, répliqua Coictier d'un ton presque bourru.

— Aussi, mon bon ami Jacques, reprit Louis, ces
caquetages de grands seigneurs et de courtisans ne
m'ont-ils nullement affecté. Si la chose était à faire,
j'agirais de même, et Dieu m'est témoin que je ne
regrette nullement la grâce dont vous avez été l'ob-

jet. Mais dites-moi, Jacques, mon ami, n'avez-vous pas eu depuis votre entrée en fonctions bien des écheveaux à dévider avec la turbulente population de mon Palais-de-Justice?

En disant ces mots, Louis XI attachait ses yeux gris et perçans sur le bailli. Coictier devina sur-le-champ que le grand pannetier de France, le comte de Gisors, ou le prévôt des marchands, peut-être bien tous les trois ensemble, avaient fait parvenir au roi leurs griefs sur l'arrestation prolongée du chevalier de Belleronde. Sans se déconcerter, le médecin répartit aussitôt :

— Mon Dieu! ce sont toujours les mêmes méfaits et les mêmes délits que nous avons à punir, et les héros ordinaires de ces aventures sont, comme vous savez, des pages, des laquais, des basochiens, des clercs, des écoliers et des filous..... On a bientôt distribué les châtimens à ces honnêtes personnes, et quand ma juridiction n'est pas assez puissante, quand le délit prend les proportions d'un crime, j'envoie mes gaillards, pages, clercs ou écoliers, au Châtelet, pour se faire juger et pendre, s'il y a lieu.

— C'est bien fait! dit Louis, qui semblait attendre une communication plus importante.

— Ah! pourtant, reprit négligemment Coictier, j'ai été appelé à sévir contre un jeune gentilhomme qui s'était rendu coupable, dans la salle même des Pas-Perdus, d'un acte de brutalité épouvantable.

Le roi passa sa langue sur ses lèvres minces et pâles, et écouta attentivement.

Jacques Coictier raconta longuement l'aventure, qu'il orna d'épisodes fantastiques, garda le silence sur le désistement du clerc du rapporteur, mais s'étendit outre mesure sur les obsessions dont lui, bailli, avait été l'objet pour rendre le prisonnier à la liberté.

— Eh! eh! maître Jacques, fit le roi, quand le bailli eut achevé son récit, est-ce que vous retenez encore, à l'heure qu'il est, le chevalier de Belleronde prisonnier?

— Oui, Sire, répliqua fermement le bailli.

— Mais le cas est grave, fort grave, reprit Louis : c'est un abus d'autorité excessif, Jacques, mon ami. En sa qualité de gentilhomme, le chevalier de Belleronde avait le droit de *committimus* (1), et, s'il l'a invoqué, vous deviez...

— Il n'y a pas de gentilhomme qui tienne, interrompit vivement Coictier, et je ne sais pas pourquoi

(1) Nous avons déjà eu l'occasion de dire que le droit de *committimus* était le privilége accordé aux officiers de la maison du roi, aux nobles et à quelques communautés, de plaider en première instance aux requêtes du Palais ou de l'hôtel dans les causes personnelles, possessoires ou mixtes.

Votre Majesté, qui a promené la hache du bourreau sur les têtes des plus grands seigneurs du royaume, vient s'apitoyer ici sur le prétendu déni de justice d'un hobereau que j'aurais dû, malgré son blason, envoyer pourrir dans les cachots du Châtelet, pour lui apprendre à respecter la dignité humaine qu'il a outragée, et la majesté du temple de la justice qu'il a violée.

Si le bailli n'eût été protégé par le médecin du roi, c'en était fait de lui. La figure de Louis XI s'illumina tout à coup d'une rougeur blafarde, comme celle de ces nuages qui recèlent la foudre et la grêle ; ses lèvres tremblèrent, ses yeux flamboyèrent, et ses mains crispées errèrent de la médaille de saint Michel, qu'il portait au cou, à l'escarcelle de velours bleu pendue à sa ceinture, qui contenait ses *agnus*.

Jacques Coictier s'aperçut de l'agitation convulsive du roi, et quittant le rôle de magistrat pour reprendre celui de médecin :

— Allons, Sire, excusez la liberté de ma parole, et, par saint Pierre ! ne vous faites pas du mal volontairement... Prenez-y garde, au moins, ajouta l'astucieux physicien en fronçant le sourcil, que cette colère, que vous cherchez vainement à cacher, dure encore dix minutes, et l'apoplexie va arriver,... je ne répondrai plus des jours de Votre Majesté.

Puis, se rapprochant du monarque, que cette menace avait calmé comme par enchantement, Coictier reprit d'une voix qu'il chercha à rendre douce et flatteuse :

— Mes ennemis ont voulu me desservir auprès de Votre Majesté, et ils ont, Sire, commis un crime de lèse-majesté, car, en attentant à mon honneur et à ma tranquillité, ils attentent à la vie de Votre Majesté, et ils le savent bien, les traîtres! Voyons, Sire, me jugez-vous un méchant homme, un infâme magistrat? Croyez-vous que je me repaisse les yeux des souffrances de mes semblables, moi qui ai passé toute ma vie à apprendre à les adoucir?... Quoi! c'est vous, Sire, qui me vantiez tout à l'heure le désintéressement d'Hippocrate, c'est vous qui me reprochez d'avoir résisté à la corruption du grand pannetier de France et du comte de Gisors?

— Ils ont voulu vous corrompre, maître Jacques ! fit le roi, qui n'était pas fâché de trouver à reporter sa colère, et peut-être aussi sa vengeance, sur une autre tête que celle de son médecin.

— Oui, Sire, on m'a offert une grosse somme en or, et je l'ai rejetée ; les dépositaires de votre justice ne doivent-ils pas être purs de toute souillure, eux qui tiennent en leurs mains le plus beau fleuron de la couronne de France? A quoi bon servirait l'exemple d'un roi probe, chaste et honnête homme, si les juges n'étaient pas probes, chastes et honnêtes comme lui?

La physionomie de Louis XI se rasséréna tout à fait.

— Eh! mon Dieu, Sire, poursuivit le bailli, j'aurais depuis longtemps laissé envoler mon captif, si je n'avais pas pitié de lui.

— Comment? demanda Louis, que voulez-vous dire?

— J'aurais voulu cacher ces vulgaires détails à Votre Majesté... car ils sont vraiment indignes d'elle; mais, puisque la malice de mes ennemis a cherché à me nuire dans l'esprit de mon maître, je dois...

— Parlez, parlez, Coictier, mon ami! interrompit Louis XI.

— Vous savez, Sire, que ma nièce Brigitte, — cette jeune fille que vous m'avez fait l'honneur de tenir, il y a quelques années, sur les fonts de baptême, — loge ici avec moi, ou plutôt qu'elle ne m'a jamais quitté depuis qu'elle est orpheline.

Louis fit un signe de tête affirmatif.

— Eh bien! Sire, je ne sais pas comment cela s'est fait, mais le chevalier de Belleronde, dont la prison est une très-jolie chambre sur la cour du Mai (je suis bien aise de vous le dire, entre parenthèse), a

vu Brigitte se promener le soir, autour du Mai, avec
sa gouvernante, et en est tombé amoureux. Brigitte a
la beauté du diable; elle est accorte et fraîche; mais,
nonobstant ses charmes, je crois bien que l'honneur
qu'elle a d'être la filleule de Votre Majesté a séduit le
chevalier.

— Bref, dit le roi.

— Bref, reprit Coictier, le pauvre jeune homme
est blessé profondément au cœur, et il m'a supplié
de lui donner la main de ma nièce, qui ignore la
passion qu'elle a inspirée, la pauvre enfant! ou de
prolonger le plus longtemps possible une captivité
qui nourrit son amour. Sus donc, Sire, comme je ne
suis pas assez riche pour contracter une alliance de
cette importance, j'ai refusé tout net la main de Brigitte, mais j'ai consenti à garder encore quelques jours
mon prisonnier. Voilà, Sire, mon abus d'autorité.

— Et le jeune homme est-il aimable? fit le roi. Sa
famille est illustre; mais souvent une branche ra-
bougrie déshonore le plus beau tronc.

— Le chevalier de Belleronde, répliqua Coictier,
est un cavalier accompli; sa figure est belle et ex-
pressive, son esprit plus cultivé que celui d'un gentilhomme ne l'est de notre temps, car il sait lire,
écrire, joue du rebec et du luth, et compose d'assez
jolis vers. Tout ce qu'on peut lui reprocher, c'est

d'avoir la main leste; mais la peur que je lui ai faite
d'avoir encouru la colère de Votre Majesté le rendra
plus circonspect à l'avenir.

— Eh! Jacques, mon ami, dit le roi, cette alliance
vous conviendrait-elle, en supposant que je voulusse
la déterminer?

—Peste! il faudrait que je fusse bien difficile, Sire.
Le chevalier de Belleronde est d'une race à laquelle
on s'allie avec orgueil, et, tout illustre qu'on puisse
être par ses propres œuvres, on n'est pas fâché de
compter dans sa famille des soldats de Charlemagne
ou de Duguesclin.

— Allez me quérir le chevalier, dit le roi, et faites
venir ma filleule.

Le bailli s'empressa d'obéir, et après avoir présenté au roi la jolie Brigitte, toute honteuse et toute
tremblante de tenir compagnie à son royal parrain,
il courut à la chambre du chevalier.

— Le roi en personne est au bailliage, exclama
Jacques Coictier en entrant dans la cellule où le chevalier faisait des armes par passe-temps, et il veut
vous voir, et probablement vous juger lui-même.

A ce terrible avertissement, le chevalier laissa
d'effroi tomber le fleuret qu'il tenait à la main, et
devint pâle comme un criminel à qui l'on vient de
lire son arrêt de mort.

La justice expéditive de Louis XI était connue de toute la noblesse, et l'imagination de Belleronde lui représenta l'horrible compère Tristan, ou tout au moins les lourdes chaînes de la Bastille et du Louvre, chaînes que l'on appelait, par métonymie, à la cour, les *fillettes* du roi, comme les anciens appelaient *douces* (Euménides) les trois Furies des Enfers.

— Rassurez-vous, mon jeune ami, dit le médecin-bailli ; j'ai atténué votre faute autant que j'ai pu, et d'ailleurs le roi n'est pas si diable qu'il est noir.

Le pauvre jeune homme fit un signe d'incrédulité.

— En outre, poursuivit le madré bailli, j'ai inventé une petite fable que vous ferez bien, dans votre intérêt, d'adopter jusqu'à ce que la colère du roi soit apaisée.

— Une fable ! exclama Belleronde. Ah ! messire, dites-moi ce qu'il faut faire ; je me soumets à tout.

— C'est un mensonge...

— Un mensonge ? Qu'importe !... interrompit le chevalier ; tout est permis pour sauver sa vie et sa liberté. Parlez, parlez, messire !

— En deux mots, voici ce que j'ai cru prudent d'inventer pour vous sauver. J'ai une nièce, que vous avez vue ou que vous n'avez pas vue se promenant chaque soir dans la cour du Mai.

— Une jeune fille blonde et rose, dont les yeux sont plus limpides et plus tendres que ceux d'un chérubin! fit avec passion le chevalier.

— Je ne sais pas de quelle couleur sont les yeux des chérubins, répliqua Coictier; mais n'importe! c'est elle, c'est Brigitte, c'est ma nièce, c'est la filleule du roi!

— La filleule du roi! fit le chevalier.

— Oui, et le roi a pour elle une affection paternelle, une tendresse infinie... Or, j'ai imaginé que vous étiez devenu amoureux de Brigitte, et que vous me l'aviez demandée en mariage.

— Je vous la demande! exclama impétueusement le chevalier, qui vit la liberté poindre sur les ailes de l'amour.

— Vous l'aurez peut-être, s'il plaît au roi, et si vous soutenez bien votre personnage, mon jeune ami, riposta le bailli; mais venez sans perdre de temps, le roi vous attend.

— Vous êtes mon ange tutélaire, s'écria Belleronde en se jetant au cou du bailli et en l'étreignant si fort, que le gros homme en perdit la respiration; je prétends que vous deveniez mon oncle.

— Et le roi sera votre parrain par alliance, dit le bailli, qui s'était dégagé des furieuses étreintes de son captif. Tout sera pour le mieux : vous serez content et moi aussi... Mais, mon cher neveu, ajouta le médecin, perdez l'habitude de me caresser ainsi, car infailliblement vous m'étoufferez... et je veux assister à vos noces.

Ces noces se firent, en effet. Le chevalier de Belleronde, qui, aussi bien que le roi, avait été la dupe du double jeu joué par le bailli du Palais, témoigna à Louis XI, aux genoux duquel il se jeta, tant de repentir pour la faute qu'il avait commise, et tant d'amour pour Brigitte, que le roi se chargea d'obtenir l'agrément de la famille du chevalier pour épouser la nièce du physicien. Louis XI était un prince qu'on ne refusait pas volontiers. Cette requête royale fut parfaitement accueillie. Louis ne se montra pas moins généreux que les marquis de Belleronde, et donna en dot à sa filleule la seigneurie de Conflans, qui fut, deux cents ans plus tard, donnée en apanage aux archevêques de Paris.

Le même jour que l'on mariait à l'église de Saint-Barthélemy, paroisse du Palais et sise dans son enceinte, le chevalier de Belleronde et Brigitte Coictier, le grand pannetier de France et le comte de Gisors étaient exilés dans leurs terres, et le prévôt des marchands recevait une verte réprimande de la bouche du procureur-général du Parlement de Paris, agissant au nom du roi.

— Avouez, mon cher chevalier, dit le caustique et rusé Coictier à son neveu en descendant de l'autel pour se rendre au baillage, où un splendide festin devait réunir les principaux magistrats du Parlement et du Châtelet et un grand nombre de seigneurs de la cour, avouez qu'il vaut beaucoup mieux faire connaissance avec la filleule de Sa Majesté qu'avec les *fillettes* du roi.

Jacques Coictier remplit les fonctions de concierge-bailli du Palais jusqu'en 1483, époque de la mort de Louis XI. A la suite de cet événement, le médecin s'éloigna de la cour et des affaires, et se retira dans une maison qu'il avait fait bâtir à Paris, dans la rue Saint-André-des-Arcs, au coin de la rue Gille-Cœur (1). Son immense fortune lui permit de mener une vie splendide, et le logis de l'ancien physicien du roi devint bientôt le rendez-vous des hommes les plus fameux de France par leur savoir et leurs dignités.

Il est hors de doute que Coictier réalisa des bénéfices énormes dans sa place de concierge-bailli du Palais. On évalua à cent mille écus, somme exorbitante

(1) Coictier avait fait sculpter sur la façade de sa maison un jeu de mots. C'était un abricotier magnifiquement en fleurs, avec ces mots pour devise : *A l'abri-Coictier.* Cette maison, solidement construite et avec une certaine élégance, se voyait encore à la fin du dix-septième siècle.

pour le temps, les gratifications que Louis XI lui avait accordées pendant les dix dernières années de sa vie, sans compter les autres bienfaits que ce prince avait répandus sur lui et sur sa famille, tels que canonicats, prieurés, emplois, charges de toute nature et de toute espèce.

Cependant, à l'avénement de Charles VIII au trône, et à l'instant où l'on punissait les fauteurs de la tyrannie de Louis XI par le gibet, par la proscription et par la confiscation, Jacques Coictier, toujours plein de ruse et d'adresse, s'empressa d'aller offrir au jeune monarque cinquante mille écus pour l'expédition d'Italie. L'offre fut acceptée, et, grâce à cette dîme prélevée sur ses richesses, Jacques Coictier put jouir tranquillement jusqu'à sa mort, arrivée en 1503, d'une fortune acquise avec plus de politique que de loyauté.

Comme médecin et homme de science, Jacques Coictier a laissé un nom honorable ; comme magistrat, et à part les voies dangereuses où son ambition et son avarice l'engagèrent trop souvent, il fut aussi intègre qu'il pouvait l'être dans ce siècle, et d'une fermeté inébranlable, ce qui semble être la première vertu du magistrat. Enfin, si l'on considère Jacques Coictier au point de vue de la cour, et surtout de la cour de Louis XI, on ne pourra se dispenser de lui

13

décerner des éloges pour sa rude franchise et son implacable opposition, qui ne marchandaient pas les
vérités à l'oreille d'un despote ombrageux. Jacques
Coictier, sous ce rapport, a droit au respect de l'histoire ; car s'il a prolongé la vie d'un méchant roi, il
a aussi employé son influence à conjurer les mauvais
vouloirs d'un prince qui ne reculait devant aucune
violence, et qui osait tout parce qu'il craignait tout (1).

Jacques Coictier, médecin de Louis XI, était connu ;
Jacques Coictier, magistrat et bailli du Palais, ne l'é-
tait guère. Nous sommes heureux de l'avoir présenté
sous ce dernier aspect et d'avoir ainsi ajouté une
page, bien faible et bien décolorée, sans doute, à la
biographie d'un homme dont le nom se rattache si
intimement à l'un des plus habiles, mais aussi à
l'un des plus méchans rois de notre pays.

---

(1) Le portrait de Louis XI et le portrait de Jacques Coictier,
deux chefs-d'œuvre peints par Philippe de Champagne, ont été
lacérés et brûlés par le peuple lors de la dévastation de la galerie
du Palais-Royal en 1848. Un portrait du cardinal de Richelieu,
peint par Vandick, a subi le même sort. Les soldats iconoclastes de la démocratie auraient dû se rappeler que Louis XI et
le cardinal de Richelieu avaient merveilleusement aidé, par des
moyens qu'ils connaissaient mieux que personne, à l'abaissement
de l'aristocratie et à l'émancipation du peuple.

LES TROIS GREFFIERS.

1495

Chez les Romains, les scribes ou greffiers, que l'on appelait aussi notaires, étaient, sous la République et même sous les premiers Césars, des esclaves publics. Plus tard, on voulut rehausser ces fonctions, et les empereurs Arcadius et Honorius défendirent de commettre des esclaves pour greffiers ; de sorte qu'on les élisait, dans chaque ville, comme les juges appelés *defensores civitatum*. Dès ce moment, les fonctions de greffiers furent mises au nombre des offices municipaux.

Chez les Grecs, les greffiers eurent une origine plus honorable. Les greffiers à Athènes, à Thèbes, à Sparte même, jouissaient d'une considération méritée. Pherecyde, l'historien (1), fut greffier de l'Aréopage, et

---

(1) Pherecyde l'historien, qu'il ne faut pas confondre avec le philosophe Pherecyde, natif de Scyros et maître de Pythagore,

le poète Sophocle, cinquante années avant lui, remplit le même emploi, à la satisfaction du peuple et
des magistrats (1).

Le titre de greffier du Parlement de Paris est aussi
ancien que le Parlement lui-même. Mais nous ne
possédons les noms des greffiers qu'à dater du
treizième siècle. Jean de Montluc, celui même qui le
premier transcrivit sur un registre ad hoc les arrêts
du Parlement (2) eut pour successeurs Gau de Friduc,

composa une histoire de l'Attique fort estimée des anciens, et qui
n'est pas parvenue jusqu'à nous. Nous nous rappelons tous Sophocle, qui, après avoir été grand général, devint, selon l'expression de Cicéron, un *poète divin*.

(1) Les temps modernes nous offrent aussi des greffiers illustres
par leurs lumières et leur vaste érudition. A leur tête, il faut
placer ce Jean du Tillet, greffier en chef du Parlement, qui s'est
acquis une réputation immortelle par ses ouvrages pleins de savantes recherches et de saines critiques. Son livre du *Recueil
des rois de France*, son sommaire de *l'Histoire de la guerre
faite contre les Albigeois*, son *Instruction du Prince chrétien*,
sont autant de titres à l'estime de la postérité. N'oublions pas
non plus que le plus savant et le plus dramatique des romanciers
de notre époque, sir Walter Scott, était greffier des plaids com-
muns à Edimbourg.

(2) On sait que ces registres sont au nombre de cinq, et portent
le nom d'*olim*, du premier mot d'un arrêt qui commençait le troisième volume. *Olim homines de Bayona*, etc. Le premier a pour
titre : *Liber inquistarum coopertus in pelle viridi, signatus in
dorso, ab anno* 1256, *usque ad annum* 1270.

Le second, dont il n'existe que quelques feuillets, était appelé
Liber inquistarum signatus in dorso A ; incipiens ab anno 1289,
usque ad annum 1299.

Nicolas de Carnolo et Petrus de Biterris. Avant Montluc les greffiers étaient appelés les *Clercs des arrêts*, après lui, notaires–greffiers. Quoi qu'il en soit, les notaires–greffiers, selon un historien, de service à la Chambre des Plaids, rédigeaient les arrêts d'audience et de peu d'importance; mais à l'égard des arrêts prononcés sur délibéré ou sur *appointemens*, ils recevaient l'arrêt tout rédigé par le rapporteur et visé du maître ou Président de la Chambre.

Ces greffiers, ainsi que ceux de la Grand'Chambre étaient choisis par le Parlement, toutes les Chambres

---

Le troisième : *Liber vocatus olim; incipiens a Parlamento*, 1274, *usque ad annum* 1298.

Le quatrième porte pour inscription : *Liber signatus in dorso C. incipiens a Parlamento*, 1299, *usque ad Parlamentum*, 1318.

Enfin, le dernier des *olim* est désigné sous le nom de *Liber coopertus de rubro, signatus in dorso* **D** *; et incipiens a Parlamento*, 1249, *usque ad annum* 1315.

Outre ces véritables richesses judiciaires, nous possédons encore, malgré les révolutions et les incendies qui ont tant de fois ravagé le Palais-de-Justice, un grand nombre de registres civils et criminels du Parlement et des *Grands-Jours*, tenus à Tours, à Poitiers, à Moulins, à Bordeaux, etc. Les premières tables du conseiller Lenain, et les archives criminelles qui commencent à 1322, et qui sont dues à Jean-du-Temple, premier greffier criminel dont le nom ait échappé à l'oubli. Ainsi, grâce à ces registres, ou, à leur défaut, aux minutes qui sont conservées, on peut suivre, sans lacune importante, l'histoire criminelle de la France.

assemblées. Ces fonctions ne cessèrent d'être élec-
tives que vers le milieu du seizième siècle, où elles
devinrent de véritables charges accessibles seulement
à de grandes fortunes.

En 1361 le roi Jean, en fixant les gages du Parlement, indique trois greffiers : le greffier civil, le
greffier criminel et le greffier des présentations.

Ces trois greffiers en chef (car il faut remarquer
que le titre de greffier en chef du Parlement, qui in-
combait au greffier civil, ne date que de l'année 1636)
avaient sous leurs ordres une véritable armée de
commis-greffiers qui étaient tout bonnement qualifiés de greffiers au Parlement.

Les trois greffiers en chef du Parlement jouissaient
de tous les droits, priviléges, immunités et prérogatives des conseillers au Parlement. Ils portaient le
même costume et se paraient également de l'épitoge
doublée de même vair ; seulement cette épitoge était
retroussée des deux côtés pour la plus grande facilité de l'écrivain. Aux audiences et au Conseil la
place du greffier était à l'angle du parquet. Dans les
lits de justice, les greffiers, vêtus de leurs épitoges, se
tenaient assis à côté du secrétaire d'Etat devant un
bureau fleurdelysé. Enfin, tous trois, avant 1636,
marchaient sur la même ligne immédiatement avant
le Parlement, dans les processions et cérémonies

publiques, et étaient salués au Palais et à la ville du titre de monseigneur.

Les fonctions du triple greffe du Parlement, après avoir été dévolues par l'élection, devinrent hérédi-taires.

Les fonctions de greffier civil et de greffier criminel s'expliquent par leurs qualifications même. Il n'en est point ainsi du greffier des présentations, et nous allons définir en peu de mots son emploi. Le greffier des présentations était chargé de recevoir les actes de présentation, tant du demandeur que du défendeur, de l'appelant et de l'intimé. Il délivrait aussi les défauts pour non comparution, et faisait les rôles ordinaires des causes plaidées en l'audience de la Grand'Chambre. Le greffier des présentations était, ainsi que nous l'avons dit déjà, de création aussi ancienne que le greffier civil et que le greffier criminel. A eux trois, ces fonctionnaires partageaient les immenses et innombrables travaux du Parlement Cour de justice, du Parlement Cour législative, du Parlement Cour des pairs.

En 1495, sous le règne de Charles VIII, le greffier civil était Jehan le Carpentier; le greffier criminel, Jerôme de Malgoigne; le greffier des présentations, Antoine de Civray.

Le greffier civil Jehan le Carpentier, fort savant,

fort versé dans la connaissance des lois et des coutumes, était un homme de luxe et de bonne chère.
Il était riche, mais plus puissant encore par ses al-
liances que par sa fortune; il ne s'appliquait qu'à
transmettre à son fils unique les avantages considérables de sa position judiciaire et de sa position politique. Ce fils, qui avait nom Hector, s'était fait inscrire pour la forme sur le tableau des avocats; mais
on le voyait en réalité plus fréquemment à l'hôtel
des gardes du roi qu'au Barreau; et la taverne des
hallebardiers, sur le port Saint-Paul, avait beaucoup
plus d'attrait pour lui que le prétoire. Hector, âgé
de 25 ans à peine, aussi bien fait que brave, aussi
brave que spirituel, semblait bien plutôt destiné à
porter la cuirasse et le morion que l'épitoge et la
plume. Mais au quinzième siècle, la vocation des enfans était subordonnée à l'autorité paternelle, et quel-
qu'audacieux, quelque hardi que fût Hector dans ses
aventures de chaque jour et surtout de chaque nuit,
il se montrait constamment devant son père humble,
grave et soumis. Les airs de matamore, la moustache
retroussée à la Turquesque, comme on disait alors,
la toque sur le coin de l'oreille, toutes ces belles ma-
nières qui se retrouvent sous tous les régimes et à
toutes les époques chez la jeunesse dorée, cette fièvre,
en un mot, de tapageur et de mauvais garçon, selon

la pittoresque expression du vieil Estienne Pasquier, ne prenait notre jeune homme qu'au seuil de l'hôtel du greffier en chef, lorsqu'il en sortait, et ne le quittait qu'au même endroit lorsqu'il y rentrait. Les logis parlementaires n'admettaient pas la folie du siècle et de la mode ; c'étaient aussi des cloîtres où la méditation, le recueillement et parfois aussi la prière exigeaient le calme, le silence et la modestie.

Le greffier criminel, Jérôme de Malgoigne, était moins opulent que son confrère le greffier civil, mais économe et parcimonieux jusqu'à l'avarice. Il était parvenu, depuis 1492, à augmenter notablement son revenu en faisant construire à ses frais, non loin du couvent des Cordeliers, des boucheries spacieuses et aérées qui prirent, un siècle plus tard, le nom de Boucheries-Saint-Germain. Jérôme de Malgoigne n'avait aussi qu'une fille unique, dont la beauté était admirée des galans de la Cour et de la ville. Le greffier aimait sa fille autant qu'un avare peut aimer quelque chose ; mais sa tendresse pour Ursule—c'était le nom de cette beauté—n'allait pas jusqu'à capituler avec ce qu'il appelait les devoirs de la paternité. Ces devoirs, selon monseigneur Jérôme de Malgoigne, consistaient à marier Ursule sans consulter le goût de la jeune fille. Il tenait à avoir un gendre riche, très riche ; que ce gendre fût un Adonis ou un

Thersite, qu'il fût aimable ou fâcheux, peu lui importait. Dans sa politique domestique, Jérôme Malgoigne plaçait un coffre fort bien garni au-dessus de toutes les qualités du cœur, de tous les agrémens de l'esprit, de toutes les vertus de l'âme. Le digne homme était ainsi fait, et il a laissé beaucoup d'héritiers de sa doctrine.

Antoine de Civray, le greffier des présentations, n'avait qu'un faible patrimoine, et les émolumens de sa place composaient presque à eux seuls sa fortune. Il est vrai que ces émolumens étaient fort considérables et dépassaient quelquefois ceux du greffier civil et du greffier criminel. Homme d'épée avant d'être homme de palais et de plume, Antoine de Civray était un de ces capitaines bourguignons qui s'étaient franchement ralliés à la France après la mort tragique de Charles-le-Téméraire. De Civray avait servi ce prince jusqu'à la fin avec la bravoure d'un gentilhomme et la fidélité d'un soldat ; Louis XI s'était attaché Antoine de Civray, il n'avait eu qu'à se louer de son dévouement et de ses lumières, et avait fini par le gratifier de la place de greffier des présentations au Parlement de Paris. Le gentilhomme bourguignon, dans des fonctions si nouvelles pour lui, avait prouvé une fois de plus qu'un homme de cœur et d'intelligence se plie à tous les genres de

devoirs et à tous les genres de travaux. Dans ce poste
où une sévère probité devait incessamment s'allier
à une scrupuleuse impartialité et à un contrôle de
tous les jours, on pourrait dire de toutes les heures,
il s'était concilié l'estime et la confiance des plaideurs, des gens du roi et présidens et conseillers de
la Grand'Chambre.

Les greffiers civils et criminels étaient sans doute
dans l'opinion des magistrats et du public des
hommes forts considérables et fort respectables, mais
Antoine de Civray inspirait plus de sympathie et plus
d'attachment. L'ancien capitaine des bandes de Bourgogne devait les témoignages d'estime dont il était
entouré à une gravité sans morgue, à un caractère
bienveillant quoique ferme, à un esprit enjoué à ses
heures, mais d'un enjouement qui ne blessait pas la
majesté de l'épitoge et de l'hermine, et qui rehaus-
sait, loin de l'affaiblir, l'éclat du bon sens magistral.

Tout dévoué qu'il était au culte de la justice, le
cœur du vieux soldat n'avait pourtant pu se décider
à consacrer l'aîné des deux fils qu'il avait à la carrière judiciaire. Il semblait à Antoine de Civray que
le premier héritier de son nom devait hériter aussi
de ses armes et payer l'adoption de la France en
combattant et en mourant pour elle sur un champ
de bataille. C'était en effet là autrefois que la no-

blesse prenait ses lettres de naturalisation, et que dans d'autres circonstances elle acquittait la rançon de ses fautes ou de ses erreurs passagères. Il est beau de racheter avec son sang les maux qu'on a faits à son pays, et d'effacer par des victoires les larmes qu'on a fait répandre à la patrie en deuil.

Le second des fils d'Antoine de Civray fut donc destiné à succéder à son père dans la charge de greffier des présentations, et l'aîné, Ludovic de Civray, entra comme guidon dans la Compagnie des Gens d'armes du roi Charles huitième. Ludovic, tout jeune qu'il était, avait suivi le monarque dans son expédition de Naples, s'était distingué à la bataille de Fornoue, où il avait reçu trois blessures, et était revenu à Paris, déposer aux genoux de son père le collier de l'ordre de Saint-Michel dont le roi l'avait décoré sur le champ de bataille même témoin de sa valeur.

Les rapports journaliers du service avaient établi entre les trois greffiers en chef du Parlement une étroite intimité. Le voisinage de leurs logis avait corroboré cette intimité de Palais. En effet, le greffier civil avait son hôtel rue Mâcon ; le greffier criminel, rue du Hurepoix ; le greffier des présentations, rue de l'Hirondelle (1), tous trois sur l'extrême frontière

(1) Les rues Mâcon et de l'Hirondelle datent du treizième

du quartier de l'Université, et séparés seulement de
l'île du Palais par le petit bras de la Seine, que le
pont Saint-Michel, alors en bois, traversait pour
unir les deux rives du fleuve.

Les trois familles, incessamment les unes chez
l'autre, paraissaient n'en former qu'une seule.

Cette contubernalité devint fatale pour toutes et
fut la source de l'histoire lamentable qui consterna
et épouvanta Paris dans les dernières années du
quinzième siècle. Cette histoire, nous allons essayer
de la raconter à nos lecteurs, et nous emprunterons
aux chroniques du temps les épisodes les plus sai-
sissans de sa douloureuse trilogie.

---

siècle, et existent encore aujourd'hui; la rue du Hurepoix était
une petite rue qui conduisait au pont Saint-Michel, et qui masquait la rivière sur le quai des Augustins, comme les maisons de
bois du pont Saint-Michel masquaient la rivière sur ce pont.

L'HOTEL DU GREFFIER CRIMINEL.

Nous avons dit que l'hôtel du greffier criminel du Parlement était situé rue du Hurepoix.

Cette rue, de peu d'étendue, mais tortueuse, et si étroite que deux charrettes pouvaient à peine y passer de front, était totalement privée d'air et de soleil; aussi les maisons qui faisaient suite à celles du pont Saint-Michel n'étaient-elles occupées que par des artisans et de petits bourgeois; mais l'autre côté de la rue, celui qui s'étendait sur la terre ferme, était remarquable par la solidité de ses constructions : cinq ou six hôtels se dressaient les uns à côté des autres, et ces hôtels, presque tous ornés de portes cochères et de montoirs, appartenaient et étaient habités par des membres du Parlement.

Le plus vaste et le plus considérable par ses dépendances était l'hôtel qui faisait le coin de la rue du Hurepoix et de la rue Gît-le-Cœur. C'était la résidence du greffier criminel, de Jérôme de Malgoigne.

Ce logis, comme on disait alors, n'avait qu'une façade insignifiante sur la rue du Hurepoix; mais si on franchissait la cour, on trouvait un corps de bâtiment régulièrement construit, et à la suite de ce bâtiment, qui contenait de spacieux appartemens, un délicieux jardin planté d'ormes et de chênes séculaires s'étendait jusqu'au milieu de la rue Git-le-Cœur.

Le 17 de décembre 1495, à la tombée de la nuit, c'est-à-dire vers trois heures et demie du soir, le greffier criminel, Jérôme de Malgoigne, descendait lentement, assis sur sa mule, la rue du Hurepoix ; le vieillard était accompagné d'un homme encore dans la force de l'âge, vêtu comme lui de la simarre noire et du bonnet carré, mais monté sur un puissant et vigoureux cheval d'Espagne ; ce personnage était Antoine de Civray, greffier des présentations, qui, fidèle à ses vieilles habitudes de guerre, n'avait jamais pu se décider à adopter une mule pour monture ; le capitaine bourguignon, devenu l'un des dignitaires du Parlement de Paris, avait conservé son cheval de bataille. Le coursier, malgré les blessures qu'il avait reçues à Morat et à Nancy, était encore plein de feu, et son cavalier avait toutes les peines du monde à captiver sa fougue et à régler son pas sur l'amble pacifique de la mule, qui trébuchait souvent au brusque contact de son glorieux compagnon.

Jérôme de Malgoigne, fort peureux de son naturel, disait à Antoine de Civray :

— Quelle idée, mon cher collègue, de vous montrer ainsi par les rues, monté comme un Saint-Georges !

Ne semblerait-il pas que vous êtes convié a quelque tournoi ou à quelque carrousel? Et pourtant nous ne sommes gens à pareils ébats; la toge que vous portez actuellement est l'ennemie jurée de la cuirasse et du hoqueton, et un greffier du Parlement ne doit pas être un Roland; mais il souvient toujours à Robin de ses flûtes, et vous allez m'alléguer que vous n'avez point oublié votre ancien métier, et que vos jours d'étude n'ont point éclipsé vos jours de gloire. Tout cela est bel et bon; mais, croyez-moi, renoncez à votre effroyable cheval comme vous avez renoncé à votre pennon et à votre bouclier; amendez-vous; adoptez les allures bénignes d'un juge austère. Eh! eh! mon cher collègue, le prétoire n'est pas un camp, le greffe n'est point une garnison, et ceux qui y commandent et qui le hantent ne doivent point chevaucher par la ville ainsi que des gens d'armes ou des chevaliers de l'arquebuse. Monseigneur le premier président ne vous a-t-il pas touché deux mots là-dessus, mon cher collègue, et votre cheval apocalyptique, ne le craignez-vous pas? ne peut-il point vous valoir une semonce?

— Si monseigneur le premier président m'attaquait sur ce chapitre, ripostait Antoine de Civray en se redressant sur son cheval, je lui répondrais comme à tous ceux, du reste, qui m'adresseraient des observations sur ce sujet, que *Piedefer* et moi sommes de trop vieilles connaissances pour nous séparer jamais. Le maître et le cheval partageront constamment la même fortune, et ils ne se quitteront que là où cavaliers et fantassins mettront également pied à terre pour se coucher dans le sépulcre.

Je ferais particulièrement observer à monseigneur le premier président que le choix de ma monture ne nuit en rien aux devoirs de ma charge et aux intérêts du public, et que le mérite d'un juge ou d'un greffier au Parlement ne se mesure ni sur le jarret d'une mule ni sur le sabot d'un cheval. Ce que le roi, ce que le peuple exigent d'un magistrat, c'est de l'intégrité, c'est du dévoûment, c'est du courage, c'est surtout du désintéressement. Hormis cela, mon cher et vénérable collègue, monseigneur le premier président, le public, et le roi lui-même, se soucient peu que le greffier des présentations soit monté sur un âne, sur une mule ou sur un cheval. Quant à la plèbe moqueuse, et trouvant à redire à toutes choses, quant aux esprits mal faits ou enclins à la critique et aux vitupérations folles, je ne m'en inquiète guère, mon cher collègue, et je n'en fais aucun cas.

— Mais si cependant monseigneur le premier président vous admonestait sur ce singulier équipage? reprenait le greffier criminel, que quelques mots de

14

la répartie d'Antoine de Civray avaient blessé dans
son avarice et dans son amour propre.

— Ma conduite est tracée d'avance, répondit le
capitaine bourguignon : j'abandonnerais le greffe et
je garderais mon cheval. Dieu merci! j'ai assez de
bien pour vivre indépendant. Oui, mon cher collègue, je donnerais de grand cœur ma vie pour mes
enfans, et ma place pour mon cheval. Cette dernière
clause vous étonne, mon cher collègue?

— Mais oui, je l'avoue, et je ne conçois pas cette
tendresse pour un monstrueux animal tel que le vôtre ; je suis fort attaché à ma mule, mais je vous at-
teste, mon cher collègue, que je ne perdrais pas ma
charge pour ses beaux yeux.

— Et votre mule vous a-t-elle sauvé la vie en vingt
rencontres? Votre mule vous a-t-elle arraché à une
mort certaine du milieu d'épais bataillons? A-t-elle
soutenu avec vous le choc des ennemis et des élémens? A-t-elle enfin participé à vos bonnes et mauvaises fortunes de guerre?

Le greffier criminel faisait un signe de tête négatif.

— Eh bien! poursuivait Antoine de Civray, voilà
ce que Piedefer a fait avec moi. Jugez, d'après cela,
mon cher collègue, si je puis, sans être taxé d'ingratitude, rester indifférent au sort de mon brave et intrépide coursier. J'ai lu quelque part qu'un certain

empereur romain eut autrefois la fantaisie de faire
son cheval consul; je ne suis pas si fou, et mon amitié pour Piedefer ne pensera jamais à le faire greffier; mais il ne cessera jamais de me porter, et il
s'enorgueillira de ma robe rouge, comme il s'enor--
gueillissait jadis de ma bannière et de mon épée.
Oui, mon valeureux Piedefer, ajoutait le greffier des
présentations, en flattant de la main la crinière de
son coursier, nous vieillirons ensemble, et tu me
transporteras chaque jour de mon logis au camp de
la justice, ainsi qu'il y a vingt ans tu me portais du
palais des ducs de Bourgogne au camp des Mûres et
du Mont-Gratien.

Le noble animal semblait comprendre les affec-
tueuses paroles de son maître, et, pour y répondre
selon les moyens que la nature lui avait départis, il
hennissait, portait le nez au vent, enflait ses na-
seaux, et essayait, au grand mécontentement et scandale de la mule de Jérôme de Malgoigne, des voltes
que son cavalier réprimait aussitôt.

— Votre bête va faire quelque malheur! s'écriait
le greffier criminel, en essayant de dompter l'entête-
ment de sa mule, qui persistait à marcher sur la
même ligne que Piedefer; tenez-lui la bride haute,
mon cher collègue, et moriginez vertement ce bucé-
phale, qui ferait perdre la tramontane à Aristote

lui-même; bien qu'Aristote, je me plais à le croire, n'ait jamais commis l'insigne folie de voyager avec l'énorme quadrupède de son glorieux élève.

— N'ayez aucune crainte, mon cher collègue; Piedefer est doux comme un mouton, et si votre mule s'effarouche un peu de ses frasques, c'est qu'elle est un tant soit peu bégueule et hargneuse; elle finira par s'accoutumer aux façons de Piedefer, car au fond elle ne le hait pas.

Jérôme de Malgoigne n'était pas médiocrement rassuré par les explications apologétiques d'Antoine de Civray; cependant, mule et greffier firent bonne contenance, et on arriva sans encombre à la porte de l'hôtel de Malgoigne.

La mule s'arrêta tout court devant l'huis, et Piedefer l'imita. Le vieillard descendit de sa mule sur le montoir, et du montoir à terre; quant au greffier des présentations, il avait sauté lestement à bas de son cheval, qui ne bougeait pas plus que s'il eût été de bronze.

Cependant, un passant s'était empressé de soulever le marteau de la porte cochère, et d'avertir, en le laissant retomber pesamment, les gens du logis de l'arrivée de leur maître (1).

_____

(1) Telle était la vénération du peuple pour le Parlement, que

Un serviteur parut : la porte roula sur ses gonds, et les deux greffiers entrèrent dans l'hôtel en se tenant par la manche de leurs robes, selon l'usage du temps. Seulement, Jérôme de Malgoigne, en sa qualité de maître du logis, tenait son bonnet à la main, tandis que Antoine de Civray, comme visiteur, était resté la tête couverte.

Le cheval et la mule entrèrent après leurs seigneurs, et furent abrités dans la cour, sous un petit hangar qui servait de séchoir et de parcheminerie (1). La mule avait bien une écurie, mais le digne greffier criminel n'aurait pas voulu que le gigantesque Piedefer partageât la litière de sa monture. Son avarice avait supputé l'orge, l'avoine et le foin que lui aurait coûté l'heure d'hospitalité accordée au cheval d'Antoine de Civray.

lorsqu'un de ses membres arrivait devant son hôtel à l'issue des audiences, on voyait le bourgeois ou l'artisan, les femmes ou les enfans du quartier, s'enpresser de frapper à la porte du logis, pour que le magistrat, en descendant de sa mule, n'attendît pas la venue de ses domestiques.

(1) Les greffiers du Parlement avaient le dépôt des parchemineries, dont on usait alors pour les titres, arrêts, etc., du Parlement. Les parcheminiers jurés de l'Université transportaient tous les trois mois chez chacun d'eux la provision nécessaire à leur service, et étaient payés par eux. De 1395 à 1615, l'argent employé aux diverses écritures du Parlement de Paris se montait de cinq à douze mille livres par année, ce qui équivaut à plus de trente à soixante-douze mille francs d'aujourd'hui.

La pauvre mule dut donc se contenter de quelques
poignées d'avoine que la main parcimonieuse d'un
valet lui offrit en attendant que le départ de Piedefer
la réintégrât dans son écurie, qu'un froid assez vif et
une pluie fine lui faisait sans doute regretter.

Les deux greffiers traversèrent la cour et montèrent
le perron, d'où ils entrèrent de plain-pied dans une
vaste salle où on ne voyait pour tout meuble qu'une
grande table chargée de sacs et de papiers, une escabelle à dossier et un crucifix.

Antoine de Civray, sur l'invitation de son hôte, prit
place le premier sur l'escabelle. Jérôme de Malgoigne
s'assit à côté de lui, et, après quelques mots de pré-
ambule sur la dureté et la difficulté des temps —
texte ordinaire de la conversation des avares de toutes les époques — il s'exprima ainsi :

— J'ai désiré, mon cher collègue, de m'entretenir
avec vous aujourd'hui pour couler à fond une affaire
qui nous préoccupe fort l'un et l'autre depuis quelques mois.

— Vous voulez parler, interrompit Antoine de Civray, du mariage de nos enfans, de l'angélique Ursule, votre fille, avec mon brave Ludovic, qui vient
de gagner si noblement ses éperons de chevalier à la
bataille de Fornoue. Soyez le bien venu, mon très-
cher collègue, à me convier à un tel entretien. J'aime

également mes deux fils, je le crois, monseigneur, mais j'ai pourtant un faible pour l'aîné, pour Ludovic, qui me reporte, par ses qualités et sa franchise de soldat, au temps de ma verte jeunesse.

— Il s'agit précisément de cela, monseigneur, repartit le greffier criminel en fermant à moitié les yeux comme un homme qui veut se recueillir pour convaincre ou pour inventer; oui, il s'agit de cela, répéta le vieillard, mais point de la manière dont vous l'entendez.

— Expliquez-vous, monseigneur, et faites cesser mon incertitude.

— Ainsi que je vous le disais tout à l'heure, mon cher collègue, les temps où nous vivons sont désastreux. La fortune publique ébranlée par les guerres, séditions et révoltes dont ce pauvre royaume de France est le théâtre depuis tantôt un siècle et demi, a réagi sur les fortunes particulières. Moi qui vous parle, monseigneur, malgré les gages de mon office et un patrimoine assez rond quoique modeste, j'ai toutes les peines du monde à mettre les deux bouts ensemble à la fin de l'année. Mes fermiers de la Beauce et du Gatinais ne me paient point; je suis contraint de faire casser les baux de ma pêcherie de Beauté-sur-Marne, et les trois moulins que je possède sur la butte des Martyrs (Montmartre), et qui me

rapportaient les autres années peu ou point, me coûtent aujourd'hui les yeux de la tête, à cause des dom-
mages causés par le furieux ouragan de juillet dernier (1).

— Où voulez-vous en venir, monseigneur? fit Antoine de Civray, très-intrigué de ce catalogue de
pertes.

— J'en veux venir à ceci, monseigneur, reprit le
greffier criminel, que les adverses événemens sus
énoncés ont porté une profonde atteinte à mes revenus, et que, tout bien considéré, ne pouvant donner
une dot suffisante à ma fille, je vous rends votre parole, et je vous prie de me rendre également la
mienne, regardant, l'un et l'autre, comme non ave-
nus les projets et préliminaires de mariage entre Ludovic Antoine de Civray, votre fils, et Ursule-Marie
de Malgoigne, ma fille.

Le greffier criminel avait prononcé ces derniers
mots avec une volubilité fiévreuse; il semblait se dé-
charger la poitrine d'un poids qui l'étouffait, car les
avares et les poltrons, pour masquer la sécheresse et
la faiblesse de leurs cœurs, tirent étourdiment la pen-

---

(1) En 1495, un ouragan—une trombe, comme on dit aujour-
d'hui—éclata sur Paris et ses environs et détruisit plus de cinquante moulins à vent. La butte Montmartre fut très-maltraitée
par cette tempête, et onze moulins y furent renversés.

sée hors de leurs esprits et l'épée hors du fourreau.

Le greffier des présentations, peu initié aux méandres oratoires de son collègue et à l'astuce avari-
cieuse du vieillard, répartit résolument :

— Une dot vous gênerait, monseigneur? Eh bien !
Ludovic épousera Ursule sans dot. Mon fils est sur le
chemin de la faveur ; car, dans ce pays, le plus sûr
moyen de plaire au roi et au peuple, c'est d'être
brave ; Ludovic arrivera aux plus hauts grades militaires, et, après moi, il trouvera encore dans ma hu-
che bourguignonne une tranche de pain pour sa
femme et pour ses enfans. Que vos ennuis de recettes
et de dépenses n'entravent pas le projet que nous
avions formé l'un et l'autre, monseigneur. Songez
que nos enfans s'aiment comme on s'aime à vingt
ans ; qu'ils se sont fait depuis longtemps la confidence
de leur tendresse mutuelle, et qu'il serait barbare de
briser tout à coup les espérances que nous avons
laissé grandir dans leurs âmes.

— Par saint Hilaire ! monseigneur, vous parlez
comme un berger des Bucoliques de M. Théocrite et
de monseigneur Virgilius, répliqua le greffier criminel ; mais ce n'est point avec de mythologiques raisonnemens qu'on opère dans les affaires de ce monde.
L'imagination est belle dans les livres et dans les romans ; mais elle ne vaut pas un double dans les gra-

ves péripéties de la vie. D'ailleurs, monseigneur, je
ne vous ai pas dit tout : un parti plus avantageux
que votre fils se présente pour Ursule. On me la prendra avec peu de chose, et comme je ne prétends pas
me réduire à la besace pour mon enfant, comme je
ne veux pas, comme on dit, me déshabiller avant de
me coucher, il me sera très-agréable et très-utile
d'établir ma fille richement, sans, pour le présent ni
pour l'avenir, être menacé de sacrifices énormes au
détriment de mon bien et de ma tranquillité.

— Et quel est-il ? demanda le greffier des présentations, chez qui l'indignation commençait à poindre ;
le nom du rival de mon fils est-il un mystère ?

— Nullement, monseigneur ; c'est le fils de notre
collègue, du greffier civil, c'est Hector Le Carpentier.

— Hector Le Carpentier ! acclama Antoine de Civray ; Hector Le Carpentier ! ce pilier de taverne ! ce
démon, moitié juriste et moitié soudard ! ce bel esprit, dont la présence au prétoire n'est signalée que
par de méchantes harangues, dont les tropes et les
métaphores sont empruntés au jargon des halles
et de la cour des Miracles ! Ah ! monseigneur, quel
choix avez-vous fait, et quel successeur allez-vous
donner à notre brave Ludovic !

— Je ne sais, répondit le greffier criminel, si Hector Le Carpentier hante les tavernes ; j'ignore égale-

ment si sa présence au Barreau est marquée par un langage que vous paraissez peu goûter ; ce que je sais, et ce que je sais parfaitement, c'est que Hector Le Carpentier aura la survivance de son père ; c'est que ce père, malgré le luxe qu'il déploie assez follement, j'en conviens, n'a qu'un enfant, et c'est Hector ; et que cet Hector héritera un jour d'une fortune qui dépassera cent mille écus. Voilà ce que je sais, monseigneur, et cela suffit à ma prévoyance et à ma sollicitude de père.

— Ainsi les richesses promises à Hector Le Carpentier vous déterminent uniquement à reprendre votre parole donnée et à condamner au désespoir et aux larmes deux pauvres enfans qui s'aiment depuis l'enfance ?

— J'ai déjà eu l'occasion, monseigneur, de vous faire observer que ma conduite n'était jamais subordonnée aux caprices ou aux rêves de l'imagination. Je donne ma fille à Hector parce que j'ai la conscience que, dans cette alliance, elle trouvera le bonheur.

— Dites la fortune.

— La fortune, la possession des richesses est le paradis de la vie.

— Le cœur et ses affections ne sont rien à votre avis ?

— Le cœur est un babillard qu'un ferme esprit fait taire quand il veut.

— Ainsi, vous êtes bien décidé à la rupture ?

— J'ai eu la sincérité de vous le dire ; ne me forcez pas à avoir le courage de vous le répéter.

— C'est votre dernier mot ?

— C'est mon dernier mot !

Je m'incline, monseigneur, devant une résolution si bien prise, et, tout en déplorant votre manque de foi à mon égard, je souhaite que les suites de cette affaire ne soient pas douloureuses et pour vous et pour moi. Adieu, monseigneur ; je vais annoncer au soldat de Fornoue que la gloire qu'il vient d'acquérir et le sang qu'il a répandu pour l'honneur de la France ne forment pas une dot assez belle pour épouser votre fille. Dans l'intérêt enfin de son humilité chrétienne, que les louanges du roi Charles et de l'armée auraient pu affaiblir, je ferai sonner bien haut à ses oreilles le nom d'Hector Le Carpentier, que vous lui avez donné pour rival et pour successeur.

En achevant ces mots, débités avec une noblesse magistrale, le greffier des *présentations* se leva, salua son hôte, gagna la cour, remonta sur son cheval, et prit le chemin de son hôtel de la rue de l'Hirondelle, au pas précipité de son coursier, qui croyait avoir retrouvé son cavalier de fer.

Cependant, le greffier criminel était resté comme cloué à sa place. L'espèce de prédiction qu'Antoine de Civray lui avait annoncée semblait l'avoir ébranlé. Mais les hommes qui n'appellent jamais le cœur dans le conseil de leur cerveau se raffermissent promptement. Jérôme de Malgoigne, après quelques instans de méditations, se leva prestement et se dirigea vers la chambre de sa fille, d'un pas aussi grave qu'aux processions du Parlement.

La jeune fille, lorsque son père entra, était occupée à faire de la tapisserie. Ursule avait les yeux baissés sur son ouvrage, et son attitude, pleine de mélancolie et de tristesse, ne changea point à l'arrivée du vieillard.

— Or ça, Ursule, dit Jérôme de Malgoigne en s'efforçant de sourire, le sort en est jeté, je viens de congédier à l'instant même Ludovic dans la personne de son père. Réjouissez-vous, ma fille, vous ne perdrez point au change, et, en épousant Hector Le Carpentier, vous allez devenir l'une des plus opulentes et des plus honorées femmes de Paris.

— Vous ne dites pas l'une des plus heureuses, mon père, répondit la jeune fille en jetant sur le greffier un long regard plein de désespérance et de prière.

— Le bonheur marche toujours avec les devoirs accomplis, Ursule, reprit Jérôme de Malgoigne; auriez-vous encore quelque répugnance à donner votre main à Hector?

— Je ne l'aime pas, mon père; bien plus, vous

l'avouerai-je? je ressens pour lui une aversion que je ne puis ni m'expliquer ni combattre...

— Toujours ce Ludovic vous trotte par la tête?..

— Vous aviez autorisé notre... amitié, mon père, vous aviez décidé notre union, interrompit Ursule; ai-je commis un crime en l'aimant?

— En l'aimant! exclama le greffier, en l'aimant! Vous osez me faire cet aveu, Ursule?

— J'ai la hardiesse, mon père, de vous faire observer que vous avez encouragé notre amitié : ne lui permîtes-vous pas de vous écrire pendant la dernière campagne d'Italie, et n'eûtes-vous pas la bonté de me faire lire quelques passages de ses lettres où il parlait de moi?

— Bagatelles que tout cela! Je suis votre tuteur, votre fermier, votre père, et cette triple qualité m'impose de grands et graves devoirs que je saurai remplir, et, s'il le faut, malgré vous.

— Mon père, si vous aviez jeté les yeux sur une autre personne que sur M. Hector Le Carpentier, peut-être mon obéissance eût-elle été moins pénible, mon sacrifice moins cruel.

— Et depuis quand les pères consultent-ils leurs filles sur les maris qu'ils leur destinent? depuis quand la puissance paternelle, image vénérée de la puissance de Dieu, est-elle obligée de descendre à

des explications et à des raisonnemens avec des enfans rebelles? dit le vieillard d'une voix tremblante
d'émotion et de colère. Ursule, ne tentez pas de me
désobéir, et craignez ma malédiction!

— Mon père, je la braverais si je ne l'avais pas
méritée, fit la jeune fille en se levant précipitamment de dessus son escabeau.

— Quel langage est-ce là! et dans quel siècle vi-
vons-nous! s'écria Jérôme de Malgoigne en élevant
ses bras vers le ciel; est-ce bien vous, Ursule, dites-
le moi, qui venez de proférer ces paroles de révolte?

— Non, mon père, ce ne sont pas des paroles de
révolte, c'est le cri d'une âme au désespoir, répartit
Ursule, c'est la plainte suprême d'une créature à laquelle on veut arracher le cœur. Mon père, poursuivit la jeune fille en se jetant aux genoux du vieillard,
vous m'aimez, vous voulez par-dessus tout mon
bonheur : eh bien! ne me forcez point à jouir d'une
félicité que je hais; gardez votre bien, mon père,
gardez aussi le mien; je ne veux rien, je ne vous demande rien que le pouvoir de disposer de ma personne. Le mariage avec un autre qu'avec Ludovic
n'aurait aucun charme pour moi; laissez-moi me
consacrer à Dieu, laissez-moi abriter dans un cloître mes douleurs, vos sévérités et mes malheurs. Mon
père, c'est à genoux, les mains jointes et la prière

sur les lèvres, que je vous supplie d'être juste et mi-
séricordieux !

Le vieillard, l'œil flamboyant, le front plissé, les
mains crispées dans les manches de sa simarre, con-
templa quelques instants sa fille prosternée à ses
pieds, dans une muette extase.

Pour tout autre que pour un père avare et tyran,
les supplications de cette noble fille, belle comme
Madeleine au milieu de ses larmes et de ses sanglots,
auraient fait luire un rayon d'indulgence sur son
auréole de vierge... Le greffier criminel, lui, resta
impassible, et, après un long silence, répondit à ces
étreintes, à ces prières ardentes, d'une voix forte et
accentuée :

— Ursule de Malgoigne, vous épouserez Hector
Le Carpentier !

Puis le vieillard se retira lentement, comme cette
ombre qui, évoquée par Saül, lui annonça sa défaite et son trépas.

La jeune fille se releva lentement après le départ
de son père, secoua la poussière de sa noire chevelure, essuya ses larmes, et, ses yeux redevenus vifs
et ardens, son front retrempé par l'énergie de son
âme, elle s'écria :

— Nous verrons !!!

LA TAVERNE DU PORT SAINT-PAUL.

Il y avait sur le port Saint-Paul, en 1495, une vieille taverne qui avait pour enseigne la *Grue Royale*. Lorsque l'hôtel de Saint-Paul était la résidence ordinaire du monarque, comme sous le règne de Charles V et de Charles VI, la *Grue Royale* était hantée par les pages, les chambellans et les jeunes officiers de la cour, et on vantait l'excellence de son hypocras et la qualité de ses vins. Mais Charles VII et Louis XI ayant à peu près abandonné le séjour de cette maison royale, il arriva que la vogue de ce cabaret baissa considérablement et avec cette vogue le nombre et le rang de ses habitués. La *Grue Royale*, sous Charles VIII et à l'époque que nous esquissons ici, était devenue le rendez-vous quotidien des lieutenans et brigadiers de la compagnie de hallebardiers qui formait la garde de l'hôtel de Saint-Paul, de quelques fils de riches et notables bourgeois, dont la marotte, en ce temps-là, était de se frotter à la noblesse d'épée, et d'un assez grand nombre de clercs de la Basoche, non pas l'élite de cette confrérie studieuse, mais de ces jeunes fainéans que l'on appelait alors *mauvais garçons*, et que l'on nomme

15

aujourd'hui *étudians de sixième année*, race oisive,
babillarde et querelleuse, que l'on retrouve dans tous
les siècles à l'affût des scandales moraux et politiques, et portant, à jour donné, de la taverne, de la
tabagie ou de l'estaminet sur la place publique, ses
passions désordonnées, ses utopies effroyables cou-
vées dans l'ivresse et la débauche, et assaisonnant le
tout, selon le temps, de : Vive le Bien Public! Vive
la Jacquerie! Vive la Ligue! et Vive la Fronde!

Hector, le fils du greffier civil Jehan Le Carpen--
tier, était l'un des plus assidus habitués de la *Grue
Royale*. Son père, nous l'avons dit, l'avait fait avocat
pour le rendre apte à lui succéder un jour dans la
charge qu'il remplissait si dignement. Mais Hector,
dominé par la turbulence d'un caractère indiscipliné,
par les bouillons d'un cœur violemment arraché à sa
vocation, surtout par la perspective d'une fortune
considérable, préférait aux luttes pacifiques du prétoire, à la vie calme et laborieuse de l'avocat, les péripéties journalières d'une existence amphibie, les
combats véritables que les beaux parleurs de la *Grue
Royale* se livraient quelquefois pour faire triompher
leurs opinions au sujet de la philosophie d'Aristote,
ou plus rarement des affaires du temps. Il faut pourtant l'avouer, Hector Le Carpentier, tout négligent
qu'il avait toujours été à l'endroit de ses études, avait

une intelligence vive, une faconde intarissable, une
présence d'esprit et une mémoire admirables. La
nature l'avait doué de toutes les qualités nécessaires
à l'avocat et au magistrat ; mais il n'avait pas voulu
profiter de ces dons précieux. Quoi qu'il en soit,
Hector Le Carpentier tenait le dé parmi ses compagnons d'orgie, et la facilité de sa parole, sa bonne
mine, l'étalage de ses connaissances superficielles,
le rendaient l'oracle et le docteur de la taverne de la
Grue Royale. Ajoutons à cela qu'un aplomb qui allait jusqu'à l'impudence, et qu'une bravoure qui allait jusqu'à la témérité, donnaient à ses décisions et
à ses arrêts une espèce d'infaillibilité que nul n'aurait osé lui contester.

Les passe-temps de la taverne de la *Grue Royale*
étaient peu orthodoxes : on buvait, on s'exerçait à
la balle sarrazine (1), on jouait aux échecs et à la
marelle, et les cartes mêmes, inventées pour le roi
Charles VI (2), épanouissaient leurs seize figures al-

---

(1) La balle sarrazine se jouait à peu près comme le bil lard ;
c'était une bille noire qu'on faisait rouler à l'aide d'un bâto n sur
une table de cèdre ou de chêne ; l'adresse consistait à pc ousser
cette bille dans un trou placé à l'extrémité de la table.

(2) On sait que les cartes furent inventées pour charm er les
tristes loisirs du malheureux Charles VI. De la chambre de ce
roi, les cartes passèrent aux soldats qui veillaient sur sa personne, et cette réunion de gardes qui restaient auprès du roi
s'appelait : piquet (mot du vocabulaire militaire encore au jour-

légoriques sur quelques tables privilégiées de la taverne. Autour de ces tables, une douzaine d'étudians,
la plupart Lombards, Florentins ou Provençaux,
méditaient des jeux nouveaux pour détrôner le piquet dû jadis à l'oisiveté des gardes de l'infortuné
Charles VI.

Ce fut dans cette taverne que Ludovic de Civray,
le fils du greffier des présentations, se rendit le soir
même du jour où son père avait eu avec le greffier
criminel la conversation que nous avons rapportée.

L'entrée du jeune militaire, qui portait encore les
traces glorieuses de la blessure reçue à la bataille de
Fornoue, causa dans la taverne une certaine sensa-
tion. Les *mauvais garçons* le regardèrent de travers,
et les officiers des hallebardiers, jaloux sans doute de
voir un égal ou un supérieur dans ce noble cavalier,
chuchotèrent entre eux et ricanèrent insolemment.

Ludovic, sans faire attention à l'impertinente curiosité dont il était l'objet, alla droit à la table où
Hector Le Carpentier, absorbé dans une partie d'é-
checs, était assis ou plutôt étendu à la manière d'un
satrape.

---

d'hui). Ce jeu inventé par les gardes fut donc appelé piquet et
devint la première combinaison cartulaire. Le piquet, en effet,
est réputé le plus ancien des jeux, et il en est le roi, selon quelques-uns.

— Hector, fit-il, j'ai deux mots à vous dire.

Au timbre de cette voix qui lui était connue, Hector leva la tête et répondit en faisant marcher une de ses pièces :

— Trois si vous voulez.

Et il continua à jouer.

Après quelques instans d'attente, et comme Hector ne se dérangeait pas, Ludovic reprit :

— M'avez-vous entendu, Hector ?

— Oui, sans doute, repartit le fils du greffier civil, et vous pouvez parler. Ceux qui m'entourent ici sont mes camarades ou mes amis ; je n'ai rien de caché pour eux. Expliquez-vous donc, je vous écoute.

— Ce que j'ai à vous dire ne souffre pas d'oreilles étrangères. C'est de vous à moi que l'explication doit avoir lieu.

— Le couvre-feu n'est point sonné. Quand le beffroi de l'Hôtel-de-Ville se fera entendre, nous partirons ensemble, et, chemin faisant, vous pourrez me faire votre confidence.

— Je vous répète, Hector, que ce n'est point une confidence que je veux vous faire, c'est une explication que je vous demande.

— Une explication ? eh bien ! soit. Je suis à vous.

Le joueur se leva visiblement contrarié et suivit le jeune officier dans le jardin désert de la taverne.

— Que voulez-vous, enfin, fit alors Hector en s'arrêtant sous un vieil orme couvert de neige glacée et qui semblait étendre ses branches décharnées comme un spectre au-dessus de la tête des deux jeunes gens.

— Hector, dit Ludovic, je viens faire un appel à notre ancienne amitié. Votre père a demandé pour vous Ursule de Malgoigne en mariage, et elle m'avait été promise. Vous ne l'aimez pas et je l'aime, moi, et elle me paie du plus tendre retour. Hector, je viens vous supplier d'avoir pitié de notre amour. Usez de l'influence que vous pouvez avoir sur l'esprit de votre père pour lui faire rompre cette alliance.

— C'est ce que je ne ferai pas, répartit Hector ; Ursule est belle, Ursule est riche, et elle me convient sous tous les rapports.

— Songez, Hector, poursuivit Ludovic, que vous allez faire, en persistant dans votre projet, trois misérables : elle, vous et moi. Songez qu'en agissant généreusement vous serez, au contraire, l'auteur d'une triple félicité, car le bien que l'on fait à ses amis, Hector, teint en or ou en azur la destinée d'un homme.

— Peste ! mon très-cher, pour un soldat, vous avez des expressions bien mignonnes et des métaphores bien luisantes, fit Hector en toisant du regard son interlocuteur.

— Je ne cherche pas à être éloquent, Hector, tous mes efforts tendent seulement à vous convertir à la générosité, à la délicatesse, au dévouement que l'on se doit entre cavaliers de naissance et entre amis.

— Je n'accepte de leçons de personne, et je serais disposé à en accueillir moins de vous que de tout autre. Je veux pourtant bien vous déclarer, par un reste d'égard que votre démarche insolite ne mérite guère, que monseigneur mon père a, dans sa sagesse, décidé ce mariage; que je dois respect et obéissance à ses ordonnances, et que dès demain, si Dieu n'y met obstacle, j'épouserai Ursule de Malgoigne devant notre sainte Eglise.

— C'est ce que nous verrons! s'écria Ludovic, dont la fierté se révolta de l'impertinence dédaigneuse de son rival. Hector Le Carpentier, vous êtes un insolent et un lâche! C'est moi qui vous le dis, et je vous le prouverai où et comme vous voudrez.

— Si vous pensez que mon chaperon couvre un front qui se laisse impunément insulter, répartit Hector en arrachant violemment son chaperon et en le jetant loin de lui, vous vous trompez, Ludovic! Les armes du soldat me sont aussi familières qu'à vous, et si je ne suis point batailleur par métier, je le suis par inclination. Sus! arrivez, soldat de For- noue, qu'on vous persuade une bonne fois que le

cœur d'un lion peut battre avec autant d'énergie sous
la toge que sous la cuirasse.

— J'aime à vous entendre parler ainsi, Hector,
répondit Ludovic; oui, vous avez raison, l'insolence,
pour être moins vile, a besoin de s'étayer sur un peu
de bravoure... marchons !

L'œil étincelant, les mains crispées, le front rouge de
colère, les deux jeunes gens rentrèrent dans la taverne.

— Je vais me battre ! clama Hector en entrant dans
la salle ; qui veut me servir de témoin ?

Cinquante voix répondirent : Moi ! moi ! moi ! et
cent mains se levèrent.

— Il ne m'en faut que deux, fit Hector en parcourant des yeux le cercle de ses leudes et de ses dévoués.
Hilarion de Karnevent, et toi, Jacques Séchelles, c'est
vous que je choisis.

Les deux jeunes gens désignés manifestèrent leur
joie de cette adoption.

— Choisissez vos témoins, dit Hector à Ludovic.

— Les vôtres seront les miens, répartit Ludovic,
dont la loyauté égalait le courage ; je suis venu seul
en ce lieu, car je prévoyais une issue plus favorable
à mes vœux.

— Prenez des témoins, reprit sèchement Hector.

Le jeune guidon regarda autour de lui ; mais nulle
main amie ne s'éleva pour lui servir de second.

Il s'approcha alors du groupe d'officiers de hallebardiers qui avait salué son entrée d'inconvenantes
rumeurs.

— L'accueil que vous m'avez fait, Messieurs, dit
Ludovic en fixant sur le groupe un regard plein d'assurance et de dignité, ne m'a point échappé ; mais
je dois remettre les explications que j'exigerai de
votre courtoisie à un autre temps. Pour l'instant, je
viens réclamer de vous un service que, je l'espère,
vous ne refuserez pas de me rendre. Je suis soldat
comme vous, Messieurs ; à ce titre, je compte sur
votre secours. Je vais me battre, il me faut deux témoins.

Avec la vivacité française remarquable dans les affaires de cette nature, deux des officiers de hallebardiers se levèrent spontanément sans donner à Ludovic le temps d'achever sa requête.

— Nous sommes à votre disposition, dirent-ils
froidement, mais poliment.

— Je vous remercie, Messieurs, fit Ludovic ; voici
mon épée, ajouta-t-il en tirant l'arme de son ceintu-
ron, vérifiez sa longueur avec celle de mon adver-
saire ; choisissez le terrain, réglez, en un mot, les
termes et les chances du combat : je m'en rappor-
terai aveuglément à votre décision.

Les deux officiers se mêlèrent aux deux témoins

d'Hector Le Carpentier, tandis que Ludovic et Hector, appuyés contre un des massifs piliers de la taverne, contemplaient curieusement le travail inces-
sant de la clepsydre ou horloge d'eau qui marquait
sept heures.

— Voulez-vous absolument en venir aux mains ce
soir? clama un des témoins.

— Ce soir, à l'instant, répondirent Hector et Ludovic.

— Eh bien! reprit un des hallebardiers, les témoins
décident que le combat va avoir lieu dans l'île Notre-
Dame (1), que l'arme sera l'épée (2), et que le premier sang répandu deviendra le signal de la fin de
la lutte. Est-ce bien entendu?

(1) L'île Notre-Dame, aujourd'hui l'île Saint-Louis, appartenait au chapitre de l'église métropolitaine. Elle était gardée par
un serf de l'Évêché, qui, au bout d'un certain nombre d'années,
était affranchi par le chapitre. L'île était couverte de bois, et la
garde de cette propriété était périlleuse. Ce ne fut que sous le
règne d'Henri IV et de Louis XIII que l'île Saint-Louis fut couverte de maisons, d'après le plan de l'architecte Marie.

(2) Les duels étaient ordinairement à l'épée, car c'est l'arme
française par excellence; mais cependant quelques-uns de ces
misérables étrangers qui affluent toujours en France au temps
des crises publiques avaient importé la mode de vider les que-
relles à l'aide d'une dague (courte et forte épée) ou d'un poignard.
Cela sentait l'assassinat, et la noblesse de France rejeta constamment ces abominables armes, dignes de servir d'auxiliaires au
poison de Florence et de Rome.

— C'est bien entendu, exclamèrent Hector et Ludovic.

— Et que Dieu protège la bonne cause, ajouta Hilarion de Karnevent en mettant les épées adoptées dans le pan de son surcot.

— Messieurs, dit Jacques de Séchelles, endossez vos robes par-dessus vos surcots, et abaissez vos chaperons sur vos figures. Que le serf de l'évêque, s'il nous apercevait dans l'île, ne puisse pas nous reconnaître. Quant à vous, Monsieur Ludovic de Civray, et vous, Messieurs les hallebardiers, revêtez-vous des robes que les camarades vont vous prêter. Car l'or et l'argent qui chatoient sur vos baudriers et sur vos camisoles de chamois pourraient nous trahir.

Les officiers s'affublèrent des robes que les bourgeois leur prêtèrent, et tous sortirent sur le port Saint-Paul. Combattans et témoins se jetèrent dans deux barques laissées sur le rivage, et, en quelques coupes de rames, malgré l'impétuosité et la grosseur des eaux, ils abordèrent sur la rive opposée.

L'île Notre-Dame, aujourd'hui l'île Saint-Louis, était au quinzième siècle un assemblage incohérent de bouquets de bois, de prairies, de monticules de sables et de cailloux. Le chapitre de Notre-Dame, auquel elle appartenait, y avait installé un gardien chargé de veiller à la conservation des bois et des prairies. Mais la surveillance d'un seul homme était insuffisante sur une aussi large étendue de terrain, et l'île Notre-Dame était devenue le refuge habituel de ces vagabonds et de ces malfaiteurs de tous pays que Paris a toujours eu le triste et déplorable privilége d'attirer, de retenir et d'assister parfois au détriment de ses propres enfans. L'île Notre-Dame, en un mot, était le *four à plâtre* de cette époque. Là barbarie, comme on dit superbement aujourd'hui, souffrait les asiles du crime et de la plus crapuleuse débauche aussi philosophiquement que la civilisation.

La lune était dans son plein ; sa pâle lumière éclairait d'une manière fantastique la cîme des peupliers qui se balançaient mélancoliquement au souffle impétueux d'un vent du nord et qui semblaient s'incliner devant les gigantesques monumens de la cité endormie. Le fleuve grondait en roulant vers Paris, et mugissait plus loin en passant sous les arches des ponts qui ralentissent son cours. A part les grandes voix des vents et du fleuve, un morne silence régnait dans l'île, que son gardien n'osait pas même parcourir, dans la crainte des embûches dressées par les hôtes nocturnes de ce lieu.

Hector Le Carpentier, Ludovic de Civray et leurs témoins s'avancèrent sur la berge orientale. Ils s'arrêtèrent après quelques minutes de marche dans un pli de terrain propice à un combat singulier.

Les témoins, partageant également l'ombre et la

lumière, nettoyèrent, à l'aide de ramées, l'espace circonscrit où les champions devaient s'escrimer, tirèrent les épées du fourreau et en armèrent Hector et Ludovic.

Ceux-ci s'étaient dépouillées de leurs habits et avaient jeté sur la neige robes, surcots, chaperons, uniformes et bonnets. Ils saisirent chacun leur arme, saluèrent les témoins de l'épée, se mirent en garde et ne tardèrent pas à engager le fer avec une décision et une vigueur qui présagea aux témoins une lutte terrible et sans merci.

Les deux combattans se montraient d'une égale adresse; leurs épées, comme la verge de Moïse, semblaient glisser tantôt comme un serpent, tantôt onduler comme une flamme. On sentait qu'une passion violente remplissait ces âmes, et conduisait ces mains; il y avait plus que du courage, de l'intrépidité, du mépris de la mort dans ces retraites savantes, dans ces assauts multipliés, il y avait de la haine, de l'orgueil, de la vengeance. Chaque étincelle qui jaillissait des épées était un défi nouveau; chaque grincement du fer un appel au trépas.

Il vint un instant où les témoins voulurent arrêter le combat; la chemise de Ludovic s'était teinte de sang.

— Laissez, laissez, fit le brave jeune homme, c'est ma blessure de Fornoue qui se r'ouvre, elle n'est pour rien dans cette rencontre.

A un autre moment le visage d'Hector fut labouré
par l'épée de Ludovic ; les témoins intervinrent :

— Prenez-vous cela pour une blessure, fit le valeureux avocat en mettant la main sur sa figure pour
arrêter le sang, c'est une piqûre d'épingle et rien de
plus.

Cependant les deux champions étaient à bout de
leurs forces ; la sueur, malgré le froid, perlait sur
leur front déjà marqué du sceau de la fatalité. Enfin,
faisant chacun un effort suprême, ils se ranimèrent,
et sans feintes ils s'avancèrent l'œil fixé intrépidement l'un sur l'autre, résolus à ne plus rompre
d'une semelle, et à trouver dans cette dernière péri-
pétie la mort ou la victoire.

Une minute s'écoula à peine... minute qui fut une
éternité pour les assistans!... et les deux adversaires
tombèrent ensemble sur le terrain.

Ils s'étaient enferrés, et des deux effroyables blessures qu'ils s'étaient faites le sang coulait à gros
bouillons.

Les témoins, consternés, relevèrent les deux combattans, qui ne donnaient aucun signe de vie, et les
placèrent dans un bateau.

La nef rustique, sous la direction d'un batelier ex-
périmenté, descendit rapidement le fleuve, et vint
s'arrêter au port Saint-Landry.

L'HOTEL DU GREFFIER CIVIL, RUE MACON.

Monseigneur Jehan Le Carpentier, greffier en chef civil, donnait ce soir-là à souper à ses amis dans son splendide hôtel de la rue Mâcon. Au nombre des convives se trouvaient André des Andelys, chevalier du guet de Paris; Bernard, marquis de Nogent, commandant la première compagnie des gardes du corps du roi; Philippe Lhuillier et Jacques Olivier, avocats généraux au Parlement; Virgile de Morandon, Claude Sénépart, avocats du Barreau de Paris, et plusieurs autres personnages distingués de la cour et de la ville. Le festin avait été magnifique, et les meilleurs vins de la Bourgogne, de la Champagne et de l'Aquitaine avaient coulé dans des hanaps ciselés par les orfèvres florentins qui étaient venus s'établir depuis peu de temps dans les galeries du Palais. Les joyeux propos avaient circulé avec le nectar de la France, et cette réunion d'hommes graves respirait alors cette franche hilarité qui fut longtemps l'apanage de notre nation, et qui se retrouvait à un degré égal dans toutes les classes et dans tous les rangs. On avait vanté la cuisine de l'Amphytrion, on avait vanté ses vins, ses épices et ses fruits confits; on louait main--

tenant le superbe embellissement de son hôtel, de cet
hôtel qu'il venait de faire bâtir sur l'emplacement
de quelques vieilles et hideuses bicoques, et qui présentait une façade imposante au dehors, et au dedans
une distribution digne d'une résidence royale.

— Monseigneur Jehan, disait le chevalier du
Guet, la ville de Paris doit s'estimer heureuse de
compter des hommes tels que vous au nombre de
ses citoyens. L'hôtel que nous inaugurons en quelque sorte aujourd'hui va contribuer à embellir cette
capitale, déjà si riche en palais et en monumens de
toute sorte. Oui, monseigneur Jehan, je ne crains
pas de vous le confesser, en parcourant avec vous
les belles chambres, les vastes greniers, les caves
profondes et si bien garnies de ce logis, en admirant
les beaux meubles, les riches boiseries, les incompa-
rables tapisseries dont vous avez orné vos appartemens, il m'est venu à l'idée un raisonnement : si les
personnages riches par leur patrimoine ou par leurs
charges et emplois taillaient ainsi dans le grand, me
disais-je à moi-même, ils illustreraient leurs noms
et travailleraient au bonheur du peuple, car l'oisiveté et la magnificence des riches sont les trésors du
pauvre.

Un luxe bien réglé met en mouvement bien des
intelligences et bien des bras, et depuis l'imager, qui

sculpte la pierre et le marbre, le bois ou le bronze,
jusqu'au modeste artisan qui coud les fourrures de
nos robes, depuis le forgeron et le charpentier jusqu'au peintre de nos vitraux et de nos verrines, tout
le pauvre monde a sa part de cette manne bienfai-
sante qui tombe de l'escarcelle de l'homme opulent,
de cette douce rosée qui s'échappe de la nuée de fortune pour féconder les talens populaires. Et consi-
dérez, s'il vous plaît, monseigneur Jehan, le bénéfice énorme qui résulterait de tout ceci : l'ouvrier
laborieux, qui gagnerait facilement son pain et celui
de sa famille, paierait avec joie les impôts dont on
grève son outil et son métier ; *item*, tout entier à sa
besogne, il ne prêterait point une oreille avide et curieuse aux subtilités et aux frauduleuses promesses
des novateurs et des sophistes, qui se font un jeu de
sa crédulité et de son ignorance. Par ainsi, le royaume serait prospère, — car, si la noblesse et les clercs
sont la tête de l'État, les ouvriers véritables en sont
le cœur et les bras ; — nos villes s'agrandiraient et
butineraient toutes les merveilles du monde, et les
enfans de la France, nobles et roturiers, prêtres et
soldats, pauvres et riches, ne formant qu'une seule
et même famille, marcheraient dans la voie de la charité et de la liberté, sous la bannière de Jésus-Christ.

Toute la compagnie fut de l'avis du chevalier du

Guet. On reconnut qu'il existait un crime que les lois
ne peuvent atteindre et qu'elles n'ont jamais défini,
un crime aussi grand que le meurtre et le faux mon-
noyage : l'avarice. En effet, disait-on, l'homme qui
possède de grands biens, et qui n'en répand pas les
revenus, dessèche dans sa source la prospérité publique, arrête l'essor du commerce, de l'industrie,
de l'agriculture, paralyse les œuvres ou les décou-
vertes du génie, et enfouit dans les catacombes de
son coffre-fort la substance du peuple, les ailes de
l'intelligence et la gloire de la nation.

— Heureusement, ajoutait le greffier civil, que
dans notre pays l'avarice n'est point un vice de ter-
roir. Le peuple y est amoureux de la magnificence
aussi bien que des trophées militaires, et place sur
la même ligne, dans son équitable admiration, les
monarques qui ont élevé de grands monumens publics et ceux qui ont remporté de grandes victoires.
La couronne de France est forgée d'or et de lauriers,
et le plus obscur artisan de Paris, s'il devient riche,
est aussi généreux qu'un roi (1). Peuple et monarque

(1) Le greffier civil faisait sans doute allusion à ce savetier de
Paris qui s'illustra par sa bienfaisance et ses largesses, vers le
milieu du quinzième siècle. Ce savetier, nommé Oudard ou
Édard, avait un frère archidiacre de la cathédrale de Séville. Ce
frère, qui avait quitté Paris à l'âge de treize ans, et qui avait suivi
en Espagne un nonce apostolique, embrassa l'état ecclésiastique;

agissent de même dans les occasions pareilles. Quant
à moi, j'ai prétendu, en bâtissant cet hôtel, satisfaire
bien moins ma vanité que mes affections. Paris est
ma ville natale, et je puis dire comme l'empereur
Julien : *Lutèce a pour moi tous les charmes d'un
berceau et toutes les délices d'une Oasis.* Mon fils,
je l'espère, mon unique héritier, continuera mon
œuvre, et en étendant le domaine où j'ai installé mes
pénates, concourra à l'embellissement de cette partie de la ville immortalisée par Julien, par Charlemagne, par Philippe-Auguste et par Charles V.

On en était là de la conversation générale, lors-

devint dignitaire de la cathédrale de Séville, et fut pourvu de
plusieurs bénéfices considérables. Il mourut en 1436, et institua
son frère, le savetier de Paris, son légataire universel. L'artisan,
devenu millionnaire, fit un usage admirable de sa fortune ; il
fonda douze lits à l'Hôtel-Dieu, fit réparer des fontaines, et en
fit construire plusieurs dans le quartier Saint-Hilaire qu'il habitait. Une arche du pont de l'Hôtel-Dieu ayant été emportée par
les eaux, en 1439, Oudard fit relever à ses frais cette arche et
donna des pensions aux veuves des bateliers qui avaient péri
lors de la chute du pont.

Le langage populaire a conservé sans s'en douter la mémoire
de ce bon citoyen. Le peuple, aujourd'hui encore, désigne un
savetier sous le nom de pontife, *pontifex*, faiseur de pont. Ce
sobriquet vient sans doute du quinzième siècle, dont les annales
—telles que les registres de Saint-Magloire et les chroniques
des religieux de Saint-Martin-des-Champs — parlent avec éloge
d'Oudard le savetier : *sutor clarissimus ; vir bonus et religiosus ;
pontifex sutor,* etc., etc.

qu'un serviteur annonça monseigneur Jérôme de
Malgoigne, greffier criminel.

— Eh! mon cher collègue, s'écria Jehan Le Carpentier, vous voilà donc enfin! je désespérais de
vous voir ce soir. Allons, il vaut mieux tard que jamais, mettez-vous là, et dites-nous les causes qui
vous ont empêché de vous rendre à notre invitation.

Le vieillard jeta un regard de défiance sur les convives, et répondit :

— Il me serait peut être bien difficile, Monseigneur, d'expliquer devant cette honorable assemblée
les motifs réels de mon absence, car il est de certains
détails domestiques qui ne peuvent intéresser qu'un
petit nombre de personnes. Je me tairai donc, et je
me contenterai de vous dire que j'ai eu chez moi un
court et substantiel entretien avec notre cher collègue
le greffier des présentations...

— Et les choses se sont-elles passées comme nous
le souhaitions? interrompit Jehan le Carpentier; car
vous n'avez point oublié, Monseigneur, ce que j'ai
eu l'honneur de vous déclarer; malgré tout le prix
que j'attache à l'heureuse solution de l'affaire en
question, je ne voudrais pas pour tout au monde
qu'elle coutât un chagrin, un sacrifice ou une larme
à qui que ce soit, entendez-vous bien, Monseigneur?
à qui que ce soit!

— Notre cher collègue des présentations, reprit le greffier, en se pinçant les lèvres, a compris avec la sagesse qui le caractérise toute la solidité des raisons que je lui ai alléguées pour rompre le projet que nous avions d'abord formé. Il m'a rendu ma parole et je lui ai rendu la sienne. Le tout s'est passé avec la prud'hommie et la gravité désirables. J'ai eu plus de difficulté avec une autre personne, que son âge et l'humeur ordinaire à son sexe rendaient moins docile à la voix de la raison ; mais j'ai triomphé également et sans beaucoup de peine de tous ces grands sentimens de Romain, et à l'heure qu'il est tout est au mieux, et tout va le plus rondement du monde.

— Mais pourtant, Monseigneur, reprit le greffier civil, si la personne dont vous parlez a promis sa foi, on peut retirer une parole, mais on ne peut retirer son cœur une fois qu'on l'a donné. Ceci serait d'une haute gravité, Monseigneur, et réfléchissez-y bien ; je ne voudrais pas que le bonheur de mon fils, fût élevé sur le désespoir d'autrui. J'aime Hector comme on aime un fils unique, le seul survivant de sept enfans, mais ma tendresse excessive pour cet héritier chéri n'irait pas jusqu'à lui sacrifier la justice et la voix de ma conscience.

— Ne vous inquiétez pas, mon cher collègue, et continuez, je vous en supplie, à faire les honneurs

de votre table, office dont vous vous acquittez si bien
et que vous venez par hasard de négliger pour ces
petits éclaircissemens de famille. Mais, ajouta Jérôme
de Malgoigne, je ne vois point notre jeune avocat;
n'était-il point convié ce soir à la table paternelle?

— Hector est un garçon aimant et aimable, répondit le greffier civil, mais il a les défauts de son
âge, et il aime l'indépendance jusqu'à la frénésie.

Je le laisse libre et il jouit de sa liberté comme,
j'espère, il jouira un jour de sa fortune avec magnificence. Je suis faible à son égard, je l'avoue; mais à
ceux qui seraient tentés de me reprocher ma faiblesse, je répondrai que cet enfant est le seul ra-
meau de mon tronc que la faulx de la mort ait respecté, et qu'après avoir été le Benjamin de mon âge
mûr, le consolateur de la perte d'une autre Rachel,
il est appelé aujourd'hui à être l'appui de ma vieil-
lesse et l'espoir de ma race; mes amis me pardon-
neront alors. D'ailleurs Hector, tout dissipé qu'il est,
n'a jamais cessé de se montrer enfant soumis et respectueux. Le mariage lui donnera, j'en ai l'espérance, les qualités qui lui manquent, et rappellera
son âme naturellement élevée aux devoirs, trop né-
gligés jusqu'à présent, du chrétien, du magistrat et
du citoyen.

En ce moment des cris, des gémissemens, de confuses clameurs se firent entendre dans la cour de l'hôtel. Tous les convives se précipitèrent aux fenêtres, et on aperçut avec horreur deux civières escortées d'hommes portant des torches, qui gravissaient avec précautions les dégrés du péristyle et de l'escalier d'honneur. Bientôt le triste cortége arriva dans la salle du festin, et les bateliers découvrirent les corps presque inanimés de Ludovic de Civray et d'Hector Le Carpentier.

A la vue de son fils, le malheureux greffier civil se jeta sur la funeste litière, et étreignit convulsivement le corps sanglant de son enfant.

— Mon fils! mon enfant! mon cher Hector! s'écriait il d'une voix déchirante, réponds-moi, réponds à ton père!

La gravité du magistrat, la placidité du vieillard étaient vaincus par ces tressaillemens d'entrailles qu'on appelle la joie ou le désespoir paternels.

— Oh! il est mort, reprenait l'infortuné greffier, Dieu m'a-t-il ravi mon dernier enfant?

Cependant le premier instant de stupeur passé, les convives s'étaient empressés auprès des deux blessés et du greffier civil. Le chevalier du Guet le premier avait pesé la main sur la poitrine des deux jeunes gens.

— Leur cœur bat encore! s'écria-t-il, il est peut-

être encore temps de les sauver! Qu'on aille chercher maître Jacques Coictier, poursuivit le chevalier
du Guet aux serviteurs terrifiés ; hâtez-vous, courez,
volez, qu'il vienne à l'instant, sa science pourra arracher une victime à la mort... Promettez-lui de l'or,
et dites-lui qu'il s'agit du fils de Monseigneur le greffier civil!

Des serviteurs partirent avec des flambeaux, car
dans les cataclysmes domestiques, comme dans les
cataclysmes politiques, c'est à qui ira chercher du
secours. La pusillanimité, qui recule et qui tremble
devant les grands combats de la mort contre la vie,
saisit tous les prétextes possibles pour se soustraire
à ces effroyables spectacles. La lâcheté de la déser-
tion est toujours masquée par la nécessité du secours.

En attendant l'arrivée du célèbre Esculape, on pro-
diguait mille soins aux blessés : le vinaigre était répandu à flots; on leur faisait respirer des sels pour
rappeler chez eux la conscience de l'être et le sentiment; on tâchait d'étancher le sang qui continuait
à couler de leurs blessures. Maîtres et valets, magistrats, militaires et avocats, tous apportaient leur
tribut de dévouement. Les grandes catastrophes, les
grandes épouvantes égalisent les rangs.

Le greffier criminel seul, assis dans un coin, ne
prenait aucune part aux scènes touchantes qu'il avait

sous les yeux. Ni le désespoir de son collègue, ni l'anxiété des convives, ni les larmes des serviteurs ne semblaient l'émouvoir. Il était impassible : c'était pourtant là son ouvrage! Mais les avares n'ont pas de cœur, et l'or a figé leur sang. Ils n'ont de l'homme que la face, leurs mains et leurs âmes sont au démon.

Messire Jacques Coictier, le médecin de Louis XI, ne tarda pas à paraître. Le vieillard, malgré ses quatre-vingts hivers, avait conservé les allures et l'humeur brusque de sa jeunesse (1). Son ample robe de velours noir, sa longue barbe blanche, donnaient au physicien l'apparence d'un enchanteur ou d'un sage.

Il s'approcha tour à tour des blessés, examina et sonda leurs plaies, consulta les battemens de leurs pouls, et, cette opération terminée, se redressa sans ôter les yeux de dessus les physionomies des blessés, dont il paraissait étudier le jeu des moindres artères.

Tout le monde frissonnait. On attendait avec une crainte superstitieuse l'arrêt que ce juge terrible allait prononcer en dernier ressort.

---

(1) On sait que Jacques Coictier s'était retiré, à la mort de Louis XI, dans une maison qu'il avait fait bâtir rue Saint-André-des-Arts. En 1495, Coictier avait plus de quatre-vingts ans.

Tout à coup les gros soucils du physicien se re-
joignirent sur son front ; son œil vert se dilata d'une
étrange manière, et une légère pâleur couvrit ses
traits.

— Ces deux enfans sont morts, dit-il d'une voix
creuse et solennelle, et la science ne peut rien contre
de telles blessures. Messieurs, à genoux, leur dernier souffle va s'exhaler avec leur dernière souf-
france !

Tous les assistans se mirent à genoux et les larmes
d'angoisse, les sanglots un instant suspendus par
l'arrivée du médecin reprirent leur cours.

Monseigneur Jehan le Carpentier s'était cram-
ponné au corps de son fils et couvrait douloureusement de baisers le front décoloré d'Hector, dont il
semblait guetter le dernier soupir au passage.

Tandis que tous les assistans priaient et pleuraient
autour de ces corps qui n'étaient point encore des
cadavres, tandis que toutes les têtes étaient courbées,
on crut entrevoir une ombre de femme s'élançant
près du corps de Ludovic de Civray, on crut entendre
un baiser funèbre éclater, puis ces paroles stridentes
jetées au milieu de la consternation universelle :

— Je vais mourir avec toi !!

Nul ne vit distinctement cette rapide apparition,
excepté Jacques Coictier et le greffier criminel, qui

seuls dans l'assistance étaient restés debout et sans
larmes.

— Ils ont vécu! s'écria Coictier en élevant la main
au-dessus de sa tête. Messieurs, arrachez ce malheureux père à cette affreuse contemplation, poursuivit le physicien, et puisque l'Église va refuser à ces
deux pauvres jeunes gens ses suffrages et ses prières,
vous, hommes de robe, hommes d'épée et serviteurs,
priez pour eux !...

Le ministère du médecin était désormais inutile.
Jacques Coictier se retira lentement, suivi de Jérôme
de Malgoigne, le greffier criminel.

Les deux vieillards marchaient côte à côte, sans
se communiquer leurs pensées; un valet éclairait
leur marche avec un flambeau, et les accompagna
jusque dans la cour, ou médecin et greffier remon-
tèrent lugubrement sur leurs mules, et toujours sans
se dire un mot.

La porte cochère roula sur ses gonds, et les deux
vieillards sortirent au moment où le greffier des présentations, averti par les soins du chevalier du Guet,
accourait avec son second fils pour assister aussi à
la mort de Ludovic.

— Ah! monseigneur de Malgoigne! s'écria Antoine de Civray en passant rapidement devant lui,
qu'avez-vous fait faire là?

L'avare ne répondit rien.

La mule du greffier criminel prit à gauche dans la rue Mâcon, et la mule de Jacques Coictier prit à droite pour regagner la rue Saint-André-des-Arcs.

Minuit sonnait à la grande horloge du Parloir aux Bourgeois, et la lune, dans un ciel nuageux, ne montrait sa figure argentée qu'à de longs intervalles.

Tout à coup, en passant devant la tourelle qui borne l'extrémité orientale de l'hôtel du greffier civil, la mule trébuche et ne veut plus avancer ; Jérôme de Malgoigne a beau la stimuler du geste et de la voix, la rétive bête ne cède pas. Le greffier cherche alors à s'expliquer ce qui peut causer la frayeur de sa monture, et il aperçoit à deux pas de lui, et précisément au pied de la tourelle, un objet d'une forme et d'un volume que ses vieux yeux ne peuvent définir.

L'avare frémit alors sans le vouloir ; une sueur glaciale lui couvre le front, et il appelle de toute la force de ses poumons le médecin Jacques Coictier, dont il entend encore les grelots de la mule.

Le physicien, aux cris du greffier criminel, revient sur ses pas, et les deux vieillards mettent ensemble pied à terre, et s'approchent de l'objet qui avait effarouché la mule.

En ce moment, la lune se dégagea des nuages qui obscurcissaient sa lumière, et laissa voir un cadavre.

— C'est votre fille! s'écria Jacques Coictier avec un stoïcisme cruel.

— Ma fille!!! bourdonna l'avare, qui tremblait de tous ses membres.

— Tout est expliqué, continua intrépidement le physicien du roi; le suicide de cette céleste créature, le duel infernal de ces malheureux jeunes gens, tout cela est l'œuvre de votre tête et de votre cœur, monseigneur Jérôme de Malgoigne.

Le greffier criminel était atterré.

— Vous êtes le bourreau de ces trois personnes, poursuivit impitoyablement le physicien; que Dieu vous en tienne compte un jour, monseigneur. En attendant, allez prévenir l'official (1) de cet événement, et consolez-vous avec votre or des abominables événemens de cette journée.

Et le physicien laissa, sans pitié, le greffier criminel face à face avec le cadavre de sa fille.

— On disait autrefois à la cour de Louis onzième, mon très-honoré maître et souverain, que j'aimais

_____

(1) L'officialité était la juridiction ecclésiastique de la ville de Paris. Ses attributions étaient très-étendues, et dans les cas de suicides, entre autres, elle était appelée à combiner ses poursuites avec celles de l'autorité civile.

un peu l'argent, grommelait Jacques Coictier ; mais, tout amateur que j'aie pu être de ce vil métal, qui entre bien pour quelque chose dans la félicité de la vie, je n'ai jamais poussé mes semblables, et à plus forte raison mes proches, au meurtre et au suicide pour satisfaire mes appétits terrestres.

Et en faisant ces réflexions, le vieux physicien se laissait aller tranquillement à l'amble de sa mule, supputait, malgré son désintéressement de fraîche date, le prix des honoraires qu'allaient lui devoir les trois greffiers en chef du Parlement, et abandonnait sans remords sur la voie publique le cadavre d'une vierge et le désespoir d'un vieillard.

Ainsi, dans un très-petit espace de terrain, trois pères répandaient des larmes amères sur le corps de leurs enfans ; un médecin riait dans sa barbe, et le diable, brochant sur le tout, s'applaudissait des crimes qu'il avait inspirés et des calamités qu'il avait fait naître.

L'HOTEL DU GREFFIER DES PRESENTATIONS,

RUE DE L'HIRONDELLE.

La rue de l'Hirondelle était presque entièrement habitée, au quinzième siècle, par des conseillers, des avocats ou des procureurs au Parlement. De belles maisons, de spacieux hôtels occupaient toute l'étendue de la rue. L'hôtel du greffier en chef des présentations n'était ni le plus splendide ni le plus remarquable sous le rapport de l'architecture. Il tenait plus de la tente de l'homme de guerre que du logis du magistrat. C'était un grand corps de logis flanqué de deux maigres ailes en équerre, qui contenaient de grandes chambres gothiquement meublées, dénuées de toute espèce d'ornemens, mais singulièrement curieuses par l'exquise propreté qui y régnait. Tout ce qui était fer, cuivre ou métal quelconque, reluisait comme le trèfle d'une hallebarde; on se mirait dans les carreaux de faïence qui recouvraient à cette époque les planchers, et qui avaient remplacé les nattes et les treillis d'osier ; les dossiers des escabeaux et des bancs, quoique grossièrement sculptés, étaient frottés avec autant de diligence et de soin que les stalles d'une cathédrale. Tout respi-

rait enfin dans ce logis le soin minutieux que le soldat apporte dans tous les détails du ménage : cette
coquetterie, si l'on peut s'exprimer ainsi, qui re-
hausse, qui embellit les moindres objets, les plus
vulgaires ustensiles de la vie.

La chambre d'apparat, la chambre aux visites et
aux réceptions, était d'une simplicité moins spar-
tiate que les autres chambres de la maison, et elle
devait sa mâle splendeur au capitaine bourguignon,
bien plus qu'au magistrat du Parlement. En effet,
cette salle, tapissée de cuir épinglé noir de Hongrie,
recélait tout à la fois les attributs de la guerre et de
la jurisprudence. Si une bibliothèque nombreuse en
occupait le centre, des panoplies où flottaient les
étendards de France et de Bourgogne se dressaient
de chaque côté des tablettes chargées de livres et de
de manuscrits. En face de la cheminée, haute de
neuf pieds, étaient accrochés la cuirasse, le morion,
l'épée et les brassards qu'Antoine de Civray portait à
la bataille de Moret ; aux angles de la salle étaient
des bahuts sculptés, qui remontaient au règne du
roi Gombaud, et quatre grands escabeaux et quatre
chaises à dossier étaient placés près de la cheminée,
vis-à-vis le grand crucifix que les magistrats d'alors
ne manquaient pas d'arborer dans toutes leurs chambres de réception, comme le Labarum de la justice

et le souverain juge de leurs pensées, de leur con-- duite et de leurs actions.

Le lendemain de la triple catastrophe que nous avons racontée, la chambre d'apparat de l'hôtel de Civray était transformée en chambre funéraire. Le corps de Ludovic, recouvert d'un drap noir qui ne dépassait pas le torse, était placé sur un lit de parade. Les armes du jeune guidon et son collier de l'Ordre de Saint-Michel, qu'il avait gagné sur le champ de bataille de Fornoue, étaient déposés sur sa poitrine. La mort n'avait point altéré les traits de sa victime, et Ludovic paraissait dormir et respirer encore. Ses traits nobles et fiers étaient empreints de courage et d'intrépidité, et l'âme immortelle, en quit- tant cette enveloppe terrestre, semblait avoir laissé quelques rayons d'intelligence sur le front du jeune héros.

Le jeune frère de Ludovic, à genoux, priait en sanglotant ; Antoine de Civray, pâle, muet de dou- leur, mais résigné dans son désespoir, était assis au chevet du lit de son malheureux fils, tenant une des mains du mort dans les siennes, et jetant de temps à autre sur ce corps inanimé, qui hier encore était sa joie, son orgueil et son espérance, un de ces longs et poignans regards qui partent de l'âme pour y ren- trer avec le deuil, les regrets et les pleurs.

17

La lugubre solitude du greffier des présentations fut tout à coup troublée par l'arrivée successive des personnages illustres du Parlement, de l'Église et de l'armée, qui venaient s'associer à sa douleur et rendre hommage à la vertu du magistrat; car, nous avons déjà eu occasion de le dire, Antoine de Civray s'était plus que tout autre concilié les sympathies de ses supérieurs dans la hiérarchie judiciaire, et ses amitiés de l'armée l'avaient suivi jusque sous les voûtes austères du Prétoire; tant il y a similitude entre le devoir du soldat et du juge, tant le courage et la vertu qui défendent le drapeau ont de ressemblance avec le courage et la vertu qui défendent et font respecter les lois.

Jacques de la Vacquerie, premier président du Parlement; Robert Thiboült, procureur-général; Marc de la Sagette, prévôt de Paris; Etienne Poncher, évêque de Paris; André des Andelys, chevalier du Guet; Jacques Coictier, ancien premier médecin du roi Louis XI, furent introduits tour à tour dans la chambre mortuaire et vinrent embrasser tendrement le malheureux greffier, dont le visage était mouillé de larmes de douleur et de reconnaissance. Car, dans la visite de ces illustres dignitaires du Parlement et de l'armée, de l'église et de la science, Antoine de Civray lisait couramment la considération dont il était entouré, les sentimens qu'il inspirait à tous, les suffrages qu'on accordait à sa vie de magistrat et de père de famille. C'est surtout dans les crises domestiques que l'homme de bien recueille les fruits de son dévouement à ses concitoyens; on reconnaît alors ses services, la pureté de ses mœurs, l'intégrité de ses arrêts, en s'associant à son deuil et en partageant ses alarmes.

— Monsieur Antoine de Civray (1), dit le vénérable premier président Jacques de la Vacquerie, j'ai voulu, de concert avec M. le procureur-général et M. l'évêque de Paris, apporter un adoucissement à votre légitime douleur. Vous savez mieux que personne les peines édictées par les lois civiles et par les lois de l'Eglise contre ceux qui transgressent les commandemens de Dieu et les commandemens du roi et du Parlement en se battant en duel?

Antoine de Civray baissa la tête en signe d'assentiment.

— Eh bien! mon cher greffier, monseigneur l'évêque et le Parlement, chacun en ce qui les concerne, c'est-à-dire dans l'intérêt du ciel et dans l'intérêt de

(1) Les trois greffiers en chef, l'huissier en chef du Parlement, le procureur-général et le plus ancien des avocats-généraux qui recevaient le titre de *monseigneur*, n'étaient appelés que *monsieur* par le premier président du Parlement.

l'Etat, ont bien voulu, à la sollicitation du roi Charles VIII, notre bien-aimé monarque, sollicitation qui leur a été transmise par l'honorable André des Andelys, chevalier du Guet, ici présent, et par Georges de Sancerre, cinquième du nom, maréchal de France, absent, ont bien voulu, dis-je, modifier la sévérité des lois et ordonnances relatives au duel et combat singulier.

Les lois et saints canons ordonnent que celui qui périra dans ces sortes de rencontres soit privé des prières de l'Eglise et inhumé hors de la terre bénie où reposent les chrétiens; c'est ce que nous nommons refus de sépulture ecclésiastique. Mais en considération, Monsieur le greffier, de vos qualités et services, en considération principalement de la valeur et prouesses du défunt, et ayant égard à la gracieuse recommandation du roi, le Parlement vous autorise à faire porter le corps dudit défunt dans vos domaines de Civray, en province de Bourgogne, et M. l'évêque de Paris vous accorde un *exeat*, afin que les prières de l'Eglise lui soient octroyées en icelle chapelle de Civray, selon les formes et cérémonies ordinaires.

Il faut se reporter au XVe siècle pour apprécier la faveur civile et canonique dont le greffier des présentations était l'objet de la part des trois grands pouvoirs de l'Etat de cette époque, à savoir : du roi, du Parlement et du clergé.

Aussi le malheureux père, tout brisé qu'il était par la douleur, remercia-t-il avec effusion le chevalier du Guet d'abord, qui représentait la volonté du roi, puis le premier président et l'évêque de Paris, dont la tolérance apostolique, d'ailleurs, était accoutumée à ces sortes d'actions de grâces.

Le greffier trouva, malgré son affection immense et profonde, assez de courage et de parole pour implorer une faveur pareille pour la malheureuse Ursule de Malgoigne, qui s'était défaite, comme on disait alors, pour ne pas survivre à son amant. Messeigneurs, leur dit-il, je n'ai point à me louer de mon collègue Jérôme de Malgoigne, qui est, Dieu lui pardonne, le vrai artisan de tous ces désastres ; mais représentez–vous que c'est un homme dont les cheveux ont blanchi dans les pénibles fonctions du greffe. Prenez pitié aussi de cette pauvre jeune fille, qui était un modèle de chasteté et de pudeur, et épargnez–lui après sa mort le hideux et infamant supplice de la claie (1).

(1) Le traînement sur la claie était une aggravation de la peine de la potence dans le cas de vol de grand chemin ou dans les bois. On trouve dans les *Etablissemens de Saint-Louis* cette disposition pénale :

« Hons (hommes) quant l'en li tot le sien (quand on lui a enlevé son bien), ou en chemin ou en boez (bois), soit de jour, soit de nuit ; c'est appelé *eschapellerie*, et tous ceux qui font tel méfait

On avait étendu le supplice de la claie au suicide, parce que, dans la doctrine de l'Eglise, le suicide est le pire de tous les crimes, et doit être assimilé aux plus grands et punis comme eux. La juridiction civile agissait aussi directement que la juridiction ecclésiastique. Ce fut vers le onzième siècle qu'on commençait à traîner sur la claie ceux qui se détruisaient.

Le traînement sur la claie fut aboli en 1720.

— Outre que le bon plaisir du roi ne s'est pas expliqué sur cet article, répondit le procureur-général Robert Thiboult, vous savez, Monsieur de Civray, que le suicide est le plus grand des crimes aux yeux de la morale et de la religion; qu'il l'emporte sur tous les autres crimes en gravité, puisqu'il ne peut pas être suivi de pénitence et de repentir, et qu'il ne dépend ni du roi, ni du Parlement, ni même de l'Eglise, d'abolir des coutumes qui tiennent si essentiellement aux mœurs, aux croyances, aux sentimens et à la moralité du peuple. Nous déplorons qu'une si belle et si vertueuse personne qu'était Ursule de Malgoi-

---

si doivent être pendus, traînés, et *tué li muable* (tou le mobilier) est au baron, et se ils ont terre ou *moison* (maison) en la terre au baron, le baron les doit *ardoir* (brûler), et les prés *avoir* (dessécher) et les vignes *estroper* (arracher) et les arbres *cerner* (couper). » (*Etablissemens de Saint-Louis*, liv. 1, chap, 26.)

gne soit livrée ainsi en pâture; après le trépas, aux outrages décernées équitablement par la justice du peuple aux cadavres de ceux qui sont sortis de la vie sans l'ordre de Dieu et sans l'octroi de la société; mais nous n'y pouvons rien, et le Parlement, gardien et défenseur des lois du royaume, ne peut pas porter atteinte aux mœurs publiques, qui sont les auxiliaires les plus forts et les plus vivaces des lois elles-mêmes.

Quand les mœurs d'une nation se corrompent ou s'effacent, l'empire des lois n'existe plus, et le peuple lui-même, de l'indifférence et du mépris des vieilles mœurs, tombe dans l'indifférence et le mépris des vieilles institutions, et finit par tomber lui-même dans le néant où sont plongés les Assyriens, les Mèdes, les Perses et les Romains qui nous ont précédé sur la terre, qui ont été nos aînés et nos maîtres en politique, en civilisation et libres-arts, et qui se sont éteints et annihilés par les causes que je viens d'indiquer. Que l'exemple de ces grandes nations serve de leçon à la nôtre, et que notre chère patrie, sous la triple égide de la croix de son Dieu, de la couronne de son roi et des lois de son Parlement, étende sa glorieuse et lumineuse existence jusqu'à la consommation des siècles.

D'ailleurs, nous possédons un document qui

prouve qu'Ursule de Malgoigne, ajouta le procureur-
général, a poussé votre fils à cette déplorable rencontre, et que les idées de destruction personnelle
germaient déjà dans sa tête. Lisez, Monsieur de Civray, lisez ce billet que le serf-gardien de l'île Notre-
Dame a trouvé sur le champ de bataille, et que votre
fils aura laissé choir de son escarcelle au moment
d'en venir aux mains.

Le greffier des présentations prit d'une main tremblante le vélin et lut, à voix basse, ce qui suit :

« Mon père est inexorable, cher Ludovic, et mon
mariage avec votre odieux rival est arrêté sans retour.
Ce soir, demain peut-être on va m'unir à Hector, et
mon père a refusé à mes pleurs, à mes supplications,
à mes prières la triste consolation, en perdant l'espoir
de devenir votre femme, de me retirer dans un cloître
et d'y achever mes jours dans les larmes et dans la
pénitence.

» Allez trouver Hector, tâchez d'obtenir de lui, par
le raisonnement, par les promesses, par tous les
moyens possibles, qu'il renonce à ma main; car,
aimé comme il l'est de son père, son désistement
entraînerait celui de monseigneur le greffier civil.
Mais je connais Hector : il opposera à vos représen-
tations, aux discours que votre tendresse pour moi

vous inspirera, du dédain, des sophismes... peut-
être de l'insolence ! Agissez alors comme votre cœur
vous l'ordonnera.

» Si Dieu ne vous protége pas, je saurai ce qui me
restera à faire. Si je ne suis à vous, je ne serai à personne, et si vous succombez dans une lutte homicide,
emportez l'assurance que je ne vous survivrai pas.

» Celle qui vous aime, Ludovic !

» URSULE. »

Antoine de Civray remit, sans proférer une parole,
le billet au procureur-général.

— Quant à M. Jérôme de Malgoigne, malgré la
révérence et le respect que l'on doit avoir pour son
âge et pour ses services, on ne peut disconvenir, reprit Robert Thiboult, qu'il n'ait péché sciemment et
lourdement dans toute cette affaire en retirant la parole qu'il vous avait donnée d'abord d'unir sa fille à
votre fils, d'avoir outrepassé ensuite les bornes rai-
sonnables de l'autorité paternelle en refusant à sa
fille le droit de se mettre en religion. A notre sens,
Jérôme de Malgoigne ne mérite pas de clémence,
parce qu'il n'a pas été clément ; de charité, car il n'a
pas été charitable ; de sympathique doléance, car il
a été dur, et la dureté n'est point de l'austérité, c'est
de l'égoïsme déguisé. *Summum jus, summa injuria;*
et, en vertu de cet axiome de jurisprudence, le Par-

lement doit se montrer sévère et n'apporter aucun adoucissement à la peine portée contre la suicidée.

Le Parlement a prouvé, au surplus, en tout temps, et il tient encore à prouver que nul de ses membres, si élevés et si honorés qu'ils soient, ne peut se soustraire à l'obéissance que l'on doit aux lois, et que le sénat de la France fait peu de cas des priviléges, immunités et prérogatives des castes, lorsqu'il s'agit de punir le crime, d'atteindre les délits et d'appliquer des peines à ceux qui ne craignent pas d'enfreindre les prescriptions divines et humaines.

Il n'y avait rien à répliquer à une si juste mercuriale : le greffier des présentations s'inclina respectueusement, et le premier président, l'évêque de Paris, le prévôt de Paris, le chevalier du Guet, Jacques Coictier et les autres assistans applaudirent aux énergiques et sages remontrances du procureur général.

Dès le jour même, un bateau tendu de noir vint prendre nuitamment, sous le guichet grillé de l'Hôtel-Dieu, le cercueil où était renfermé le corps de Ludovic de Civray, guidon des gardes du roi et chevalier de Saint-Michel.

Au même instant, on enterrait sans pompe et sans prières, dans un coin du Pré-aux-Clercs, le corps de Hector Le Carpentier, avocat du Barreau de Paris. Seulement, par grâce spéciale, le sergent du Guet, qui procédait, sous la surveillance d'un commissaire laïc de l'officialité de Paris, à cette inhumation, permit qu'on élevât, à six pieds et demi de la fosse, une croix de bois, moins pour attirer les prières des passans que pour marquer la place où gisait le dernier des Le Carpentier, l'une des plus anciennes familles de Paris, et dont l'origine, dans les registres mêmes de la ville, remontait à l'an 986.

Le lendemain de ce jour, le corps d'Ursule de Malgoigne était traîné sur la claie des suicidés par le bourreau de Paris en personne, assisté de ses valets. Le peuple, à la vue de ce cadavre virginal, de cette beauté souillée par la boue des carrefours, ne se laissa point emporter à ses fureurs ordinaires ; il n'accompagna ni de ses huées ni de ses imprécations l'affreux cortége qui transporta—contre l'ordinaire—à peu près intactes aux gémonies les dépouilles mortelles de la jeune fille, qui avait eu le courage de sacrifier aux mânes de son amant, non-seulement sa vie, mais, ce qui est encore plus héroïque pour une jeune fille, sa pudeur posthume.

Des dames de Paris, presque toutes femmes de présidens, de conseillers et d'avocats au Parlement, touchées de cette fin tragique, se réunirent, et obtinrent du roi la permission, longtemps sollicitée, de reprendre le corps d'Ursule de Malgoigne des catacombes de Montfaucon.

Elles lui firent faire secrètement de modestes funérailles, et la firent enterrer dans un petit champ près de l'abbaye de Chelles, et que l'on appelait le Champ du Martyr, parce qu'au septième siècle un saint solitaire y avait été égorgé par des soldats païens.

Depuis le quinzième siècle, le champ changea de nom et prit celui de Champ de la Vierge folle, qu'il porte encore aujourd'hui.

Le sort des trois greffiers en chef du Parlement, après les aventures lamentables que nous avons essayé de raconter, n'est pas indigne d'être connu pour la moralité de ce drame.

Le greffier civil Jehan Le Carpentier céda sa charge, et fit sortir de l'urne de l'élection Guillaume du Tillet, le trisaïeul de ce Jean du Tillet, savant et érudit personnage dont nous avons d'excellens traités. Jehan Le Carpentier se fit chartreux, et vécut encore assez longtemps pour parvenir aux premières dignités de l'ordre de Saint-Bruno.

Le greffier criminel Jérôme de Malgoigne se démit de ses fonctions, et se retira dans une petite métairie qu'il possédait dans le Perche, et où il mourut quelques années après, digne précurseur de ce lieutenant criminel Tardieu, sous Louis XIV, dans le plus absolu dénûment et la plus profonde abjection, quoique laissant à ses collatéraux plus de vingt mille

écus d'or en argent monnoyé, et des propriétés à
Paris d'une valeur de plus de 700,000 fr., si l'on en
croit l'évaluation de Christophe de Labrouge, qui lui
succéda dans l'emploi de greffier criminel.

Antoine de Civray, enfin, greffier en chef des présentations, résigna à son second fils son emploi, reprit les armes, et alla à Rhodes, où le grand-maître
de l'ordre de Jérusalem, qui était alors l'illustre et
vaillant Pierre d'Aubusson, le reçut à bras ouverts.
Le greffier des présentations, redevenu capitaine,
reçut la croix de chevalier de Rhodes, et se distingua
en plusieurs occasions contre les Turcs, les Algériens
et les Tripolitains. Antoine de Civray mourut glorieusement sur la brèche de Djerdins, près Tunis,
que les Vénitiens et les chevaliers de l'ordre assiégeaient, le 11 mars 1502, en prononçant le nom de
sa patrie et de son cher Ludovic.

Quoi qu'il en soit, l'impression que produisit cet
événement judiciaire sur l'esprit des Parisiens fut si
profonde, qu'il ne fallut pas moins que la mort de
Charles VIII, qui arriva trois ans après au château
d'Amboise, mort qui jeta la France et Paris dans la
consternation et dans le deuil, pour distraire complétement l'attention publique des funèbres scènes
que nous venons de raconter.

LE DERNIER ROI DE LA BASOCHE.

1585

Le 25 avril 1585, le Palais-de-Justice de Paris était plein de tumulte et de bruit. Des bandes de clercs de procureur au Parlement parcouraient incessamment la salle des Pas-Perdus, et stationnaient aux abords de la Grand'Chambre. Une grande agitation régnait au milieu de ces groupes, et des interpellations, des discussions vives et acerbes s'établissaient entre les divers rassemblemens. Des centaines d'orateurs, montés sur les bancs qui entouraient alors les piliers de la grand'salle, péroraient à qui mieux mieux, et s'efforçaient de courber toutes les opinions à la leur. Les degrés de la Sainte-Chapelle, les bornes de la cour du Mai, les tables même de la buvette, tout était tribune pour cette jeunesse bruyante et exaltée, qui croyait que l'accomplissement d'un devoir ou la ma-

nifestation d'un droit devait être nécessairement accompagné de cris, d'imprécations et d'injures.

Cependant, les galeries du Palais ne se ressentaient
en aucune façon de cette fièvre cléricale. Les boutiques étaient ouvertes, et semblaient même plus co-
quettement ornées que d'habitude. On comprenait
tout d'abord que cette tempête n'était qu'à la surface, et que nulle mauvaise passion ne travaillait les
esprits de ces jeunes gens, dont toute la politique se
réduisait alors à honorer Dieu et à aimer la France.

En effet, il ne s'agissait point de marcher sur la
Bastille et sur le Louvre, comme au temps des Mail-
lotins ; il n'était pas question de former une croisade
contre les suppôts du Châtelet, comme sous le règne
de François Ier ; on ne songeait qu'à nommer un roi
de la Basoche, cérémonie annuelle, mais importante,
et qui ne manquait pas de grandeur et de majesté,
puisqu'elle se rattachait à la plantation du Mai, de
cet arbre, symbole de la liberté, de la fraternité et de
l'égalité, et qui pourrait fort bien être le véritable
père des arbres de 1789.

La Basoche existait partout où il y avait un Parlement. Cette association remontait au temps de Philippe-le-Bel, et avait suivi pied à pied les destinées
des grands corps dont elle était, en quelque sorte,
l'ombre et le complément. Les rois avaient leurs ar-

chers et leurs hallebardiers pour garder les portes de
leurs palais ; les Parlemens avaient la Basoche, milice généreuse, intelligente, éclairée, toujours dispo-
sée à les défendre, à les sauver ou à les venger.
Nombreuse à Toulouse, à Bordeaux, à Rouen, à
Tours, elle faisait presque une armée à Paris. En
effet, nous voyons sur les États du royaume de Basoche, dressés en 1585, que le chiffre des clercs de
procureurs basochiens s'élevait à dix mille. Si l'on
considère que la capitale n'était alors ni aussi grande
ni aussi peuplée qu'elle l'est aujourd'hui, on sera
frappé de cette énorme population, qui maniait avec
un égal succès la plume du praticien, la dague du
gentilhomme et le mousquet du soldat.

La Basoche du Parlement de Paris était la première Basoche de France. Vainement les clercs du
Châtelet, qui s'étaient réunis depuis 1278 en confrérie, s'évertuaient-ils à lui disputer son titre et son
origine ; vainement la Basoche de la Chambre des
comptes, qui s'intitulait : « Haut et souverain empire de Galilée, » cherchait-elle de temps à autre à
usurper ses prérogatives et ses priviléges ; la Basoche parlementaire, la vraie Basoche, triomphait
constamment de ses rivales, et savait, selon l'expression pittoresque du président de Thou, se défendre
et vaincre *unguibus et rostro*.

18

Aussi, la suprême Magistrature du roi de la Basoche était-elle enviée et passionnément désirée ; et, si les dignités subalternes de cette juridiction de famille éveillaient bien des convoitises, la royauté devait être naturellement le point de mire et le but glorieux des plus adroits, des plus éloquens, des plus ambitieux et des plus braves parmi les enfans de la Basoche.

Cette royauté était élective et annuelle, et, partant, chaque année la porte était ouverte à toutes les soifs d'honneurs et d'ambition. L'élection d'un roi de Pologne ou d'un hospodar de Valachie ne présentait pas plus de phases dramatiques ou comiques que celle d'un roi de la Basoche à Paris. Tous les ressorts de la politique la plus raffinée étaient mis en jeu, toutes les ressources de l'intrigue, tous les stratagèmes de la ruse, toutes les manœuvres de la stratégie diplomatique étaient en présence. Chaque prétendant avait ses prôneurs, ses affidés, ses apôtres, qui soutenaient chaudement sa candidature. Et faut-il s'en étonner ? une couronne est si séduisante, qu'on veut la conquérir, même lorsqu'elle n'est qu'une couronne de carton.

Vers le milieu de la rue de la Calandre, non loin du Palais, et dans l'arrière-boutique d'un magasin de draperies, une femme jeune encore et vêtue d'ha-

bits de deuil, était assise auprès d'une haute cheminée, dans l'âtre de laquelle brillait un feu vif et clair.
Deux bougies, quoiqu'il ne fût encore que midi, se
consumaient lentement sur un coffre de bois d'ébène,
qui formait, avec quelques fauteuils en tapisserie,
tout l'ameublement de cette salle. Auprès de la veuve,
un jeune homme, debout, accoudé sur le pilastre de
la cheminée, paraissait livré à d'amères réflexions,
et ses yeux, où roulaient de grosses larmes, se le-
vaient par intervalles avec une expression de tendresse infinie sur la jeune femme, qui paraissait en
proie elle-même à de tristes pensées.

— Ainsi, Henry, dit-elle en écartant les ondes de
sa chevelure, qui étaient venues se coller sur ses
joues humides de pleurs, vous persistez à croire que
vous n'avez plus aucune chance pour être nommé
roi de la Basoche?

— Aucune, répondit le jeune homme en laissant
retomber lourdement sa main sur la garde de sa dague; il n'y faut plus songer...

— Mais vos amis désespèrent-ils donc aussi de
votre nomination? interrompit la veuve en attachant
des regards pleins d'amour sur le basochien.

— Mes amis! exclama Henry en souriant amère-
ment, mes amis! chère Laure, ils sont tous passés
dans les rangs de mon compétiteur. Je n'avais plus

rien à leur donner... que des promesses, et ils savent trop bien que les promesses d'un prétendant ne
sont ordinairement que des fictions arrangées pour
les besoins de la cause. O ma chère Laure ! poursuivit
le jeune homme en se jetant aux genoux de la veuve,
nos projets de bonheur se sont évanouis sans retour.
Ma grandeur éphémère devait assurer la félicité de
toute ma vie .. il y faut renoncer ; il faut renoncer à
toi, mon ange, à tout cet avenir semé de perles et de
fleurs que nous nous étions forgé. Ah! je n'y ré-
sisterai pas. Vivre pauvre et ignoré, n'est rien ;
mais vivre sans toi, vivre loin de toi, c'est plus que
la mort !

— Hélas! répliqua la jeune femme, le ciel sera-t-il
donc inexorable à nos vœux ! Dès l'enfance, nous
nous aimions; dès l'enfance, nous nous étions promis l'un à l'autre ; mais nos parens étaient pauvres,
il fallait se sacrifier pour eux. J'épousai le riche et
vieux drapier Bauvray; vous, Henry, vous vîntes à
Paris et vous entràtes clerc dans l'étude du procureur
Gauthier, où votre application et votre bonne conduite vous firent bientôt remarquer. Enfin, la même
année où je devins veuve, il y a deux ans de cela, vous
parvîntes à l'emploi honorable de maître clerc...

— Et pour obtenir votre main, ma belle Laure, interrompit le basochien, pour faire taire les scrupules

de votre famille, devenue fière, et de votre talent (1)
et de votre fortune, il ne me fallait que la royauté de
la Basoche, et cette royauté m'échappe au moment
où je croyais la saisir !

— Mais n'est-il donc aucun moyen de conjurer
votre défaite, Henry? interjeta la drapière en cherchant à lire dans les yeux de son amant.

— Un seul, répartit Henry, un seul.

— Et il serait sûr?

— Infaillible.

— Dites-le-moi donc, Henry, dites-le-moi, fit la
jeune veuve en prenant la main du basochien et en
l'étreignant affectueusement dans les siennes.

— Laure, reprit Henry, la royauté de la Basoche
mène aux grandes études et quelquefois aux grandes

(1) Laure Bauvray, surnommée la Belle-Drapière, avait, vers
la fin du seizième siècle, une grande réputation d'esprit, de vertu
et de savoir. Elle était poète, musicienne et même orateur.
Henri III, qu'elle défendit de sa plume pendant les troubles de la
ligue, et qu'elle avait chanté lorsque ce prince avait été élu roi
de Pologne, avait pour elle une affection très-vive. « Si je n'étais
qu'un simple gentilhomme, disait-il, j'épouserais la belle drapière, et je croirais bien ne pas me mésallier, car elle a ses titres
de noblesse dans son cœur, dans sa tête et sur sa figure. » Laure
Bauvray était veuve à vingt-deux ans, et épousa, à vingt-six,
Henry de Mangot. Riche, spirituelle et séduisante par les grâces
de l'esprit et du corps, la belle drapière se fit d'illustres et nombreux amis, parmi lesquels nous citerons Amyot, Ronsard, le
duc de Biron, Sully, Mornay, etc.

charges de la Magistrature. C'est un précédent honorable, et plus d'un riche procureur de Paris a cédé
son étude et sa clientèle à un roi de la Basoche pauvre
comme Job. Mais un patron a foi dans un homme
qui a su conduire une juridiction aussi embrouillée
que la nôtre, et qui joint à la pratique ordinaire des
affaires l'énergie qui commande aux masses.

— Votre moyen! Henry, interrompit la drapière,
votre moyen!

— M'y voici, Laure! Pour atteindre donc cette
couronne si précieuse, il n'est pas de sacrifices que
les concurrens ne s'imposent.

— Quoi! fit la veuve, de la corruption! de l'argent!

— Non pas précisément de la corruption, mais
des largesses et des libéralités. Or, comme tout se ré-
sout en argent, et que les traiteurs et les cabaretiers
ne donnent pas pour rien leurs marchandises, il s'en-
suit que le candidat, qui ne possède plus dans son
escarcelle de quoi entretenir le zèle et l'enthousiasme
de ses amis, est obligé de faire une honteuse retraite.
Non licet omnibus adire Corinthum.

— Et je gage, dit la drapière, que vous avez négligé ce moyen, que vous proclamez comme le meilleur, Henry?

— Mon Dieu, non, ma chère Laure. Mais, vous ne
l'ignorez pas, mes ressources sont bornées. Maître

clerc depuis deux ans à peine, je n'ai pu mettre de
côté qu'une bien faible somme pour soutenir ma candidature. Tout le temps qu'elle a duré, cette somme,
j'ai entendu corner à mes oreilles : Vive Henry Maingot! vive notre futur César! Mais du moment où le
vin a cessé de couler, ma popularité s'est dissipée
comme un brouillard, et, à l'heure qu'il est, je n'ai
pas plus de chance pour être élu roi de la Basoche
que maître Simon, le donneur d'eau bénite de Notre-
Dame.

— Et serait-il encore temps de reconquérir cette
popularité perdue? exclama la veuve en se levant
rapidement de dessus son siége.

— Sans aucun doute, répartit Henry Maingot; il
est à peine midi, et l'élection ne se fait qu'à six heures
du soir. J'ai donc le quart de la journée devant moi,
et, en l'employant bien, je suis sûr de sortir victorieux de l'épreuve.

— Henry, tu seras roi! s'écria Laure en posant sa
main blanche et potelée sur le bras frémissant du
basochien.

Et, courant vers le fond de la salle, elle ouvrit le
coffre d'ébène, en retira une boîte, et la présentant
au jeune homme :

— Vous savez, Henry, lui dit-elle, que ma maison
de commerce est en liquidation; le négoce ne me

convient pas, je m'en délivre. J'ai donc payé ce matin même six mille livres, et je n'ai pas ici pour le
moment un écu vaillant... mais voici mes diamans; on vous prêtera facilement sur ce gage
douze mille livres ; emportez-les, allez chez le pro-
chain Lombard, et ne revenez ici que roi de la Basoche.

— Oh ! Laure ! exclama le jeune homme, la délicatesse et l'honneur me permettent-ils d'accepter ce
que vous m'offrez ? Ne serais-je pas doublement
coupable si, échouant malgré ce secours, je...

— Point de phrases inutiles, Henry, interrompit la
drapière, et point de remercîmens. Ces diamans
n'auront de valeur à mes yeux qu'autant que je m'en
parerai pour vous. Si le ciel ne nous permet pas de
nous unir, croyez-le bien, mon ami, je ne veux les
revoir jamais.

Puis, se rapprochant du basochien :

— Henry, poursuivit-elle, pour le peu de confiance que vous m'avez témoigné, je devrais bien
vous punir ; mais je n'ai pas même la force de vous
en vouloir.

— Ah ! ma chère Laure ! s'écria Henry en saisis-
sant une des mains de la belle veuve, qu'elle lui
abandonna sans résistance, vous êtes l'étoile de ma
vie. Vous ne vous contentez pas de régner sur mon

âme par l'amour, vous prétendez encore y régner
par la reconnaissance...

— Partez, partez, interrompit la drapière, et que
ce soir je salue ici un roi de la Basoche.

Henry de Maingot obéit, cette fois, aux ordres de
Mme Bauvray ; il s'éloigna et courut chez le premier
usurier qui lui fut indiqué.

On appelait alors Lombards des espèces de ban-
quiers qui faisaient l'usure et qui prêtaient sur gages,
en vertu d'une permission du prévôt des marchands.
Ces hommes étaient presque tous Italiens et étaient
venus à la suite de Catherine de Médicis, qui introduisit en France des empoisonneurs, des spadassins,
des baladins et des usuriers. Avant Catherine de Médicis, le poignard était regardé en France comme une
arme vile et infâme. Il s'est malheureusement accli-
maté depuis dans notre pays. Il existe encore à Paris une rue qui tire son nom du grand nombre d'usuriers qui y résidaient au seizième siècle : cette rue
est la rue des Lombards, connue aujourd'hui par ses
confiseurs.

Les pierreries étaient splendides ; il n'eut pas de
peine à traiter. Le Lombard auquel il s'adressa lui
compta immédiatement onze mille six cents livres,
retenant la modeste somme de quatre cents livres pour
l'intérêt de l'argent pendant deux mois, époque fixée
par le basochien pour retirer ces diamans.

Voilà donc notre héros à la tête de onze mille six cents livres en bons écus d'or, bien trébuchant et bien luisant au soleil. Nanti de ce trésor, Henry Maingot s'achemina vers les endroits de réunion des clercs de la Basoche. Ces lieux de réunion étaient alors les cabarets de la Cornemuse et du Puits-qui-parle, rue de La Harpe ; de la Tour-d'Argent et des Trois-Marteaux, rue Saint-Jacques ; de la Licorne, dans la rue du même nom ; de la Croix-de-Lorraine, dans la rue des Cordeliers ; du Bourdon-d'Or, sur la place Cambrai. Dès son entrée dans chacun de ces cabarets, les fourneau s'allument, les tables se dressent, les bouteillent s'alignent, les gobelets se choquent.

Charmés de ces préparatifs, ses anciens amis l'entourent, le congratulent, l'encouragent, le présentent à la foule des clercs assemblés, comme le vrai, comme le seul sérieux candidat pour la royauté de la Basoche. L'odeur des mets qu'on apprête, le bruit des bouteilles que l'on débouche viennent en aide à l'éloquence des orateurs. Cependant, Maingot promet, sourit, donne des poignées de main à tous et à chacun ; et quitte chaque cabaret après y avoir installé un ami, un *alter ego,* qui doit soigner les intérêts de l'amphitryon absent et du monarque en herbe.

Pour lui, il s'est réservé la Buvette du Palais. C'est

là que les principaux meneurs de l'association se
rendent ; c'est là qu'il faut frapper les grands coups,
dompter les esprits, et emporter d'assaut les suffrages. Henry ne faillira pas à ce soin.

Il s'installe dans la vaste salle de la Buvette. Par
son ordre, une table de cent couverts s'y dresse, et
est presque aussitôt couverte des mets les plus suc-
culens et les plus recherchés. Maingot compte essentiellement sur l'appétit proverbial des clercs de procureur, et il ne compte pas sans son hôte. Au premier service, les plus récalcitrans s'amollissent ;
au second, ils sont ébranlés ; au troisième, ils ont
passé, avec armes et bagages, du côté de la candidature, naguère abandonnée comme impossible.

Maingot triomphait sur toute la ligne ; ses lieutenans obtenaient le même succès à la Cornemuse, à
la Licorne, aux Trois-Marteaux, à la Croix-de-Lorraine, partout où ils avaient planté leur bannière.
Son élection était inévitable, et elle devait être unanime.

En effet, à six heures précises du soir, la salle des
Pas-Perdus se trouva envahie par des milliers de
clercs qui venaient déposer leurs votes dans l'énorme
urne de bronze consacrée à cet usage depuis le règne de Philippe-le-Bel. Les votans pour Henry
Maingot arrivaient en colonne serrée comme les sol-

dats qui vont à la tranchée, et étaient précédés par des joueurs de violon, qui exécutaient l'air favori de la Basoche :

> L'encrier, la plume et l'épée
> Étaient les armes de Pompée :
> La Basoche est son héritière;
>   Elle en est fière!
> Soldat, clerc, le basochien
> Est bon vivant et bon chrétien.
>   Vive la Basoche!
>   A son approche
>   Tout va bien ! (1)

Le scrutin dura plus de deux heures, et le dépouillement des votes ne fut terminé qu'à onze heures et demie.

A minuit sonnant à l'horloge de la Sainte-Chapelle, le nom du nouveau roi fut proclamé par son prédécesseur.

Ce nom, tout le monde s'y attendait, fut celui de Henry de Maingot.

Un tonnerre d'applaudissemens accueillit ce nom si cher, depuis le matin, à la majorité des frères de la Basoche. Mais la voûte de la grand'salle retentissait encore du hourrah d'allégresse de la population

---

(1) On pense que cette vieille ronde, qui n'a pas moins de quarante couplets, a été faite peu après la funeste bataille de Pavie, et à l'époque où les Basochiens prirent volontairement les armes pour aller au secours de notre malheureuse armée d'Italie.

basochienne, que le procureur général du Parlement, Jacques de la Guesle, apparaissait précédé de
douze huissiers, et suivi d'un piquet de Suisses de la
garde du roi.

Un grand et solennel silence succéda au brouhaha
électoral.

Jacques de la Guesle tira une lettre à grands sceaux
de la manche de sa robe, et lut ce qui suit :

« Henri, troisième du nom, par la grâce de Dieu
roi de France et de Pologne, etc., avons ordonné et
ordonnons

» *Que la royauté de la Basoche sera abolie.* »

Tout portait ombrage au dernier des Valois. Le
faible Henri III, jouet des grands de son royaume,
méprisé du peuple, n'ayant ni la force, ni l'énergie
nécessaire pour abattre les partis par un coup d'autorité, se livrait, dans ses résidences royales, à des
pratiques superstitieuses ou à des délassemens indignes d'un grand monarque. On rencontrait à sa
cour plus de moines et d'histrions que de capitaines,
et sur son front, où chancelait déjà la noble couronne de France, on lisait moins les préoccupations
du politique et du roi que les blêmes insomnies du
pénitent et du libertin. Cependant Henri, tout traqué
qu'il était par les factions qui déchiraient la France,
tout meutri qu'il était par les injures des Guises et des

huguenots, se montrait jaloux des prérogatives d'une
couronne qui allait lui échapper. Il voyait partout
des rivaux, et la pensée qu'un autre homme que lui
en France se décorait du titre pompeux de roi, lui
faisait peur. Une royauté sans pourpre et sans sceptre, une royauté innocente et conservatrice existait
au Palais-de-Justice de Paris depuis le règne de Philippe-le-Bel ; il fallut l'abolir. Telle fut la volonté du
roi. L'hydre de la guerre civile se dressait dans la
capitale et dans les provinces, et menaçait de fondre
sur le trône de Hugues Capet et de saint Louis : l'or
de l'Espagne et de l'Angleterre faisait forger des
mousquets et des épées dans les caves des *Victorins*
et des *Cordeliers;* on allumait les fureurs populaires
par des pamphlets écrits avec du fiel et du sang.
Qu'importait au roi de France? Le roi de la Basoche
était détrôné, et cette magnifique mesure politique
devait terrifier les partis, émousser les poignards,
rendre impossible la Ligue et raffermir sur la tête du
monarque librement élu de la Pologne le diadême
d'or, de fer et d'airain de Charlemagne.

La promulgation de l'édit royal causa une vive ir-
ritation parmi les basochiens rassemblés dans la
salle des Pas-Perdus, dans les galeries du Palais et
jusque sur les degrés de la cour de la Sainte Chapelle. Des murmures qui, comme d'habitude, prirent

les proportions des hurlemens et des vociférations,
se firent entendre et éclatèrent au milieu de cette
jeunesse. Déjà le détachement des Suisses de la
garde, rangé en bataille derrière les gens du roi, se
mettait en défense, et l'on pouvait voir les soldats se
passer la mèche de leurs mousquets et se préparer à
faire feu, lorsque Henry de Maingot, se hissant à
grand'peine sur le cerf de bronze qui dominait l'antique table de marbre, parvint à faire comprendre
qu'il voulait parler, et après avoir obtenu le silence,
s'exprima en ces termes :

— N'oublions pas, mes amis, que nous sommes
tous appelés ici à être les interprètes ou les exécuteurs
des lois, et ne donnons pas le coupable exemple de
les enfreindre ou de les mépriser. On vient de vous
donner connaissance de l'édit du roi qui abolit la
royauté de la Basoche : courbons-nous devant la
manifestation de la volonté souveraine, et pour faire
revenir notre bien aimé monarque sur cette mesure
sans doute surprise à sa religion, prenons une voie
digne de nous. La sédition et la révolte ne siéent qu'à
de mauvaises causes ; le bon droit et la raison pos-
sèdent des armes plus invincibles. Nous proteste-
rons, mais avec la dignité, la décence, la gravité qui
conviennent à des hommes libres, mais aussi à des
sujets respectueux. Nous dirons au roi Henri : certes,

les priviléges accordés à la Basoche sont grands ;
chacun des ancêtres de Votre Majesté s'est plu à les
augmenter ou à les défendre ; mais aussi n'a-t-elle
pas, Sire, cette Basoche, qu'on vous peint aujour-
d'hui comme si redoutable et si hostile à votre trône,
n'a-t-elle pas dans tous les périls de l'Etat manifesté
son amour pour son prince, son dévouement filial
pour la patrie ? Sire, interrogez les annales de cette
association que vous voulez détruire aujourd'hui,
vous n'y verrez, à aucune époque, ni rebelles, ni
conspirateurs. Les enfans de la Basoche n'ont jamais
eu d'autre ambition que de devenir des magistrats
intègres, des praticiens probes, des citoyens utiles.
Jamais ils n'ont essayé d'usurper le pouvoir tempo-
rel ou le pouvoir spirituel ; jamais ils n'ont manié
d'autres armes que la plume et l'écritoire... .

Mais je me trompe, Sire ; sous le premier roi de
votre branche vénérée, la Basoche se leva comme un
seul homme et vengea, sous l'oriflamme, la sanglante
défaite de Crécy. Sous votre glorieux aïeul, le roi
François Ier, elle prit encore les armes et marcha résolument jusqu'aux Alpes pour aider les soldats de
la France à ressaisir la victoire, à laver l'opprobre de
Pavie et à disputer à un ennemi superbe, sur les
rocs sourcilleux ou campèrent Annibal et Charlemagne, l'entrée de nos chastes frontières, et de cette

terre de France, toujours vierge et toujours mortelle
aux esclaves et aux tyrans. Ce que nos devanciers
ont fait, Sire, nous le ferions encore si les mêmes
circonstances se représentaient. Dévouée au roi, mais
surtout dévouée aux lois et aux saintes institutions
de la patrie, la Basoche de Paris comprendra toujours au nombre de ses plus grands devoirs et de
ses premiers besoins, l'honneur de servir la justice
pendant la paix, et de mourir pour le trône pendant
la guerre. Suspendez, Sire, nous vous en supplions,
les effets d'une mesure désastreuse pour le royaume
fraternel de la Basoche, qui n'est dans votre noble
royaume de France qu'une humble ruche de stu-
dieuses abeilles dont le travail est consacré au bien
public, et dont les aiguillons ne se font jamais sentir
qu'aux ennemis de notre roi, de notre Parlement et
de notre patrie.

Voilà, mes chers et bien aimés camarades, poursuivit Maingot, voilà le langage que tiendra au roi
Henri celui que vous venez d'élever, par vos libres
suffrages, sur le pavois de votre fraternelle royauté.
Dites-moi, n'est-ce point ainsi qu'une jeunesse profondément attachée à tout ce qui fait la patrie, Dieu,
la loi, le roi, à l'honneur, qui est le lien de cette
sublime Trinité; n'est-ce pas ainsi, dis-je, que la
fleur de la jeunesse française doit marcher au re-

dressement d'un tort, à la conquête d'une réparation politique?

Un tonnerre de bravos, plus formidable encore que celui qui avait salué son nom sorti victorieux de l'urne du scrutin, accueillit l'improvisation chaleureuse d'Henry de Maingot. Le jeune monarque de la Basoche avait exprimé des sentimens qui étaient gravés dans le cœur de tous, et le succès d'un orateur est toujours certain lorsqu'il ne fait que traduire heureusement les pensées qui bouillonnent dans l'esprit de la multitude.

— Oui, oui, protestons! s'écrièrent des milliers de voix, allons au Louvre.

— Au Louvre! au Louvre! au Louvre! répétèrent en chœur les Basochiens.

— Le roi n'est pas au Louvre, cria une voix, il est à son château de Saint-Germain.

— Eh bien! à Saint-Germain!!! exclama la foule.

Et ces impétueux jeunes gens allaient comme un torrent se répandre hors du Palais par toutes les issues. Déjà, ceux qui s'étaient blottis, pour mieux voir la cérémonie, dans les niches où les images des rois de France, armées de toutes pièces, se dressaient menaçantes comme pour faire respecter la justice dont les rois ne sont que les premiers soldats, les basochiens, disons-nous, juchés contre ces vé-

nérables statues criaient à leurs camarades de venir
leur faire la courte échelle pour déguerpir de leur
poste aérien. D'autres, accrochés aux poutres de fer
auxquelles étaient suspendus et le grand crocodile
et les masses gigantesques arrachées aux Normands,
lors du siége de Paris au onzième siècle, se laissaient
glisser, comme d'un mât de cocagne, tout le long
des piliers de la grand'salle. D'autres, enfin, fran-
chissant en trois bonds la table de marbre, allaient se
précipiter sur les cohortes indécises qui stationnaient
encore sur le large escalier qui conduisait à la galerie Mercière. Les cris, les vivats, les horions et les
juremens se confondaient dans ce capharnaüm que
Callot seul aurait pu reproduire sous son immortel
burin.

Cependant, Henry de Maingot était resté bravement à cheval sur son cerf de bronze. Son œil
planait sur cet océan de têtes qui rugissaient à
ses pieds. Il comprit tout de suite qu'il fallait à tout
prix réfréner cette fougue, enchaîner cette licence
qui menaçait de troubler le repos de la ville endormie.

Le métier d'orateur est facile, le métier de roi l'est
beaucoup moins. Henry Maingot avait noblement
parlé, il voulut noblement agir, et comme il ne manquait ni du côté de l'esprit ni du côté du cœur,

comme son bras était aussi solidement trempé que
sa langue, il ne désespéra pas de maîtriser le mouvement qu'il avait voulu prévenir.

— Qu'allez-vous faire, mes camarades, s'écria-
t-il d'une voix que Stentor lui-même aurait admirée,
qu'allez-vous faire? Porter l'épouvante et la consternation au sein d'une cité qui est votre nourrice et
votre mère; vous acheminer vers la résidence de
notre roi comme vers une hôtellerie ou le bouge sor-
dide d'une courtisane? Qu'allez-vous faire, encore
un coup? Sommes-nous donc des mauvais garçons
ou des brigands, et oublions-nous qui nous sommes?
les vrais et studieux enfans de la Basoche. Arrière
les méchans et gloire aux bons. Mes amis, écoutez
votre roi, il use et il veut user de la puissance et de
l'autorité que vous lui avez conférée, et voici ce qu'il
ordonne : une députation de douze membres de la
Basoche, le roi en tête, va se rendre auprès de notre
bon roi, à sa résidence de Saint-Germain.

— Et quand cela? interrompit une voix..... de
l'opposition, sans doute.

— Quand cela? fit Henry de Maingot en attachant
un regard foudroyant sur l'interrupteur, quand cela?
Quand je l'ordonnerai, et vous ne serez pas là pour
entendre le signal du départ. Huissiers de la Basoche, emmenez ce compagnon si pressé, et priez

M. le bailly du Palais de lui assurer un gîte jusqu'à demain au lever du soleil.

Ce coup d'autorité acheva de rétablir le calme, et lorsque le silence fut rétabli sur tous les points de la vaste salle des Pas-Perdus, Henry Maingot reprit ainsi, en promenant ses yeux, où brillaient la flamme du courage et d'un courroux contenu, sur son turbulent et maintenant placide auditoire.

— Choisissez, basochiens, douze d'entre vous pour la députation au roi. Ce choix consommé, je me mets à la tête de vos représentans, et je pars sans délai pour Saint-Germain.

Les douze députés furent nommés au milieu d'une agitation extraordinaire, et vinrent se grouper sur la table de marbre où Henri Maingot, les bras croisés, la tête haute, le regard flamboyant, dans l'attitude d'un tribun ou d'un roi absolu, se tenait au centre de ses amis, de ses affidés et des huissiers de la juridiction basochienne.

On se disposa au départ; mais avant de franchir les limites du Palais et avant de donner le signal de la marche, le nouveau roi de la Basoche s'écria :

— Je défends les rassemblemens hors de cette enceinte; que chacun regagne isolément son logis; que nul cri, nulle chanson, nul tumulte, n'aille troubler le sommeil des citoyens paisibles; qu'on se garde

également d'insulter les patrouilles du guet et les
veilleurs de l'Université. Voilà ma décision royale,
et, qu'on y réfléchisse bien, j'ai le pouvoir et la volonté de punir les perturbateurs et les insensés qui
voudraient déshonorer, par la révolte et le désordre,
le corps de notre vieille Basoche.

Cet avertissement, prononcé avec un accent magistral et héroïque tout à la fois, fut compris de la
foule. Tous ces jeunes hommes, naguère enflammés
de colère et d'indignation, se dispersèrent à la voix
de leur prince comme un troupeau de moutons, et
il eût été difficile, une demi-heure après cette scène
si bruyante et si dramatique, de rencontrer, soit au
Palais, soit dans les alentours de la Sainte-Chapelle,
l'ombre même d'un clerc de procureur basochien.
Telle était, au seizième siècle, l'influence de l'éducation et le pouvoir de la raison, qu'il suffisait à un
roi de la Basoche de formuler ses volontés pour obtenir aussitôt l'obéissance la plus complète et la plus
absolue.

Henry Maingot et les douze députés se mirent immédiatement en route pour la ville de Saint-Ger-
main-en-Laye. Comme la nuit était sombre et obscure, ils marchaient précédés de deux huissiers de
la juridiction, qui portaient des flambeaux de résine. Le cortége était grave et silencieux.

Arrivé à la hauteur de la tour de Nesle qui faisait face à la principale porte du Louvre, sur la rive gauche de la Seine, le roi de la Basoche fut accosté par une femme dont l'ample mante noire et le chaperon de serge blanche indiquaient une matrone de l'Hôtel-Dieu.

Avant les admirables institutions de saint Vincent-de-Paul, vers le milieu du dix-septième siècle, les hôpitaux n'avaient point de femmes qui, sous le doux nom de sœurs, se dévouassent au service des malades. La piété venait en aide à la douleur et à l'abandon. Des dames de qualité, aussi bien que des bourgeoises, se relayaient chaque jour, ou plutôt chaque nuit, dans les différens hôpitaux de Paris, et y servaient les malades sous la direction des chirurgiens et des médecins. Ce merveilleux dévouement que la religion seule peut inspirer ne se refroidissait jamais.

Les veuves qui allaient convoler en secondes noces avaient coutume de passer la nuit qui précédait leur nouvel hymen, à l'Hôtel-Dieu, où elles remplissaient les fonctions les plus infimes et les plus dégoûtantes. Le peuple surnommait matrones de l'Hôtel-Dieu les dames bienfaisantes qui consumaient ainsi les jours de leur jeunesse ou de leur veuvage au service des pauvres. Ces nobles femmes étaient reconnaissables par le costume qu'elles avaient adopté, et que nous venons d'indiquer.

— Henry, dit cette femme à voix basse, j'ai tout appris. Votre résolution et votre courage sont dignes de notre amour. Demain, Laure Bauvray vous récompensera de la perte de votre couronne en vous donnant sa main.

— Ah ! chère maîtresse, exclama Henry, qui n'a pas eu de peine à reconnaître sous le funèbre vêtement des matrones son adorable veuve. Ah ! ma chère maîtresse, quelle douce fortune d'échange : une heure de royauté contre toute une vie de bonheur !

. — Silence ! fit Laure Bauvray en mettant un doigt sur sa bouche ; allez accomplir votre dernier devoir de roi, je vais, moi, accomplir mon dernier devoir de veuve.

Et elle disparut dans les ténèbres des allées d'arbres qui ceignaient les murs du vieil hôtel de Nevers, tandis que la députation basochienne, cotoyant les rives du fleuve, s'avançait d'un pas uniforme vers la route rocailleuse et peu fréquentée qui conduisait à Saint-Germain.

A une époque où il n'y avait encore ni coches ni carrosses, où les chemins, mal entretenus, étaient continuellement infestés de voleurs, de mendians et de vagabonds, les communications étaient lentes et difficiles. Aussi le trajet de Paris à Saint-Germain ne pouvait s'opérer au seizième siècle qu'en six mortelles heures ! La civilisation monte comme la marée, pourvu qu'elle ne descende pas comme elle !

La députation basochienne, partie de Paris à deux heures du matin, arriva à huit au château de Saint-Germain. Aux questions empressées du capitaine des gardes et des chambellans de service, Henry de Maingot répondit héroïquement : Dites que c'est le roi de la Basoche qui vient présenter une supplique au roi de France et de Pologne.

Henri III était matinal, il était curieux, il consentit donc à recevoir sans retard cette députation, dont la démarche n'était pas pour lui un mystère. Henry de Maingot et ses compagnons furent introduits dans l'oratoire du monarque, et là, le roi de la Basoche improvisa encore une harangue qui contenait en substance la meilleure partie des idées qu'il avait émises dans l'assemblée de la salle des Pas-Perdus.

Le roi de France écouta patiemment l'orateur, tout en disant mentalement les *Pater* et les *Ave* que lui indiquait le gros chapelet qu'il tenait dans ses mains. Lorsqu'Henry de Maingot eut terminé son discours, qui ne dura pas moins d'une demi-heure, le roi se leva, fit plusieurs tours dans son oratoire,

et, s'arrêtant tout à coup devant la députation basochienne :

— J'ai arrêté, en mon conseil, dit-il, que la
royauté de la Basoche n'existerait plus, et, loin de
revenir sur cette décision, je la maintiendrai, s'il le
faut, par tous les moyens qui sont en mon pouvoir.
C'est une mesure sage et naturelle, car vous ne voyez
pas au firmament plusieurs astres qui portent le nom
de soleil ; il n'y en a qu'un, et c'est bien assez pour
éclairer le monde et régir les saisons. Néanmoins
j'ai été frappé des souvenirs que vous venez d'invoquer tout à l'heure, et je n'hésite pas à convenir que
la Basoche s'est, dans tous les temps, fidèlement et
loyalement comportée, et qu'elle a montré du zèle
et du dévouement pour la défense du trône et de
l'Etat. Pour concilier toutes choses, je prétends, en
maintenant l'édit que mon procureur-général du
Parlement vous a fait connaître hier, vous faire tout
le bien imaginable, et ne retrancher, dans votre association, que ce que moi et mon Conseil d'Etat auront jugé impossible de laisser subsister. Maintenant reprenez la route de Paris, et dites bien à vos camarades que le roi de France ne cessera pas de compter, aux jours de danger comme aux jours de calme,
sur leur loyauté et sur leur amour du bien public.

Un geste du roi fit comprendre à la députation que

l'audience était terminée, et les basochiens se retirèrent après avoir adressé au monarque une de ces révérences du temps qui ressemblait fort à une génuflexion.

Mais Henri III n'avait pas pu s'empêcher de remarquer la noble figure, la grâce juvénile, l'air martial et décidé, l'énergique parole du roi de la Basoche. Henri III, faible nature, caractère indécis, aimait les hommes de cœur et d'action. L'éducation maternelle avait détruit chez Henri les qualités nécessaires à un grand roi, mais elle n'avait pu, cette éducation maudite, étouffer les instincts généreux de l'homme ; le soldat de Jarnac et de Montcontour aurait pu devenir un bon capitaine et ne devint qu'un mauvais roi. Donc, Henri aimait les braves moins en monarque qu'en guerrier ; de plus il avait passé toute la nuit à raisonner théologie et Saintes Ecritures avec le savant cordelier Barthélemy de Survigny, son confesseur ordinaire, ce qui avait fini par l'ennuyer prodigieusement ; or, il était bien aise de s'égayer un peu et de secouer cette poussière de froc qui s'était répandue sur sa casaque royale et sur son imagination d'homme aimable et d'homme d'esprit. Ces deux raisons réunies lui firent naître l'envie de s'entretenir en particulier avec le roi de la Basoche, et cette envie il voulut la contenter.

La députation allait traverser le pont levis du cha-
teau, lorsqu'un page vint engager le roi de la Basoche à le suivre et à retourner sur ses pas.

Un moment Henry de Maingot crut qu'un *reme-
mora* du roi, auquel il avait parlé avec une respectueuse hardiesse, allait l'envoyer expier à la Bastille
le tort d'être monarque de la Basoche à Saint-Germain, quand son sceptre avait été brisé la veille à
Paris; mais il se rassura bientôt en songeant que
Henri III n'était point un prince malfaisant. En
outre, la physionomie du page était douce et charmante et ne ressemblait nullement à celle d'un por-
teur de lettres de cachet. Si le roi voulait m'envoyer
à la Bastille, se disait Maingot, il m'aurait fait ap-
préhender au corps par un soldat de sa garde écossaise, et n'aurait point envoyé à mes trousses une espèce de chérubin habillé en page.

Tout en devisant ainsi avec lui-même, Henry de
Maingot suivait le page, qui volait plutôt qu'il ne
marchait.

Après avoir monté deux ou trois escaliers obscurs
et traversé nombre de chambres splendides, vides de
valets et de courtisans, le page et Maingot arrivèrent
à l'appartement particulier du roi. Là, le jeune et joli
guide, levant une lourde portière de tapisserie rehaussée de crépines d'or, convia le roi de la Basoche

à entrer. Maingot se précipita bravement dans la chambre et se trouva en face du roi de France.

Henri III était appuyé sur la balustrade de fer de son balcon et contemplait mélancoliquement les sinuosités de la Seine, qui semble fuir à regret ces belles plaines qu'elle fertilise, ces rivages, ces côteaux, ces îles enchantées qu'elle réfléchit dans le cristal de ses eaux.

Au bruit que fit le roi de la Basoche en entrant dans la chambre, Henri III se retourna brusquement, reconnut le harangueur et se prit à sourire, mais d'un sourire qui participait de la malice d'un augure et de l'indulgence d'un bon prince.

— J'ai voulu vous voir, mon ami, fit le monarque. Vous paraissez garçon de cœur et d'esprit, et j'aime les gens de cette espèce.

— Sire, répartit Maingot en s'inclinant, je suis heureux d'avoir su inspirer une si bonne opinion de moi-même à Votre Majesté.

— Qui êtes-vous, d'où êtes-vous, que voulez-vous être? reprit le roi, qui s'exprimait parfois très-laconiquement.

— Je suis gentilhomme, Sire, répliqua Maingot, mais d'une de ces races de gentilshommes qui fournissent des soldats à vos armées, des matelots à vos navires, des prêtres à vos églises, des fraters à vos régimens et des clercs à vos procureurs. En un mot, je suis d'une famille de gentilshommes verriers, de ceux-là qui n'ont que la cape et l'épée, et qui ne voient leur roi que les jours, heureusement fort rares, où il convient de mourir pour eux sur le champ de bataille.

— Très-bien, répliqua Henri III. Oui, je le sais, ces pauvres gentilshommes sont les véritables soutiens du trône. Ils ne demandent rien et on ne leur offre rien. Les grâces de la couronne sont réservées aux grands seigneurs, qui trahissent l'Etat, et, ajouta Henri en soupirant, aux illustres ingrats, qui étouffent leurs maîtres débonnaires en les étreignant de leurs perfides embrassemens : le poignard est sous le baiser, la trahison sous le serment.

Henri, en disant ces paroles, dérangeait sa toque de velours bleu et passait sa main, blanche et potelée comme celle d'une femme, sur son front déjà chauve.

Il reprit, après quelques momens de silence :

— Et votre nom, mon ami?

— J'ai l'honneur de porter le même nom que Votre Majesté ; mon père s'appelle de Maingot, et mon parrain m'a donné, sur les fonds de baptême, le nom de Henry.

— Henry! je vous souhaiterais un autre patron, mon ami ; ce nom-là n'est pas heureux.

— Votre Majesté daignera convenir au moins qu'il est glorieux, riposta le roi de la Basoche, qui devenait flatteur malgré lui, tant l'air de la cour est pernicieux ! Il rappelle des exploits et de hautes vertus, des victoires surtout de notre temps ; Henry est synonyme de Montcontour et de Jarnac.

Le roi sourit imperceptiblement

— Ecoutez, Henry, fit-il, je vous veux du bien. Le royaume de la Basoche a cessé d'exister, il ne doit pas revivre ; mais si la qualité de roi de ce petit Etat est supprimée, une autre dignité la remplacera, et vous en serez revêtu de plein droit.

— Eh ! Sire, je n'en veux pas, répartit Maingot ; je ne veux pas déchoir, je ne veux pas devenir d'évêque meunier... Une couronne, voyez-vous, Sire, une couronne, si petite qu'elle soit, laisse sur le front un stygmate ineffaçable ; c'est la corne de Moïse ou l'auréole de Judas Machabée, n'importe !... Il faut respecter même le diadême absent.

— Roi d'une heure, Henry, vous êtes déjà bien attaché aux prérogatives de la royauté, fit le monarque en riant.

— Oui, Sire, et je veux garder au moins de ma royauté élective la dignité qui sied si bien au malheur.

— Ah ! mon ami, interrompit Henri III toutes les

royautés du monde sont sujettes à la fortune. Les
rois ne sont que des hommes, et ils tombent sous la
faux de la mort ou de l'usurpation, les uns plus tôt,
les autres plus tard.

— Je fais partie des premiers, répliqua Henry,
qui, à mesure qu'il parlait avec le roi, sentait renaître l'assurance proverbiale du clerc de procureur,
qu'il avait un instant perdue au début de l'entretien ;
mais ce qui me fâche, Sire, c'est que, sur le point
d'épouser une femme brillante et de talens et d'attraits, je me vois forcé, par le fait de ma déchéance,
de faire banqueroute à l'amour et à l'honneur.

— Expliquez-vous, de Maingot, fit Henri, dont la
curiosité se trouva piquée au plus haut degré.

— Rien de plus facile, Sire. Ma fiancée a fait pour
mon élection du royaume de Basoche ce que votre
illustre sœur, Marguerite de Navarre, a fait pour
votre élection du royaume de Pologne. Elle m'a
confié ses diamans, comme la reine Marguerite vous
avait confié les siens. Mais voilà la différence : vous
avez pu rendre, Sire, à votre sœur ses pierreries,
lorsque vous quittâtes la Pologne pour monter sur
le trône de France. Moi, en quittant le trône de la
Basoche, je retombe... dans le grenier du clerc de
procureur.

— Votre maîtresse vous épousera sans trône,

Henry, et l'amour d'un brave et bel homme vaut tous les sceptres et toutes les couronnes.

— Elle pense comme vous, Sire ; mais sa famille ne pratique pas la même philosophie, et elle désirait, cette famille, que je fusse roi de la Basoche, dans l'espoir de me saluer, une année plus tard, procureur au Parlement de Paris. Ma belle maîtresse a eu beau supplier, en belle prose et en plus beaux vers encore, ses terribles parens de rabattre un peu de leurs prétentions, elle n'a pu y parvenir, et elle en a a été pour ses frais de poésie, de rhétorique et de larmes.

— Quoi ! Henry, votre maîtresse est poète ? fit le monarque.

— Et poète des plus étincelans, Sire. Il n'est point que vous n'ayez entendu parler quelquefois de Laure Bauvray, surnommée la belle Drapière, de la profession de son défunt époux ; car ma maîtresse est veuve, Sire, et j'aurais dû commencer par vous le dire.

— Comment ! Laure Bauvray ! exclama Henri III avec une espèce de joie ; Laure Bauvray est celle que vous devez épouser ?

— Entendons-nous, Sire, est celle que je voudrais épouser, ce qui est bien différent. Mon Dieu ! oui, Sire, et Votre Majesté, qui la connaît, à ce qu'il me

20

semble, peut apprécier le chagrin que sa perte me fait éprouver.

— Laure a été présentée à seize ans à la cour de mon frère Charles IX et de ma mère Catherine, et fit l'admiration des poètes excellens qui fréquentaient alors le Louvre. Dans ce temps-là, — je n'étais encore que duc d'Anjou, — Laure Bauvray, je me le rappelle très-bien, m'adressa une épître en vers que Ronsard et Amyot trouvèrent admirable. Je lui fis don d'une aigrette de diamans, que je la priai de conserver pour l'amour de moi.

— Hélas! Sire, répliqua piteusement le roi de la Basoche, je crains bien que votre aigrette de diamans ne sorte jamais de l'antre du Lombard, où je l'ai déposée avec cent autres objets précieux. Vous le voyez, Sire, et je vous le disais tout à l'heure, il faut faire banqueroute à l'honneur et à l'amour. Sire, je ne vous demande qu'une grâce, c'est la permission d'aller me faire tuer sur votre flotte ou dans l'armée que vous êtes sur le point d'envoyer contre le Turc, pour défendre votre royaume de Pologne, qui est, pour le moment, aussi bien gouverné, vu l'abence de son roi, que le royaume de la Basoche, ajouta-t-il malignement.

— Un procureur ne conviendrait pas à une femme poète et artiste, fit le monarque. Henry de Maingot, je veux vous dédommager de la perte de votre souveraineté éphémère, et donner aussi à votre future épouse un nouveau témoignage de mon admiration et de mes sympathies... Retournez près de votre belle maîtresse, et dites-lui, dites-lui seulement que le roi de France se charge de la fortune du roi de la Basoche.

— Ah! Sire, répartit plaisamment le clerc de procureur, vous me traitez en *frère*, et l'adage a bien raison de dire que les... princes légitimes ou usurpateurs ne se mangent pas.

— Rejoignez vos camarades, Henry, reprit le roi ; n'ayez plus de désespérance... les soucis ne sont point faits pour les royautés factices... Laissez les chagrins cuisans, les sombres pensers, les terreurs et les remords aux vrais rois : c'est là leur lot et leur fortune.

Puis Henry appela à haute voix :

— Agathe! Agathe! Agathe!

A ce nom trois fois répété, le jeune page qui avait amené Henry de Maingot souleva la portière, et montra sa joli tête encadrée dans une chevelure blonde et bouclée.

— Agathe, dit le roi de France, reconduisez Henry de Maingot à la grille du parc, par le même chemin que vous avez pris en l'amenant ici.

Le page inclina la tête.

— Adieu, Henry de Maingot, fit Henri III, dans quelques jours, dans quelques heures peut-être, vous aurez de mes nouvelles. Mais mariez-vous toujours, rendez heureuse la belle Laure, et donnez à votre premier-né le nom de Henry, en souvenir du dernier roi de la Basoche, et peut-être aussi du dernier roi des Valois.

Henri baissa tristement la tête, et à peine s'aperçut-il, dans sa préoccupation subite, que le basochien s'était jeté à ses pieds, et couvrait sa main de baisers et de pleurs de gratitude.

Chemin faisant, le page, dont le nom, prononcé par le monarque autant que sa figure, avait dévoilé le sexe au clerc de procureur, lui dit d'une voix timide et flatteuse :

— Sortez-vous content de l'audience du roi, monsieur de Maingot?

— Très-content, répliqua le basochien, étonné de s'entendre appeler par son nom. Mais comment, de grâce, me connaissez-vous? J'ignorais que mon nom fût populaire à la cour de Saint-Germain.

— Oh! je vous connais bien, moi, répondit le page; et vous, ne me remettez-vous pas? ajouta-t-il en s'arrêtant devant le basochien.

— Vos traits, en effet, ne me sont pas tout à fait

étrangers, dit Henry après l'avoir considéré quelque temps ; mais je ne saurais préciser où et comment je vous ai vu.

Le page baissa les yeux, rougit extrêmement, et répondit :

— Je vous ai vu souvent au Palais-de-Justice, où je suis née et où j'ai été élevée. Je suis Agathe, la plus jeune des filles de M. le bailli du Palais. Une triste aventure m'a conduite à Saint-Germain, et le roi, dans son extrême bonté, a daigné m'admettre au nombre des pages de sa chambre.

Tout clerc de procureur qu'il était, Henry de Maingot sentit qu'il serait au moins indiscret de demander au page le récit de l'aventure qui l'avait amené à la cour de Henri III. Il garda donc le plus chaste et le plus absolu silence là-dessus, et se contenta de parler à son jeune guide de choses indifférentes, de la pluie, des fleurs, du beau temps et des eaux bleues de la Seine qui murmurait.

Ils cheminèrent ainsi côte à côte jusqu'à la grille du parc, qui aboutit à quelques toises du bord de l'eau.

Quand ils furent à la colonne d'Hercule :

— Monsieur de Maingot, dit le page, voulez-vous me rendre un service d'ami ?

— Très-volontiers, répondit le basochien.

— Ce serait d'avertir mon père, à votre arrivée à Paris, qu'il vient d'être nommé président à mortier au Parlement de Grenoble. La chose est sûre; le garde des sceaux me l'a dit hier en sortant du conseil.

— Je remplirai exactement votre commission, beau page, répartit le basochien; mais je suis procureur ou du moins apprenti procureur; permettez-moi de me payer d'avance.

Et il prit la main d'Agathe, qu'il baisa respectueusement.

— Adieu, madame, dit-il; en prenant congé de vous, je désire vous retrouver bientôt sous des habits plus convenables à votre sexe et à votre naissance. Adieu et merci !

Le roi de la Basoche cotoya la rivière et gagna le Pecq, qu'il descendit avec la rapidité d'une arbalète; car les bonnes espérances donnent à l'homme les plumes de l'oiseau. Il rattrapa ses compagnons dans le village de Nanterre, où ils s'étaient campés sous une tonnelle, en attendant leur roi, qu'ils croyaient dans les cachots du château de Saint-Germain. La joie de la troupe fut grande en le voyant revenir sain, sauf et gaillard.

— Conservons-nous notre roi? s'écrièrent-ils en chœur à l'apparition de Henry Maingot.

— Non, mes camarades, riposta-t-il d'un air moitié comique et moitié sérieux ; mais vous avez quelque chose d'approchant.

La députation n'était pas composée, ainsi que cela arrive quelquefois, de gens qui vont chercher, comme on dit, midi à quatorze heures ; elle se paya de cette réponse évasive et machiavélique, et on se mit à vider des pots.

Le soir, la bande diplomatique et basochienne, assez peu solide sur ses jambes, rentrait dans Paris, et faisait retentir les airs de *Vive la Basoche ! vive le roi !*

Vive la Basoche, c'était bien, mais vive le roi, dans leurs bouches, était amphibologique. De quel roi parlaient-ils ? C'est ce que le public ne savait pas, et c'est ce que probablement ils ignoraient eux-mêmes.

Le lendemain de ce jour néfaste, dans l'histoire de la Basoche, Henry de Maingot prenait pour épouse, devant notre mère sainte Église, et sur l'ordre précis du roi de France, la belle Laure de Bauvray. La petite basilique de Saint-Barthélemy pouvait à peine contenir la foule des basochiens et des gens du Parlement, qui avaient voulu honorer de leur présence, les premiers, l'hymen de leur dernier monarque ; les seconds, l'ère de prospérité d'un brave et laborieux jeune homme.

A l'issue de la messe nuptiale, Henry de Maingot abandonna sa jeune épouse aux soins de sa famille et de ses amis, et se rendit, avec cinquante des principaux basochiens, au parquet du procureur général, qui les avait convoqués dès la veille au soir.

Jacques de la Guesle, procureur général, reçut les notables de la Basoche avec le sourire sur les lèvres et l'indulgence sur le front. Ce n'était plus ce magistrat austère qui venait fulminer un édit; c'était un père de famille qui jouissait d'avance du plaisir de causer à cœur ouvert avec ses enfans.

— Mes amis, dit Jacques de la Guesle, la démarche que vous avez cru devoir faire hier, vous le soupçonnez déjà, auprès du roi, n'a pas eu et ne devait pas avoir un résultat favorable à vos vœux. Henri III persiste, comme c'est son droit, à maintenir l'édit qui abolit la royauté de la Basoche. Il faut en prendre son parti et obéir en bons et fidèles sujets. Quoi qu'il en soit, le roi Henri, qui n'oublie pas, qui ne veut pas oublier les services rendus à la France et à son roi par le corps de la Basoche, a voulu, en portant le moins possible atteinte à votre juridiction, consacrer, par une insigne faveur accordée à votre dernier roi, le cas qu'il fait de vous. Voici, en deux mots, les ordres du roi, transmis au Parlement de Paris, pour y être enregistrés et conservés dans nos olim.

Henri III conserve les priviléges, droits, prérogatives, immunités de la Basoche du Palais. Le titre
seul de roi est et demeure aboli, et ses fonctions seront dévolues, à l'avenir, à un agent principal, qui
prendra le titre de *chancelier de la Basoche*. La nomination de ce chancelier se fera chaque année, et
suivant le même mode de suffrage qu'on employait
pour l'élection d'un roi de la Basoche.

Le roi de France a nommé et nomme, par ces
présentes, Henry de Maingot, dernier roi de la Basoche du Palais, BAILLI dudit Palais, en remplace-
ment du titulaire actuel, qui passe président à mortier au Parlement de Grenoble. Le roi récompense
ainsi du même trait, ajouta le procureur-général,
les services déjà rendus et l'espoir des services qu'on
peut rendre encore. Voilà, mes amis, la communication que j'avais à vous faire. Réjouissez-vous, et
retournez à vos travaux et à vos plaisirs.

Quand un procureur-général du Parlement vous
ordonne de vous réjouir, on est souvent tenté d'obéir.
Mais, nonobstant cette gracieuse invitation, les notables basochiens, qui se trouvaient blessés de l'atteinte portée à leur juridiction et qui n'avaient point
reçu de compensation, ne firent pas éclater sur leur
visage une bien vive satisfaction.

Quant à Henry de Maingot, il se hâta de retourner

auprès de sa belle et poétique épouse, et la première chose qui frappa ses regards après sa femme, en entrant dans le salon de la rue de la Calandre, fut le coffret de diamans. Les oiseaux étaient revenus au colombier, et Henri III, par une exquise galanterie, avait, en rachetant l'aigrette des mains du Lombard, joint à l'écrin une couronne d'or destinée à orner le front de la belle drapière quand, pythonisse inspirée, elle montait sur le trépied sacré.

A cette couronne, composée de feuilles de chêne, d'olivier, de laurier et de myrthe, était attaché un papier sur lequel on lisait ces mots tracés de la main du monarque :

« J'ai ôté une couronne au mari ; je rends une couronne à la femme.

                » HENRI, roi de France. »

— Eh bien ! Henry, dit la belle drapière à son époux, quelle nouvelle apportez-vous du Parquet de M. le procureur-général du Parlement ?

— De bonnes, de très-bonnes pour moi ; pour nous, veux-je dire, ma chère divinité !

— Mais encore ?...

— Je suis votre époux d'abord ; puis je suis bailli du Palais ; je suis... je suis... comblé de toutes les faveurs, de tous les dons et de toutes les caresses de la fortune.

Et Maingot emporté par son amour et par sa joie, oubliant qu'il était devenu un grave magistrat en passant par le château de Saint-Germain, embrassait sa femme, admirait les diamans reconquis, lisait son brevet de bailli, sautait, gesticulait et chantait.

C'était préluder singulièrement à des fonctions de judicature; mais Henry de Maingot n'avait pas encore dépouillé le vieil homme et il était encore un confrère de la Basoche.

— Et votre affaire de la Basoche? demanda la belle drapière.

— Ah! reprit Maingot, tout est arrangé : il y a un chancelier au lieu d'un roi ; c'est tout un... Vive le roi!

— Dites donc vive le chancelier, mon ami, observa Laure.

— C'est ce que je voulais dire, interrompit le bailli : Vive le roi de France! et vive le chancelier de la Basoche! mais surtout : Vive, vive, vive le bailli du Palais-de-Justice!!!

— Ainsi soit-il! répondit la belle Laure en baissant chastement les yeux et en recevant sur le front un long baiser du dernier roi de la Basoche.

LES GANTS ET LES BONNETS.

LES RELIGIEUX DE SAINT-MARTIN-DES-CHAMPS.

1616

Le monastère de Saint-Martin-des-Champs était d'une origine fort ancienne. Sa fondation remonte, suivant quelques historiens de Paris, au temps même de Clovis. Ce qu'il y a de certain, c'est que le roi Henri Ier le fit rebâtir en l'an 1056 et en 1060. Ce même prince y installa des chanoines réguliers de Saint-Augustin, qu'il dota amplement, ainsi que l'on peut voir par l'extrait des lettres qu'il en fit délivrer et que nous retrouvons dans les cartulaires de Saint-Magloire :

« Ante parisiacæ urbis portam, in honore confessoris Christi Martini, abbatia fuisse dignoscebatur, quam tyrannica rabie (quasi non fuerit) omnino deletam ab integro ampliorem restitui, canonicos regulari conversatione ibidem Deo famulantes attitulavi. »

Et après le dénombrement des biens et domaines qu'il leur donne pour vivre, le monarque ajoute :

« Canonici etiam hanc potestatem habeant, ut abbate obeunte, assensu fratrum boni testimonii virum, nemine perturbante, restituant. »

Philippe Ier, fils et successeur d'Henri, confirma la donation du roi son père et y ajouta l'abbaye de Saint-Symphorien et de Saint-Samson-d'Orléans. Mais en 1079, le prince, mécontent des chanoines de Saint-Augustin, donna ce monastère à saint Hugues, alors abbé de Cluny, pour y mettre des religieux de son ordre, et, à compter de cette époque, Saint-Martin-des-Champs fut dépouillé du titre d'abbaye et descendit au rang de prieuré dépendant de l'abbaye de Cluny. En 1634, on mit ces religieux avec ceux de la Congrégation de Saint-Maur, et ce fut dans cette situation que la révolution française vint les atteindre et les supprimer en 1789.

Malgré sa modeste dénomination de prieuré, qu'un caprice royal lui avait imposée, Saint-Martin-des-Champs était l'un des plus riches et des plus puissans corps religieux de la France. Moins ancien de quelques années seulement que l'abbaye de Sainte-Geneviève, plus opulent que l'abbaye de Saint-Victor, aussi étendu que l'abbaye de Saint-Germain-des-Prés, le monastère de Saint-Martin-des-Champs

occupait et doit occuper encore une honorable place
dans l'histoire de notre capitale. Il est un des quatre
grands fondateurs de Paris ; car si les Génovéfins
ont couvert de maisons et de bâtimens utiles ces côtes
âpres et incultes qu'on appelait, du temps de Julien
l'apostat, les monts de Mercure et d'Isis (1) ; si les
chanoines de Saint-Victor ont, par d'incessans travaux et de prodigieux efforts, aligné des rues, construit des édifices durables et offert à la population
pauvre de Paris des logis sains et à bon marché sur
de vastes terrains occupés avant eux par des étangs
infects et des marais empoisonnés (2) ; si les Béné-

---

(1) Il y avait en effet sur la crête de ces côtes si rapides deux
temples consacrés à Isis et à Mercure : *Via Mercuris, via
Isiaca*, disent que'ques anciens titres. Ces deux montagnes s'appellent aujourd'hui les rues du Mont–Saint–Hilaire et de la
Montagne-Sainte-Geneviève.

(2) Tout le terrain compris entre le lit de la Seine et la rue
Saint-Victor était un vaste et hideux marécage. Le roi Louis-le-
Gros qui, au douzième siècle, fonda cette abbaye, lui donna,
outre un grand nombre de bois, prés et champs situés dans les
environs de Paris, toutes les terres vagues qui s'étendaient sur
le bord de la Seine, de *la Pierre à Mulet* au *Moulin du Diable*,
c'est à-dire depuis à peu près l'endroit où se trouve aujourd'hui
le pont de la Tournelle jusqu'au-delà le Jardin-des-Plantes.
C'était une superficie considérable et qui avait plus de longueur
que de profondeur. Les Victorins se mirent à l'œuvre aussitôt,
desséchèrent ces lacs empestés, qui, en certaines saisons, exha-
laient sur Paris les fièvres et la peste, cultivèrent d'abord cette
terre conquise sur le limon du fleuve et finirent par y élever des

dictins de Saint-Germain-des-Prés ont transformé,
après un labeur de deux siècles, des landes stériles
en terres chargées d'arbres et d'épis, en villages et
en hameaux florissans, les religieux de Saint-Martin-des-Champs, eux aussi, ont fait surgir de terre,
comme le cheval de la fable, des quartiers entiers de
Paris. De nos jours encore, les rues du Vert-Bois,
Chapon, Beau-Bourg, Bourg-l'Abbé, etc., déposent
encore en faveur de la sollicitude de ces religieux,
qui possédaient de grandes richesses, c'est vrai, mais
qui en savaient faire un usage digne du Dieu qu'ils
servaient et digne du peuple qu'ils édifiaient par
leurs vertus et qu'ils poussaient dans les voies de la
civilisation et des arts par leurs exemples et par leurs
paroles (1).

maisons, qu'ils louèrent à des artisans et à des ouvriers pour une
modique redevance annuelle. C'est ainsi que le quartier Saint-
Victor se peupla, et si bien, qu'au quatorzième siècle ce bourg
contenait déjà plus de vingt mille habitans. Dans ces guerres de
l'homme contre le sol qu'il veut féconder, les chanoines de
Saint-Victor perdirent en l'espace de quelques mois plus de
cinquante des leurs. Mais l'œuvre était sublime, et les morts
avaient bientôt des successeurs dans cette pieuse et civilisatrice
croisade. C'était à qui prendrait l'habit de Victorin, et les princes
du douzième siècle comme ceux du quatorzième, quand ils ne
pouvaient mourir sur un champ de bataille pour le service de la
France, mouraient sous l'habit de Victorin et la pioche à la main
pour le service de Paris.

(1) Les religieux de Saint-Martin-des-Champs ont compté

L'aspect du monastère de St-Martin-des-Champs était tout féodal. De hautes murailles entouraient son cloître, et de fortes tours, construites par les soins de Hugues, prieur de cette maison depuis qu'elle suivait la règle de saint Benoît, donnaient une physionomie guerrière à cette vaste enceinte consacrée à la prière et à l'étude des sciences et des arts. Le grand portail, qui donnait sur la rue Saint-Martin, fut rebâti en 1575, sous le règne de Henri III, par l'archevêque de Bourges Vialar, alors prieur de ce monastère.

Les jardins de Saint-Martin-des-Champs étaient célèbres dans toute l'Europe par l'antiquité de leurs arbres. Trois cents chênes, dont l'origine était connue, dataient des neuvième, dixième, onzième, douzième et treizième siècles; quatre cent trente-trois

---

parmi eux des astronomes, des mathématiciens, des architectes et des mécaniciens célèbres. Plusieurs de leurs abbés et de leurs prieurs ont été des hommes d'État et des administrateurs illustres. Mais notre pays est la terre de l'ingratitude par excellence, et nos édiles, par ignorance ou par esprit de stupide innovation, ne vont pas se contenter de rayer de la carte de Paris des étiquettes qui rappellent les travaux et les bienfaits des religieux de Saint-Martin; ils font effacer d'une des rues de l'ancienne cour Saint-Martin le nom de saint Hugues, de ce second fondateur de l'abbaye, de cet homme illustre, qui eût été, dans tous les temps, sinon un saint, du moins un pieux personnage, un grand homme d'État et un parfait citoyen. *O præfectus et ædiles!!*

autres, d'une grosseur et d'une hauteur prodigieuse, remontaient sans doute au temps des Druides. Car le parc de cette maison, qui s'étendait sous Philippe-Auguste au-delà de Bercy, n'était probablement qu'une parcelle de ces immenses forêts qui couvraient le sol de la France et qui allaient rejoindre, par les Ardennes, les sombres solitudes de la forêt Noire.

Les religieux de Saint-Martin-des-Champs avaient droit de justice haute, moyenne et basse dans l'étendue des paroisses de Saint-Nicolas-des-Champs et de Saint-Laurent. Quelle que soit l'opinion que l'on ait sur cette matière, on ne peut disconvenir qu'une corporation religieuse ou civile, qui fonde, à ses risques et périls, un ou plusieurs grands centres de population, n'ait le droit très-légitime et très-rationnel d'imposer des lois et des règlemens aux familles qui, volontairement, viennent s'abriter sous le donjon de son cloître ou de sa forteresse. En échange de l'obéissance que les religieux exigeaient de leurs vassaux, ils leur accordaient une protection précieuse alors contre les vexations des tyrans subalternes, veillaient avec une tendresse paternelle à leurs besoins spirituels et matériels et les mettaient en état d'exercer paisiblement leurs métiers, souvent au milieu des luttes et des agitations dont la capitale était le théâtre en ce temps-là comme aujourd'hui. *Tranquille comme un bourgeois de Saint-Martin-des-Champs*, était un dicton populaire qui avait cours encore au dix-septième siècle, et ce proverbe, qui est, comme tous les proverbes, le signet d'une page de l'histoire ou d'un événement remarquable, prouve surabondamment que la félicité domestique n'est jamais mieux ni plus solidement établie que sur les marches du sanctuaire et à l'ombre d'une citadelle, où la justice et les lois ont des archers pour les défendre et d'intègres docteurs pour les appliquer.

Au surplus, Louis XIV, dès l'année 1674, abolit les priviléges de Saint-Martin-des-Champs, ainsi que ceux des autres abbayes, et réunit toutes ces juridictions en une seule, qui relevait exclusivement de l'autorité royale par la création du nouveau Châtelet.

Mais le monastère de Saint-Martin-des-Champs, malgré ses prérogatives, immunités et priviléges (1),

(1) Au nombre de ces priviléges se trouvait le droit de prendre par chaque jour ouvrable une charretée de bois, pour le chauffage du monastère, dans le bois de Vincennes. Philippe-Auguste, ayant fermé ce bois de murailles, donna en échange aux religieux de Saint-Martin une rente annuelle de six livres (550 fr. de la monnaie d'aujourd'hui). Voici ce que nous lisons dans le registre des recettes de ce monastère, à la date du 14 février 1176 : « Item debentur nobis pro usagio nemoris Vincen-
» narum in octava sancti Dyonisii, sex libra parisienses, quæ
» per receptorem regia solvi consueverunt. »

n'aurait pas trouvé place dans notre revue rétrospective des usages et coutumes de notre vieux Parlement, s'il ne jouait un rôle important dans une fondation singulière sur laquelle s'est exercée pendant trois cents ans la patience et la sagacité des plus illustres annalistes de la Magistrature et du Barreau : nous voulons parler de la cérémonie connue, depuis 1450, au Palais, sous le nom de *Fondation de Morvilliers*.

Le jour de la Saint-Martin de chaque année (11 novembre), le prieur, et, en son absence, le sous-prieur, accompagné de cinq religieux du monastère et des maires et officiers laïcs des bourgs et villages qui dépendaient de Saint-Martin-des-Champs (1), se rendaient, sur les neuf heures du matin, à l'hôtel du premier président, et lui offraient *deux bonnets de Palais, l'un doublé de velours pour l'hyver, et l'autre de soye pour l'été*. Ce double cadeau était invariablement précédé de cette harangue, dont la formule est textuellement insérée dans le testament et dans l'acte de donation :

(1) Comme la juridiction des religieux de Saint-Martin-des-Champs était très-étendue, ils avaient plusieurs baillis : un au Beau-Bourg, un au hameau du Vert-Bois, un troisième au Bourg-de-l'Abbé. Ces trois baillis étaient dirigés et contrôlés par un maître-bailli ou maire, qui résidait, quoique séculier, dans l'intérieur du monastère.

« Monseigneur !

» Monseigneur messire Philippe de Morvilliers, premier président en ce Parlement, a fondé en l'é-glise et monastère de Saint-Martin-des-Champs, à Paris, une messe perpétuelle et certain autre service divin, et ordonna, pour la mémoire et conservation de ladite fondation, être donné et présenté, chacun an en ce jour, à monseigneur le premier président du Parlement, qui pour le temps serait, par le *maire* desdits religieux et cinq d'iceux religieux, ce don et présent, lequel il vous plaise prendre en gré. »

La même fondation établissait pour le premier huissier de la Cour le présent d'une *paire de gants* et d'*une écritoire,* qui lui étaient présentés par un des religieux, avec ce *memento* éternel :

« Messire !

» Monseigneur Philippe de Morvilliers, en son temps premier président du Parlement de Paris, a chargé, par une clause expresse de la donation qu'il fit au monastère de Saint–Martin–des–Champs, ledit monastère de vous présenter ces gants et cette écri–toire, en signe de mémoire des bons et loyaux ser-vices que vous ne cessez de rendre à la Cour et au public. »

Nous l'avons déjà dit, la bizarrerie de cette of-

frande, la modicité de sa valeur, l'espèce de pompe
qui accompagnait annuellement la remise de ces
bonnets, de cette écritoire et de cette paire de gants,
ouvrirent un large champ aux conjectures et aux
suppositions de toute nature. Nous prendrons, dans
les mille interprétations données à cette cérémonie,
celle qui nous paraîtra la plus vraisemblable. Mais,
comme presque toujours le caractère et la position
sociale ou politique de l'homme jettent un grand
jour sur ses actes, nous ferons précéder notre explication de quelques mots sur Philippe de Morvilliers.

Doué d'une grande facilité de travail, d'une sorte
d'éloquence à une époque où l'éloquence était encore
inconnue au Barreau, Philippe de Morvilliers ne fit
que passer par le Prétoire, et devint conseiller au
Parlement. Plein de suffisance et d'orgueil, dur, hau-
tain, et *plus ambitieux qu'un magistrat ne devrait
être,* dit un historien du quinzième siècle, il se jeta à
corps perdu dans ces détestables intrigues qui mirent
la France à deux doigts de sa perte, et qui, la dé-
mence du malheureux Charles VI aidant, placèrent
le royaume sous la domination des Anglais.

Or, le testament qui contient la fondation dont
nous parlons est du 4 décembre 1426.

Philippe de Morvilliers était alors premier président du Parlement de Paris. Mais, dit un écrivain,

sa nomination était équivoque, bâtarde et de *fabri-
que anglaise ;* elle était méconnue et désavouée par
le Parlement de Poitiers, le vrai Parlement, le Parlement de la France libre encore, de la France qui
rejetait, comme toujours, la dangereuse et perfide
alliance de l'Anglais, qui abhorrait encore plus sa
domination directe, et qui, de tous les jougs, sup-
porterait le plus difficilement celui de ces abominables insulaires, dont le brigandage commercial se
parait alors, comme aujourd'hui encore, des plus
belles couleurs de l'harmonie universelle.

Philippe de Morvilliers, traître cœur, mais intelligence supérieure, prévoyait bien que l'usurpation
britannique ne pourrait pas durer, et que tôt ou tard
le trône de France rejetterait ce sceptre et cette couronne étrangère, comme la mer revomit sur sa plage
les cadavres que lui ont donnés les tempêtes. Gonflé
de vanité superbe jusqu'à la folie, Morvilliers craignait
par dessus tout que le Parlement de Poitiers, une
fois réinstallé à Paris, ne biffât d'un trait de plume
ce titre de premier président qu'il avait conquis au
prix de l'abandon de ses premiers sermens, au prix
de ses entrailles de citoyen, presqu'au prix de l'honneur de sa race et de l'éclat de son nom.

Il imagina alors de lier à une fondation pieuse
l'offrande que son orgueil léguerait à ses futurs su-

cesseurs les premiers présidens du Parlement de
Paris. Il plaça sous l'égide de la Religion, de la
Charité, du sanctuaire lui-même, cet appétit posthume d'une dignité qu'il avait convoitée, dont il
avait joui et dont il redoutait de voir déshériter sa
cendre.

Et enfin, fait judicieusement observer un historien, pour prévenir le refus que le Parlement aurait
pu faire de son présent, Morvilliers eut l'adresse de
l'accoler à une fondation religieuse et à des œuvres
pies, indivisibles de son legs, de manière que ces
libéralités fussent subordonnées à l'acceptation du
présent. Il pensait bien qu'en lâchant sur le Parlement les religieux de Saint-Martin et les pauvres,
cette Cour aurait la main forcée, finirait par se rendre et par conserver la fondation de Philippe de
Morvilliers, *premier président du Parlement de
Paris.*

Lorsque Charles VII et le véritable Parlement furent réintégrés, l'un sur son trône, l'autre au Palais-
de-Justice, l'acceptation du legs de Philippe de Morvilliers souffrit de grandes difficultés, et fut l'objet
de plus d'une discussion orageuse au sein de la
Grand'Chambre. Mais, d'un côté, les membres qui
étaient de la nomination de Bourgogne, et qui avaient
intérêt à faire valoir celle de Morvilliers ; de l'autre,

les religieux de Saint-Martin-des-Champs, qui n'é-
taient pas d'humeur à perdre le bénéfice de la fondation, agirent et pérorèrent avec tant de concert et
de persévérance, que le Parlement, fatigué de ces
criailleries et de ces intrigues, accepta purement et
simplement le legs perpétuel du premier président,
Philippe de Morvilliers. Il n'a pas fallu moins que
la Révolution française pour engloutir cette coutume,
qui s'était immergée et fondue depuis trois siècles
dans les mœurs parlementaires.

Quoi qu'il en soit, ce premier président Philippe de
Morvilliers eut en son temps la réputation d'un magistrat sévère jusqu'à la cruauté. Voici ce qu'on lit
touchant ce personnage dans le *Journal de Paris* de
1444, page 78 :

« Item. En ce temps-là, avait à Paris le premier
président de Parlement, nommé Philippe de Morvilliers, le plus cruel tyran que homme eust vu à
Paris ; car pour une parolle contre sa voulenté, ou
pour surfaire aucune denrée, il faisait percer langues
et il faisait mener bons marchands en tumberaulx
parmi Paris et Gens tourner au pillory, etc. »

Pour être juste, il faut dire que le premier président de Morvilliers se trouvait alors dans une de ces
crises politiques où l'inflexibilité du magistrat est
non-seulement un devoir, mais une nécessité. Cette

populace de Paris, composée du rebut des popula-
tions de toutes les provinces du royaume, se livre à
d'abominables excès quand l'autorité souveraine
tombe en des mains débiles ou inexercées ; il est urgent alors que les dépositaires des lois prennent l'i-
nitiative du pouvoir pour mettre un frein de fer à des
débordemens partiels, à des délits journaliers qui
dégénéreraient bientôt en séditions et en révoltes.
Les torts de Philippe de Morvilliers ne sont pas, aux
yeux de l'histoire, d'avoir appesanti le glaive de la
justice sur la tête de quelques centaines de misérables qui se font un jeu de plonger leur patrie dans
le deuil, et de semer partout l'épouvante et la désolation ; non, sans doute. Ce que l'équitable histoire
reprochera à ce premier président, c'est de ne point
avoir été fidèle à son roi, à son pays, aux traditions
vénérables de ce Parlement dont il était l'une des lumières et l'une des colonnes ; c'est surtout d'avoir
bassement, servilement accepté la domination d'un
prince étranger, et, entraîné par une ambition coupable, de s'être avili j'usqu'à recevoir l'investiture
anglaise de la dignité si haute, si belle, si nationale
de premier président du Parlement de Paris.

Les religieux de Saint-Martin-des-Champs conser-
vaient dans leur église, qui n'avait, à l'exception du
grand autel construit sur les dessins de Mansard,

rien de bien remarquable, le tombeau de Philippe de
Morvilliers et de Jeanne du Drac, son épouse (1).
Le premier président et sa femme étaient représentés
couchés, tenant entre leurs mains un livre de prières.
Philippe de Morvilliers était décédé le 25 juillet 1438,
et sa femme l'avait précédé d'une année dans la
tombe, le 11 avril 1437.

La famille de ce magistrat a fourni par la suite au
Parlement, à l'église et à l'armée des personnages
aussi distingués par leurs lumières que par leur fidélité à la France. Parmi les membres les plus illustres
de cette famille il faut citer Pierre de Morvilliers (fils
de Philippe), qui devint chancelier de France en
1461, et qui fut mêlé, d'une manière fort honorable,
à toutes les affaires importantes de son temps ; —
Gaspard de Morvilliers, capitaine de cinquante
hommes d'armes, guerrier plein d'audace et de
bravoure, qui fut tué à Pavie en s'efforçant, avec une

(1) Le tombeau de Philippe de Morvilliers et de sa femme, curieux sous le rapport de l'art, avait été, par les soins de monsieur Alexandre Lenoir, transporté au muséum des Petits-Au-
gustins. Dans les premières années de la Restauration, les différens monumens funèbres dont se composait ce musée furent
restitués aux églises auxquelles ils appartenaient. Nous ignorons
où le tombeau du premier président de Morvilliers fut transporté.
Triste et nouvelle leçon pour les ambitieux, la fondation et le
tombeau d'un magistrat affamé de renommée se sont évanouis à
la fois.

poignée de soldats, de couvrir la retraite de François premier ; — Jean de Morvilliers, évêque d'Orléans, l'un des plus savans prélats du seizième siècle, et qui, tour à tour lieutenant-général de Bourges, doyen de la Cathédrale de cette ville, conseiller au Grand-Conseil, maître des requêtes, ambassadeur à Venise et député au Concile de Trente, se fit remarquer dans les diverses phases de sa multiple carrière par son zèle pour les intérêts de la religion et de l'État, et par une énergie peu commune, tempérée par une piété sincère et par un profond amour de la justice.

Le 11 novembre de l'année 1616, — jour de la Saint-Martin et de la rentrée annuelle du Parlement, — l'hôtel du premier president était plein de bruit et de mouvement (1). Trois cérémoniers illustraient en effet chaque année depuis des siècles cette journée si chère à la religion et à la justice. A huit heures du matin le premier président recevait de la députation des religieux de St-Martin-des-Champs l'hommage des *bonnets* de la fondation Morvilliers ; à neuf

---

(1) L'hôtel du premier président avait été transféré en 1667 dans l'ancien hôtel du bailliage. Cet hôtel, ainsi que nous l'avons dit dans un de nos précédens chapitres, dépouillé des embellissemens qui avaient été faits par les divers premiers présidens de 1607 à 1789, privé, dès le dix-septième siècle, de ses magnifiques jardins, est aujourd'hui l'hôtel de la Préfecture de Police.

heures on célébrait en grand'pompe, dans la salle
des Pas-Perdus, la messe rouge (1), pour appeler la
bénédiction du ciel et les lumières de l'Esprit-Saint
sur les décisions de la justice des hommes, et demander au grand justicier de là-haut la pureté de
la conscience et l'énergie de la vertu ; à midi, le Parlement tout entier, présidens à mortiers, conseillers,
gens du roi, etc., dînait chez le premier président, et
préludait dans cette agape solennelle à cette admirable solidarité qui unissait entr'eux tous ces capitaines de la loi, qui reliait en un seul faisceau toutes les
lumières, tous les héroïsmes, tous les dévouemens
et toutes les splendeurs de l'antique sénat de la
France (2).

(1) On appelait la messe de la rentrée la *messe rouge*, parce que
le Parlement y assistait en grand costume, robes rouges, épitoges,
chausses et mortiers. « Je n'ai jamais rien vu de si beau, » écri-
vait le nonce, depuis cardinal de Bentivoglio, « que la messe du
Saint-Esprit du Parlement de Paris. J'ai assisté à Rome à bien
des consistoires de cardinaux, présidés par le Souverain Pontife
en personne; mais j'avoue que l'aspect de cette réunion de
princes de l'église n'a point un caractère aussi auguste, aussi
imposant que cette assemblée des sages de la France. » Rien
n'était plus magnifique, en effet, et plus capable de faire aimer
et respecter la justice par les peuples que les austères et tout à
la fois pompeuses cérémonies du Parlement de Paris.

(2) Sous François Ier le dîner de la saint Martin avait lieu à
onze heures; sous Henry III, Henry IV et Louis XIII, à midi,
c'était l'heure du dîner à la cour et à la ville. Sous Louis XVI,
on dînait à deux heures..

Donc les soins à prendre, les dispositions à faire, les préparatifs à exécuter pour ces différentes cérémonies agitaient non-seulement le nombreux domestique de l'hôtel de la présidence, mais encore les huissiers, massiers et sergens du Parlement, qui, ce jour-là, se groupaient et campaient en quelque sorte sous les riches lambris du souverain parlementaire. M. Nicolas de Verdun était alors premier président; c'était un homme austère dans ses mœurs, simple dans ses goûts, mais qui savait déployer, dans les occasions importantes, le luxe, la grandeur et la magnificence qui conviennent au suprême représentant d'un grand corps, au chef respecté de la plus haute et de la plus noble magistrature du royaume.

L'exactitude était la politesse des premiers présidens. A huit heures moins un quart, M. Nicolas de Verdure, revêtu de sa toge et de son épitoge, était dans le petit salon de réception, en compagnie du doyen de Grand'Chambre et d'un président à mortier, et, à huit heures sonnant à la tour de l'Horloge, le maire et religieux de Saint-Martin-des-Champs — car l'Eglise est aussi scrupuleuse que le prétoire quand il s'agit de mesurer le temps — précédés de deux bedeaux du monastère et de deux massiers du Parlement, étaient introduits auprès de monseigneur le premier président.

Après la harangue d'usage, le remercîment fort laconique du premier président et la remise des deux bonnets, les maire et religieux de Saint–Martin, ainsi que leur suite, qui se composait ordinairement de quelques hauts employés laïcs du monastère, prenaient congé et suivaient le doyen de la Grand' Chambre. Ce magistrat les conduisait, précédé, cette fois, de quatre massiers au lieu de deux, dans une petite salle au rez-de-chaussée de l'hôtel, où une collation, ou plutôt un déjeuner, très-bien ordonné, était servi. Le catalogue des mets qui étaient étalés sur la table du repas matinal nous a été transmis par le révérend père Bussard, religieux de Saint–Martin–des–Champs, dans un petit livre fort précieux et fort rare, intitulé : *Des fêtes célébrées en l'église du monastère de Saint–Martin–des–Champs et des fondations pieuses qui ont été faites en icelui monastère*. Ces mets étaient en première ligne : une alose à la saupiquette, deux carpillons frits à l'huile, deux buissons d'écrevisses, une anguille au court-bouillon, deux salades, un turbot, des haricots de la Saint–Jean, des choux-fleurs de Châtillon, des artichaux frits au beurre, des goujons à la poêle, des pieds de céleri, et parmi les *droleries*, dont les moines étaient toujours friands, des massepains, de la gelée de pomme de Rouen, des pâtes ou gimblettes

des religieuses de Poissy, du pain d'épices de Reims,
des poires de bon-chrétien et de messire Jean, du
chasselas de Fontainebleau, des pommes du Val–
Amaury, près Lisieux, et des croquignoles à l'angélique du confiseur Guillot, de la rue des Lombards, si
renommé sous le règne de Henri IV et de Louis XIII.
Ces mets, variés, solides ou délicats, étaient arrosés
par les vins les plus généreux de la cave de la présidence et qui étaient des meilleurs crus de la Bourgogne, de l'Orléanais et de la Champagne. Le doyen
de la Grand'Chambre faisait, au nom du premier
président, les honneurs de la table, et les laquais de
M. Nicolas de Verdun, sous les yeux d'un maître
d'hôtel adjoint, versaient aux bons religieux, à la
ronde, dans les vénérables gobelets d'argent légués
au Palais de la présidence par Adam de Cambray,
premier président en 1455 (1), les ondes parfumées
du chambertin, de Pomard et d'Aï.

---

(1) Le premier président Adam de Cambray laissa, par une
clause de son testament, daté du 5 de mars 1456, un belle douzaine
de *hanaps* ou gobelets d'argent, de structure très-haute, à l'hôtel
et au mobilier inaliénable de la première présidence. Ces gobelets,
qui étaient ciselés et ornés des figures en relief des rois et reines
de France, furent conservés précieusement par les successeurs
d'Adam de Cambray. Des larrons profitèrent du grand incendie
du Palais, en 1618, pour en voler six ; la révolution de 1789 se
chargea de parfaire l'œuvre des voleurs du dix-septième siècle en
fondant les six derniers.

Le doyen de la Grand'Chambre, qui présidait à ce repas (qui ne durait pas plus d'une demi-heure), n'était là que pour la forme. Il ne mangeait pas et se bornait à porter de temps à autre son gobelet à ses lèvres pour honorer ses convives. Mais le maire, les religieux de Saint-Martin et les dignitaires laïcs de leur maison, qu'ils avaient amenés avec eux, se livraient franchement aux inspirations de leur appétit ou de leur gourmandise, et la table se trouvait d'habitude complétement veuve de ce qui la couvrait quand les visiteurs reprenaient le chemin du monastère.

Les choses se passèrent en 1616 comme à l'ordinaire. Le maire et le sous-prieur firent un petit compliment à M. le doyen de la Grand'Chambre, et celui-ci, après leur avoir répondu, les accompagna jusqu'à l'étroite porte qui donnait, par un corridor obscur, sur le quai des Morfondus. Là on se quitta. M. le doyen était revenu sur ses pas et franchissait déjà le grand escalier de l'hôtel pour aller rejoindre le premier président, lorsque des cris et des imprécations se firent entendre. Il s'arrêta pour connaître le sujet de ce tumulte et vit venir à lui le maître d'hôtel.

— Monsieur le doyen, lui dit l'officier de bouche tout essoufflé, je viens de m'apercevoir à l'instant qu'un des grands gobelets de Cambray (1) a été volé. Je réponds, corps pour corps, des domestiques de monseigneur le premier président ; on ne peut donc soupçonner le voleur que parmi les députés laïcs du monastère de Saint-Martin. Voulez-vous m'autoriser, Monsieur le doyen, à faire courir après les religieux et leur suite.

— La chose est grave, maître Barnabé, répondit le doyen de la Grand'Chambre, et si vous n'étiez pas bien sûr de la réalité du larcin et de la possibilité de mettre la main sur le véritable larron, vous infligeriez une étrange avanie aux religieux de Saint-Martin.

— Quant à la réalité du larcin, répartit le maître d'hôtel, je n'en suis malheureusement que trop convaincu ; j'ai compté les pièces d'argenterie ; il m'en manque une, et c'est le gobelet qui représente la reine Blanche, mère de saint Louis, le hanap le plus ouvragé, Monsieur le doyen, un vrai chef-d'œuvre ! J'ai fait chercher dans tous les coins de la salle, et on n'a rien trouvé. En outre, Bastien, le laquais d'audience (2), a parfaitement remarqué qu'un des offi-

(1) On appelait les hanaps les gobelets de Cambray, en mémoire du donateur. En outre, chaque gobelet avait son nom propre, selon le roi ou la reine qu'il représentait : il y avait le Philippe-Auguste, le Louis-le-Gros, le Henry, etc.

(2) Le laquais d'audience était le serviteur qui portait la queue

ciers du monastère a caché subtilement dans la poche de son pourpoint un objet qu'il n'a pas cherché à reconnaître, tant ce brave garçon était éloigné de croire qu'un suppôt de monastère fût capable de commettre un crime aussi énorme.

— Et ce Bastien est bien sûr d'avoir assisté à la perpétration du crime? fit le doyen; ce n'est point une vision, ce n'est point un soupçon?

— Ce n'est ni une vision ni un soupçon, Monsieur le doyen, et, si vous voulez, je vais envoyer quérir Bastien.

— Il faut consulter M. le premier président avant d'agir, reprit le magistrat, et je vais, de ce pas, lui raconter l'aventure et lui demander son avis.

— Mais, Monsieur le doyen, s'écria le maître d'hôtel impatienté des sages lenteurs du formaliste doyen, le temps va se passer en allées et venues, et, pendant ce délibéré, le voleur échappera et aura le temps de se défaire du fruit de son crime. M. le premier président est trop occupé en ce moment pour répondre *ad rem* à votre relation; il va partir pour *la messe rouge;* agissez donc *proprio motu*, Monsieur le doyen, puisqu'au surplus c'est vous, vous

du premier président lorsque ce dignitaire du Parlement quittait la Grand'Chambre ou y entrait pour tenir l'audience.

seul qui receviez en lieu et place de monseigneur le premier président les religieux de Saint-Martin et leurs honnêtes acolytes.

M. le doyen fit la moue et hocha la tête d'une façon dubitative.

— Une observation encore, Monsieur le doyen, si vous voulez bien me le permettre, reprit le maître d'hôtel, qui semblait être sur des charbons ardens, l'objet volé n'appartient pas exclusivement à monseigneur le premier président, qui n'en a que l'usufruit, il appartient au Parlement tout entier, et, à ce titre, vous devez, — comme tout autre président ou conseiller, — agir *tutò, citò et jucundè.*

Cette dernière considération, qui n'était pas sans importance aux yeux d'un parlementaire jaloux à l'excès des immunités et prérogatives de son corps, fixa les irrésolutions du doyen de la Grand'Chambre.

— Faites courir après les religieux de Saint-Martin, fit-il avec une volubilité de langage qui contrastait singulièrement avec ses tâtonnemens de tout à l'heure; ramenez-les tous ici..... Surtout, gardez-vous d'employer des formes acerbes, et ne leur laissez point deviner les soupçons qui planent sur l'un de leurs officiers civils. N'oubliez pas un instant le respect que vous devez à l'habit qu'ils portent et au caractère sacré dont ils sont revêtus.

M. le doyen articulait encore ses dernières recommandations, que le maître d'hôtel était déjà loin,
donnant à quatre vigoureux laquais et à trois huissiers de la présidence l'ordre de se mettre aux trousses des religieux et des suppôts de leur haute,
moyenne et basse justice.

Une demi-heure après, les religieux et leur suite
rentraient, plus vite qu'ils n'en étaient sortis, dans
la salle où ils avaient si galamment déjeuné aux frais
du premier président. Le doyen de la Grand'Chambre était là, qui les attendait.

Le doyen n'était plus cet Amphitryon aimable qui
naguère encourageait du sourire et du geste les co-
pieuses libations de ses convives ; c'était un magistrat
à l'attitude glaciale, au front sévère, au regard in-
terrogateur qu'ils avaient devant eux. Ce changement
de physionomie n'échappa à aucun des donneurs de
bonnets.

— Monsieur le doyen, dit le sous-prieur de Saint-
Martin, vous nous permettrez d'être étonnés de
notre brusque retour en ces lieux...

— Vous aurait-on violentés, mes pères et messieurs? interrompit brusquement le magistrat.

— En aucune façon, Monsieur le doyen, reprit le
sous-prieur; mais nous touchions déjà aux premières
maisons du pont Notre-Dame, quand les laquais de

monseigneur le premier président nous ont invités—
fort civilement à la vérité—à rétrograder. Cela nous
a paru étrange ; mais cependant nous avons obtem-
péré à leur invitation, en nous réservant le droit de
vous demander, Monsieur le doyen, l'explication de
ce retour, qui, je vous l'avoue, a fort intrigué le
peuple sur notre passage ; il murmurait...

— Ne mêlons pas le peuple à tout ceci, interrompit
le doyen de la Grand'Chambre d'un ton sévère. Le
peuple sait fort bien, mon révérend père, que l'hôtel
du premier président du Parlement de Paris n'est
point une arène où les serviteurs de Dieu sont livrés
à la dent des tigres et des lions. Il sait encore fort
bien, ce peuple, qui, selon vous, murmurait, que
la justice doit être obéie par tous les ordres de l'État,
et que les ecclésiastiques et les religieux eux–mêmes
ne sont jamais si respectables aux yeux des citoyens
que lorsqu'ils se soumettent humblement à la volonté du roi et à la justice de son Parlement.

Le sous-prieur de Saint-Martin baissa les yeux,
croisa les bras sur sa poitrine et s'inclina.

Le doyen de la Grand'Chambre, après quelques
instans de silence, reprit d'une voix plus douce :

— Vous me demandez, mon révérend père, le
motif de votre retour dans cet hôtel, dans cette salle,
où, au nom de M. le premier président, j'ai été si

heureux tout à l'heure de vous accueillir et de vous fêter. En me posant cette question, vous êtes dans votre droit, et je vais, moi, vous répondre aussi selon mon devoir et mon droit.

Le magistrat s'arrêta, et promena ses regards froids et acérés sur toutes les personnes de la suite du sous-prieur de Saint-Martin. Un visage blême, dont les muscles tressaillaient sous l'impression arcane de la honte et de la peur, fixa l'attention du doyen. Il examina attentivement l'homme à qui appartenait cette figure, et, au signalement qui lui en avait été donné par le laquais d'audience Bastien, il ne put méconnaître le coupable.

— Mon révérend père, reprit le magistrat, au mépris des lois de l'hospitalité que les scélérats eux-mêmes observent et respectent, au mépris des pré-ceptes et des commandemens de notre sainte Reli-gion, que mieux que tout autre il doit être à même de connaître, un de vos suppôts a commis ici, dans ce lieu même, un crime hideux, un vol !...

— Ah ! Monsieur le doyen, interrompit vivement le sous-prieur, dont une pudique indignation em-pourprait les joues amaigries, pourriez-vous croire qu'un religieux, qu'un homme revêtu de la robe de saint Benoist soit assez abandonné de Dieu, soit assez livré au démon pour commettre un si détesta-ble crime ?

— A Dieu ne plaise, mon révérend père, que
j'impute aux vénérables religieux de Saint-Martin
une action qui allume si légitimement en vous une
sainte colère! Non, mon révérend père, détrompez-
vous, de grâce; vous êtes, vous et vos frères, au-
dessus du soupçon; mais le prophète Élysée, tout
juste qu'il était, avait un serviteur infidèle et larron.
Pourquoi Dieu vous favoriserait-il plus qu'il n'a
favorisé ses prophètes? Pourquoi, dans le nombre
de vos serviteurs, ne se rencontrerait-il pas un nouveau Giési?

— Ah! Monsieur le doyen, cela serait-il bien
possible! exclama le religieux d'un air de doute.

— Huissiers, fouillez cet homme, dit le doyen en
indiquant du doigt le suppôt dont il avait remarqué
la pâleur, et prouvez à M. le sous-prieur de Saint-
Martin-des-Champs que la justice humaine est parfois aussi clairvoyante que la justice de Dieu.

Les huissiers entourèrent l'homme qui leur était
désigné. Celui-ci, après avoir fait mine de vouloir
résister, se laissa fouiller patiemment, et on ne tarda
point à retrouver dans la doublure de son pourpoint
le précieux gobelet d'Adam de Cambray.

— Ah! Giacomo Vibrelli! s'écria douloureusement
le sous-prieur, est-ce ainsi que vous récompensez la
sollicitude et la confiance qu'avaient en vous les
religieux de Saint-Martin-des-Champs?

Le larron releva la tête ; l'orgueil du crime avait chassé la pâleur de son front et le remords de sa conscience.

— Vous avez doublement trahi les devoirs de l'hospitalité, Giacomo, poursuivit le religieux, vous étranger ! vous, nourri de notre pain, désaltéré de notre eau, vous nous forcez à rougir de votre crime, à regretter notre charité ! !

Et deux grosses larmes sillonnaient les joues du bon religieux.

Giacomo, debout, restait impassible. La voix de l'un de ses bienfaiteurs n'arrivait point jusqu'à son cœur cuirassé de bronze et de granit.

— Quel emploi ce misérable tenait-il chez vous, demanda le doyen au sous-prieur.

— Giacomo Vibrelli était bailli-tabellion de notre hameau du Vert-Bois. C'est une place que nous avions créée tout exprès pour lui, répartit le sous-prieur.

— L'eussiez-vous créée pour un Parisien, pour un Français? fit le doyen.

Le religieux baissa les yeux et répondit timidement :

— Je ne le crois pas.

— Aidons d'abord notre frère et nous aiderons le voisin ensuite. Semer dans le champ de l'ingratitude

c'est vouloir moissonner des humiliations et des af-
fronts. Puisse, mon révérend père, cette triste aventure vous servir de leçon!!

Puis, de cette voix magistrale qui avait tant d'écho
et tant de force sous la toge parlementaire, le doyen
de la Grand' Chambre dit, en se retournant du côté
des huissiers :

— Qu'on mène Giacomo Vibrelli dans les prisons
de la Tournelle criminelle.

Puis, s'adressant aux massiers du Parlement :

— Que deux d'entre vous, ajouta-t-il, conduisent
monsieur le sous-prieur de Saint-Martin-des-Champs
jusqu'à son monastère (1). Que le peuple apprenne
cette fois encore que le Parlement est également
prompt à atteindre le crime et à honorer la vertu!!

---

(1) L'usage de faire reconduire les religieux de Saint-Martin
de l'hôtel du premier président jusqu'au monastère, par deux
massiers du Parlement, a subsisté depuis cette époque—1616.

LE JUGEMENT.

Ce Giacomo Vibrelli était un de ces aventuriers italiens venus par milliers en France à la suite de la reine Marie de Médicis. Car cette bonne terre gauloise a cela de bon, qu'elle offre toujours, monarchie ou république, un asile commode à tous les vagabonds qui se disent les soldats d'une idée ou les soldats d'une couronne. Ils sont accueillis, choyés, fêtés, célébrés même quelquefois en prose et en vers, et, tandis que les enfans de la maison gémissent sous le poids des impôts ou sous le fardeau plus lourd encore de la misère, ces guerriers, ces savans, ces diplomates ou ces banqueroutiers nomades sont grassement payés, pour l'honneur qu'ils ont fait à la France de la choisir pour refuge, et, deux ou trois ministres aidant, on les comble de places, de chaires, de pensions, de dignités et d'honneurs, au détriment des hommes de mérite, de cœur ou de talent qui ont l'invincible malheur d'être nés entre le Rhin, les Pyrénées, les Alpes et l'Océan.

C'est le défaut capital de notre nation de n'avoir ni esprit public, ni fraternité sincère. Il faut, pour parvenir au piédestal que l'on doit occuper, se revê-

tir de couleurs étrangères. Jean-Jacques Rousseau
attira l'attention publique par sa robe d'arménien, et
la belle campagne de Buonaparte en Italie, en 1796,
n'aurait pas suffi pour populariser son génie, si le
jeune général n'eût pas eu l'idée d'aller mitrailler les
Mameloucks, et arborer le drapeau de la France sur
le sphinx colossal du tombeau de Sesostris. C'est à
nous qu'on peut appliquer le mot de l'Evangile :
nullus est in regione propheta, on n'est pas prophète dans son pays. Passe encore si on ne pouvait
pas être prophète, mais heureux!!

Cette indulgence qu'on a pour les étrangers en
France se retrouve jusque dans le sanctuaire de la
justice. « Vos lois ont des griffes pour les nationaux,
disait plaisamment, il y a près d'un siècle, le baron
de Grimm, mais elles ont soin de mettre des gants
lorsqu'il s'agit de corriger un étranger. Ce qui était
vrai il y a cent ans l'était également il y a deux
siècles, l'est peut-être, je ne jurerais pas, encore aujourd'hui.

Giacomo Vibrelli, avait tout avoué devant les juges
de la Tournelle. Comme tous les voleurs doués de
quelque philosophie pratique, il avait mis sur le
compte de l'ivresse le larcin dont il s'était rendu
coupable; il avait plaidé le libre arbitre, et avait
discouru longuement sur les folies causées par l'in-

tempérance, en appuyant modestement ses raisons de l'exemple d'Alexandre-le-Grand, donnant, à l'issue d'un festin, l'ordre de tuer son meilleur ami ; des Centaures et des Lapithes ; de Loth enivré par ses filles, et de mille autres traits empruntés à l'histoire profane et à la Bible. Malheureusement pour Giacomo, les juges n'étaient que trop édifiés sur son compte, et on savait à quoi s'en tenir sur tous ses beaux semblans de morale et de prudhommie. Les religieux de Saint-Martin-des-Champs avaient été entendus dans l'instruction, et on avait appris, à livres, sous et deniers, la valeur du personnage.

Recommandé par la Concini, favorite de la reine Marie, au prieur de Saint-Martin-des--Champs, cet Italien, à force d'adulations, de soins serviles et de bassesse (que les bons religieux décoraient du titre d'humilité), était parvenu à captiver la bienveillance des dignitaires de la maison. On lui confia d'abord le modeste emploi de visiteur laïc (1), et il,

---

(1) Quelques ordres religieux s'adjoignaient des laïcs, sous le nom de visiteurs, pour distribuer des aumônes et répandre des largesses sur les familles indigentes, et particulièrement sur les pauvres honteux, la classe la plus intéressante et la plus difficile à découvrir chez la grande nation des misérables, dans l'acception honnête du mot. Les Génovéfins, les Victorins, les Barnabites, les Récollets et les religieux de Saint-Martin avaient dés visiteurs laïcs.

s'acquitta de ces fonctions difficiles avec un zèle et une piété exemplaires. On le fit bientôt gardien des archives et de la bibliothèque du monastère, et il remplit également bien cette nouvelle charge. Toutefois, il y avait dans cette bibliothèque des livres et des manuscrits précieux, et un médailler riche surtout en monnaie d'or du Bas-Empire et de la seconde race de nos rois. Un jour on s'aperçut que plus de vingt-cinq des plus rares et des plus excellens ouvrages avaient disparu, et que cent dix-sept médailles s'étaient envolées de leurs cadres. On s'étonna, on s'émut; mais le rusé Giacomo prouva que des voleurs nocturnes s'étaient introduits par-dessus les murs du jardin dans la galerie de la bibliothèque; il montra même, à l'appui de son dire, les débris d'une échelle de corde et la corne d'une lanterne sourde : il n'en fallut pas davantage pour raffermir la crédule confiance des religieux, et les larmes de crocodile que le scélérat versa en abondance achevèrent de le rendre plus blanc que neige. Ce fut quelques mois après cette aventure que le prieur de Saint-Martin, pour récompenser le Florentin de sa belle gestion, comme bibliothécaire, le promut à la charge de bailli-tabellion du hameau du Vert-Bois, qui dépendait, ainsi que nous l'avons déjà dit, de la juridiction temporelle des religieux de Saint-Martin-

des-Champs. L'instruction démontra, au grand éba-
hissement des religieux, que Giacomo Vibrelli avait
commis, dans ses doubles fonctions de tabellion-
bailli, des détournemens frauduleux, des concussions
effrontées, des dilapidations énormes, et trois faux
en écriture publique!

Cependant, les juges de la Tournelle criminelle in-
clinaient à la miséricorde : c'était un étranger! — Cet
homme avait dépouillé non-seulement un monastère, mais la France, de livres et de manuscrits d'un
prix inestimable; il avait fondu des monnaies qui
sont les portraits de famille d'une nation; il avait —
après avoir volé clandestinement — volé à la clarté
du jour par des actes stellionaires, par des faux matériels. Que voulez-vous? il faut user d'indulgence :
c'est un étranger! Grâce à ce refrain, fort chrétien
peut-être, fort politique, c'est encore possible, mais
fort absurde et fort injuste, Giacomo Vibrelli allait
vraisemblablement en être quitte pour quelques années de prison, contrairement à l'application ordinaire de la loi, qui punissait du gibet et des galères
des actes pareils, quand un incident qui se produisit
tout à coup changea subitement aussi la disposition
des juges.

On allait aller aux opinions; déjà M. de la Ché-
lude, président à mortier, de service à la Tournelle,

se levait pour recueillir les voix, lorsqu'un grand bruit se fit entendre à la porte de la salle, et presque aussitôt on vit entrer avec fracas le maréchal d'Ancre, escorté de cinq ou six coupe-jarrets italiens qu'il décorait du titre d'aides-de-camp. Six aides-de-camp pour un Concini devenu maréchal de France, lorque Crillon, Biron et Sully n'en avaient que deux en temps de guerre!!!

D'Ancre se découvrit en entrant dans la salle d'audience, et dit, avec cet accent et ces gestes italiens que les courtisans appelaient les *arlequinades* de M. de Concini :

— *Messiours! ze viens...*

En cet instant, le président, M. de Chélade, magistrat plein d'énergie et d'éloquence, s'apercevant que le maréchal avait gardé son épée, fit signe à deux huissiers du Parquet de la lui ôter.

— Monsieur le marquis d'Ancre, dit le président, tandis que le maréchal, stupéfait, se laissait docilement désarmer, votre qualité d'étranger ne vous a point mis dans l'obligation de connaître les lois et les usages de la France : la Cour vous avertit donc et ne vous vitupère pas.

— *Ze souis maréchal de France*, balbutia d'Ancre, dont l'hypocrite mansuétude masquait une colère haineuse.

— Les véritables maréchaux de France, répliqua vivement le président, ne paraissent en armes que devant l'ennemi, et jamais devant la justice de leur pays.

Le Florentin se résigna; mais un des bandits de son escorte, à la moustache tordue à la Turquesque, à l'œil fauve, au nez de vautour, se prit à dire d'une voix qu'il s'efforça de rendre terrible :

— *Messiours ! la liberté exige...*

— La liberté ! interrompit avec feu le magistrat, la liberté qui deviendrait le mot d'ordre des assassins, des incendiaires et des pillards, serait la pire de toutes les tyrannies, et le mot serait le plus effroyable des mots. Cessez donc de profaner cette grande expression d'une grande idée, et apprenez à penser et à parler.

Et, comme le capitan relevait la tête d'un air superbe, en frisant de sa main droite, chargée de bagues, les poils de sa moustache :

— Huissiers, ajouta M. de Chélade, conduisez cet homme et sa troupe à la porte de l'audience.

Et le président accompagna ces fermes paroles d'un regard qui pétrifia le matamore et les fanfarons de sa bande, qui le suivirent l'oreille basse.

Le maréchal d'Ancre se trouva ainsi tout à coup isolé devant un tribunal dont la sévérité lui était acquise, au milieu d'un Barreau qui lui était hostile, et sourdement honni par un auditoire qui l'exécrait, en sa qualité d'Italien, d'assassin et de favori.

Le maréchal-marquis d'Ancre se recueillit quelques instants pour maitriser la rage qui le possédait et qu'il ne pouvait exhaler librement. Puis, sur l'invitation du président, il prit la parole dans ce jargon burlesque, moucheté d'italien et de français, qui avait fait de cet homme le plus divertissant coquin de la cour de France avant d'en être le plus vil et le plus méprisable.

Concini demanda, au nom de la reine régente, au Tribunal de la Tournelle ni plus ni moins que l'absolution pure et simple de Giacomo Vibrelli, le voleur faussaire de Saint-Martin-des-Champs. La reine et *moi*, ajouta insolemment ce sycophante, nous nous intéressons vivement à ce *pauvre homme*, plus étourdi que criminel, et qui est notre compatriote. Et c'est au nom de Sa Majesté que je viens le réclamer.

L'auditoire de la Tournelle, qui se composait habituellement des mariniers du port Saint-Landry et des petits bourgeois, artisans et marchands de la rue des Marmousets, des Ursins, de la Calandre et aux Fèves, accueillit par des murmures de réprobation l'impertinent discours de Concini.

Le président calma les frémissemens de l'indignation populaire, et, de cette voix stridente et accentuée qui arrachait par lambeaux le masque d'honneur dont se couvrent hypocritement les passions les plus basses, les vices les plus abjects, les crimes les plus énormes, il répondit :

— La Cour est étonnée qu'un maréchal de France vienne donner ici l'exemple de la désobéissance aux lois et de l'oubli du respect que l'on doit aux magistrats en essayant de soustraire un coupable au glaive de la justice ; la Cour est encore plus surprise et plus scandalisée de voir M. le marquis d'Ancre oser se servir dans ce sanctuaire de l'auguste nom de la reine pour ébranler la fidélité de nos consciences, et nous faire oublier ce que nous devons à Dieu, au roi, à l'Etat. La Cour, par ma voix, critique et vitupère la harangue de M. le maréchal d'Ancre, et, nonobstant ladite harangue, passe outre aux débats et va délibérer sur l'application de la peine.

Ces paroles furent un coup de foudre pour le présomptueux courtisan, qui tomba pâle et défait sur un banc du Barreau.

La Cour, cinq minutes après, prononçait son arrêt. Elle condamnait à vingt-cinq ans de galères Giacomo Vibrelli, le compatriote de Marie de Médicis, le protégé de M. le maréchal d'Ancre.

Cet arrêt sévère, mais juste en tout point, fut salué

par les bravos unanimes de l'auditoire. Deux hommes, le condamné et Concini, frissonnèrent d'épouvante de cette unanimité dans la justice du Parlement et dans la justice du peuple.

La Tournelle avait glorieusement fait son devoir en punissant un criminel obscur, en marquant du sceau de la réprobation le front d'un criminel puissant et impuni.

Marie de Médicis fit peut-être aussi son devoir d'Italienne et d'amie du marquis d'Ancre en ordonnant, dès le soir même, l'élargissement de Giacomo Vibrelli, qui alla se réfugier, comme dans un asile inviolable, à l'hôtel du maréchal d'Ancre, rue de Tournon, près de l'hôtel de Condé.

Les grilles de la Conciergerie s'ouvrirent à deux battans, sur l'ordre écrit de Marie de Médicis, pour laisser passer le tabellion faussaire des religieux de Saint-Martin-des-Champs, et cet infâme monta effrontément dans le carrosse du maréchal, sous les yeux même de ce peuple qui avait applaudi à sa condamnation.

C'est alors que l'on vit jusqu'où peut aller, sous un gouvernement faible et corrompu, l'impudence des hommes flétris par la justice et l'arrogance des scélérats soutenus par un grand crédit politique.

Giacomo Vibrelli se montra partout avec le maréchal d'Ancre : satellite de toutes les heures, compagnon de toutes les pratiques de dévotion ou de plaisir, on voyait ce bandit assister le matin au Louvre à la messe de la reine avec Éléonore Galigaï, femme du favori ; à midi jouer à la paume avec le maréchal dans le tripot de la rue Froidmantel ; et le soir on le retrouvait encore dans les cours du Louvre s'entretenant familièrement avec les courtisans subalternes et se livrant avec toute la fougue florentine à des récriminations amères contre le Parlement qui l'avait jugé, contre le peuple de Paris qui l'avait hué, contre l'État même qui le nourrissait. Dans l'opinion de ce faquin, tous les honneurs, tous les trésors de la France devaient être inféodés aux *condottieri* de toutes les couleurs, qui venaient fondre alors, comme aujourd'hui, sur notre trop généreux pays. A l'entendre, la France pouvait s'enorgueillir, à bon droit, d'être le nid où les reptiles de l'Europe viennent couver les œufs empoisonnés de la révolte et de l'immoralité !

Le maréchal d'Ancre, qui avait pour but secret de s'emparer de l'autorité souveraine et de régner sous le nom de la trop crédule Marie de Médicis, cherchait constamment à augmenter le nombre de ses créatures. Les charges nombreuses et importantes que possédait le maréchal le mettaient à même de satisfaire

bien des cupidités et de flatter bien des ambitions (1).
Mais entre les mendians du pouvoir et le dispensateur des grâces royales, un truchement, un homme
habile, un intrigant émérite était nécessaire. Cet
homme habile, cet intrigant, ce coquin beau parleur,
le maréchal d'Ancre le trouva dans Vibrelli.

Cet audacieux scélérat, dans les veines duquel coulait sans doute un peu de sang gibelin, se mit tout
aussitôt en rapport avec les diverses confréries des
paroisses de Paris (2), se glissa dans leurs conseils,
répandit l'argent avec profusion, et parvint à former
à son digne maître, parmi les paresseux et les né-
cessiteux de la moyenne bourgeoisie, un petit noyau
de partisans dévoués. En apprenant un si heureux
résultat, Concini s'était écrié : Giacomo ! du zèle, de

(1) Concini plus connu sous le nom de maréchal d'Ancre,
d'abord gentilhomme ordinaire de Marie Médicis, devint en peu
de temps marquis, grand écuyer, premier gentilhomme de la
chambre du roi, maréchal de France. Il eut en outre plusieurs
gouvernemens de province et disposa — sans contrôle — des
charges et des finances de l'Etat.

(2) Les confréries dans les paroisses n'étaient autre chose au
commencement du 17e siècle que ce que sont aujourd'hui les as-
sociations fraternelles. Les noms changent, les choses utiles,
bonnes, résistent à toutes les secousses sociales. Les principa-
les confréries de Paris étaient dans les églises de Saint-Leu, de
Saint-Gervais, de Saint-Sulpice et de Saint-Laurent. Toutes
ces confréries réunissaient plus de cent mille hommes, nobles,
bourgeois et artisans.

la persévérance, de la discrétion, et peut-être un jour le bâton de maréchal de France passera-t-il de mes mains dans les tiennes. — Et que restera-t-il donc dans les vôtres, monseigneur? demanda Vibrelli qui tout fourbe qu'il était ne pénétrait pas la pensée de son maître.

— Double bestiale! repartit Concini, un sceptre.

— Un sceptre! exclama Giacomo, un sceptre, monseigneur? Per Baccho! auriez-vous donc la prétention de devenir roi de France?

— Roi... non... répondit le maréchal en hésitant, mais qu'a-t-on besoin du titre de roi quand on en a l'autorité? Les mots sont choses futiles dans toutes les langues, Giacomo, et les actions sont tout.

— D'accord, monseigneur, mais le fils de Marie de Médicis, tout chétif qu'il est, ne paraît pas vouloir divorcer avec la vie. D'ailleurs, Louis XIII a un frère, et le jeune roi partant pour l'autre monde aurait immédiatement un successeur; car vous savez, monseigneur, que le droit politique des Français se résume en deux mots : Le roi est mort, vive le roi!

— Eh! je le sais bien, répliqua Concini, mais la mort ne peut-elle pas atteindre également Louis XIII et Gaston son frère. Les princes ne sont-ils pas mortels comme les autres hommes ?

—Ah! je commence à comprendre, monseigneur,

oui, vous avez raison, les rois sont mortels, *plus* mortels même que les autres hommes par le temps qui court. Mais on ne trouve pas toujours, ajouta Vibrelli à voix basse, des amis aussi intrépides, aussi désintéressés et surtout aussi discrets que Jean Châtel et Ravaillac.

— Le poignard ! fi donc ! répartit le maréchal en lançant sur son confident un regard expressif, c'est une arme politique qui n'a pas encore pris son droit de bourgeoisie en France, cela viendra peut-être... mais nous avons, Dieu merci, nous autres Italiens, une arme plus sûre, plus rapide et plus honnête que le poignard, une arme qui ne fait point de bruit, qui ne rougit pas un pourpoint et qui n'effraie pas le peuple... comme l'a fait le couteau de la rue de la Ferronnerie (1).

— Je vous entends, monseigneur, vous êtes pénétré des vieilles traditions florentines et romaines, et vous n'avez point oublié l'excellente politique des Borgia et de Machiavel ; mais permettez-moi une question, une seule question, monseigneur : le roi et son frère morts, il n'y a plus de régence, et Marie de Médicis est obligée de quitter le trône et peut-être la France.

(1) On sait que Henri IV fut assassiné dans la rue de la Ferronnerie.

— Et voilà précisément, Giacomo, le point de départ de ma puissance et de ta fortune. Je fais venir à Paris les troupes de mes gouvernemens ; je vide les caisses du trésor public au milieu des places et des carrefours de la capitale ; j'enivre la populace ; j'intimide d'abord et j'épure ensuite le Parlement, et maître absolu de cette compagnie, je lui dicte mes volontés et fais perpétuer la régence de notre illustre Marie de Médicis.

— Oh ! monseigneur, s'écria Giacomo, vous serez un grand homme, et ce peuple qui vous hait aujourd'hui......

— M'aimera demain peut-être et me portera aux nues, interrompit le maréchal, car il est vain, bavard et volage, et appartient à celui qui le flatte. Suis donc mon étoile, sers-moi bien, Giacomo, et nous arriverons au port dans la même barque et sous le même pavillon.

Mais la prospérité du méchant passe comme une ombre. Le traître Concini n'eut pas le temps de mettre à exécution les desseins qu'il méditait trois années avant l'assassinat de Henri IV (1), et Giacomo Vibrelli ne jouit pas longtemps de l'impu-

(1) Voyez les Mémoires de Sully et les Mémoires manuscrits sur le règne de Henri IV, à la Bibliothèque nationale.

nité qu'un caprice royal lui avait octroyée. L'année suivante (24 avril 1617), il fut misérablement assommé sur le pont du Louvre au moment même où son maître et son protecteur, le maréchal d'Ancre, tombait mortellement blessé sous le coup de pistolet que lui tirait Vitry, le capitaine des gardes de Louis XIII.

Le peuple qui, dans son admirable bon sens, avait toujours vu dans Concini, marquis d'Ancre, l'instigateur et le complice de Ravaillac, le meurtrier du bon Henri, s'empara du cadavre du maréchal et le traîna pendant deux jours dans les rues de Paris en accompagnant ces hideuses funérailles de cris de joie et de refrains joyeux. Il semblait à ce peuple que les mânes d'Henri IV, si longtemps invengées, devaient se réjouir des opprobres décernés par la vindicte nationale au cadavre de son principal assassin (1).

(1) Beaucoup d'historiens se sont étonnés à tort, selon nous, de l'extrême sévérité du Parlement à l'égard de la maréchale d'Ancre. Voltaire, selon son habitude, a fait sur cet arrêt d'excellentes plaisanteries. Un peu de réflexion de la part des critiques et l'examen approfondi des pièces de ce procès, que nous avons minutieusement consultées, auraient suffi pour prouver à ces grands légistes que la condamnation de la maréchale d'Ancre a été le prix de sa participation très-*efficace* à l'assassinat d'Henri IV. Le Parlement, pour des motifs qui sautent aux yeux, ne pouvait recommencer le procès de Ravaillac. Il profita de l'occasion de

Le Parlement ne voulut pas être en reste de vengeance posthume, et, avant de condamner la Galigaï,
femme du maréchal d'Ancre, à être décapitée, il le
déclara, lui Concini, convaincu du crime de lèse-
majesté, prononça le retour des biens qu'ils avaient
volés (c'est le mot) à l'État, et déclara leur fils *ignoble
et incapable de tenir aucun état dans le royaume.*

Quant au cadavre de Giacomo Vibrelli, il fut
prosaïquement porté à Montfaucon et suspendu bel
et bien aux fourches patibulaires de ces gémonies
parisiennes qui reçurent tant de criminels illustres et
tant d'innocens oubliés! Les religieux de Saint-
Martin-des-Champs fondèrent, par une compassion
qui les honorait, une messe annuelle pour le repos
de l'âme de ce misérable étranger ; mais les clercs de
la Basoche, moins charitables, par état, que les religieux de Saint-Martin, créèrent, en haine du maréchal d'Ancre, ou plutôt en haine du protecteur et du
protégé, le verbe *vibreller* (1), ce qui voulait dire vo-

la banale accusation de magie et d'ensorcellement pour infliger à
la maréchale le châtiment très-légitimement dû à son crime ou
plutôt à ses crimes. Cette marche n'était peut-être pas fort judiciaire, mais elle était fort politique, et il ne faut pas oublier que
le Parlement n'était pas seulement un corps de judicature, mais
principalement et surtout un corps politique.

(1) Ce verbe *vibreller* s'est conservé dans le langage de la Basoche jusqu'au milieu du dix-huitième siècle. Nous avons sous

ler, duper, attraper, et qui rappelait tout à la fois la présentation *des bonnets et des gants* en 1616 et le vol du gobelet-Cambray à la table du premier président du Parlement de Paris.

FIN DU PREMIÉR VOLUME.

les yeux une petite pièce jouée par les clercs du Châtelet en 1743, où le mot *vibreller* pour *voler* est employé cinq ou six fois. Cette petite comédie est intitulée le *Partage*, et a pour auteur un certain Guillet, qui s'intitule clerc au Châtelet de Paris.

TABLE DES MATIÈRES.

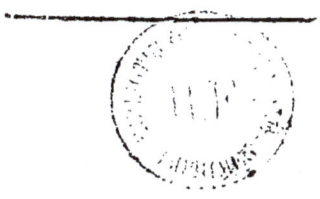